ANNE DA ILHA

ANNE DA ILHA

L.M. Montgomery

Tradução
ANNA MARIA DALLE LUCHE

MARTIN CLARET

Sumário

Apresentação 7

I A sombra da mudança 17
II Guirlandas de outono 29
III Saudações e despedidas 39
IV A dama de abril 49
V Notícias de casa 65
VI Um passeio no parque 75
VII Em casa outra vez 85
VIII O primeiro pedido de casamento de Anne 95
IX Um pretendente malquisto e uma amiga benquista 103
X A Casa da Patty 113
XI E o tempo passa... 123
XII "A reparação de Averil" 135
XIII O caminho da transgressão 145
XIV O chamado 157
XV Um sonho virado do avesso 167
XVI No fim, todos se entendem 175
XVII Uma carta de Davy 189
XVIII A srta. Josephine se lembra da menina Anne 195

XIX Um interlúdio **203**

XX Gilbert toma uma atitude **209**

XXI Rosas do passado **217**

XXII Anne e a primavera voltam para Green Gables **223**

XXIII Paul não encontra mais as pessoas de pedra **229**

XXIV Jonas entra em cena **235**

XXV O Príncipe Encantado entra em cena **243**

XXVI Christine entra em cena **251**

XXVII Confidências mútuas **257**

XXVIII Uma tarde de junho **265**

XXIX O casamento de Diana **271**

XXX O romance da sra. Skinner **277**

XXXI De Anne para Philippa **283**

XXXII Chá com a sra. Douglas **289**

XXXIII "E ele continuou vindo e vindo" **297**

XXXIV John Douglas fala, enfim **303**

XXXV O último ano em Redmond **311**

XXXVI A visita das Gardners **321**

XXXVII Bacharéis plenas **329**

XXXVIII Um falso alvorecer **337**

XXXIX Lidando com casamentos **345**

XL O Livro da Revelação **355**

XLI O amor triunfa sobre o tempo **361**

Apresentação

AS MUITAS ANNES

LILIAN CRISTINA CORRÊA*

Anne? De Green Gables, de Avonlea, da Ilha... São tantas as perspectivas abertas por Lucy Maud Montgomery que a nós, leitore(a)s, resta a ansiosa espera pela evolução da narrativa a cada novo episódio da vida de Anne, uma das protagonistas mais queridas da literatura, em especial a de língua inglesa e, recentemente, fenômeno como protagonista de uma série televisiva[1] baseada em alguns dos livros de Montgomery.

A quem tem acompanhado as publicações na ordem em que foram escritas, novidades no horizonte. Àquele que tem, a partir de *Anne da Ilha*, um primeiro contato com o universo criado pela escritora canadense ainda no início do século XX, um ponto é certo: em qualquer dos casos em que você, leitor (a), se encaixe, espere encontrar aqui um pouco de tudo o que se passa ou se passou em sua trajetória de vida: anseios,

---

* Mestre e Doutora em Letras pela Universidade Presbiteriana Mackenzie.
[1] *Anne with an E* (2017-1019, três temporadas), criada por Moira Walley-Beckett e veiculada pelo streaming Netflix, produzida em uma parceria de produção entre Netflix e Canadian Broadcasting Corporation (CBC).

desencontros, ideias e ideais e a busca por um futuro melhor para todos, na medida de nossos esforços.

Lançado em 1915, o romance *Anne da Ilha* é o terceiro de uma coletânea de seis livros[2] pautados na trajetória de vida de Anne Shirley Cuthbert, sua família adotiva e a comunidade em seu entorno: a fazenda da família, Green Gables, e a pequena cidade de Avonlea. As personagens que fazem parte da vida de Anne amadurecem com ela, no decorrer da narrativa, assim como também observamos a passagem do tempo e seus resultados nas mentes e no comportamento não somente daquele grupo, mas de toda a sociedade, acompanhando o progresso, as grandes façanhas e as descobertas daquele período.

E o que de tão interessante devemos ter em mente? Bem... falamos em uma sociedade pós-vitoriana, recém saída da Belle Époque, com o mundo se abrindo para novos acontecimentos: politicamente, temos a Primeira Guerra Mundial em andamento (1914-1918), as grandes cidades já eram totalmente movidas a eletricidade e os telefones funcionavam brilhantemente, oito anos antes já havia voos, inicialmente com os Irmãos Wright e, depois, com Santos Dumont. As mulheres buscavam por mais igualdade e reconhecimento, em especial traziam à tona a questão do sufrágio, pois até ali não tinham direito ao voto. Ao redor do mundo, uma nova mentalidade ia surgindo e, com ela, o avanço na tecnologia e na economia, em especial com o final da guerra, trazendo grandes mudanças ao redor da Europa e colocando os Estados Unidos como uma nação consolidada e rumo a se tornar uma grande potência pela primeira vez na história.

É neste turbilhão de eventos que Anne, aos dezoito anos, decide deixar Avonlea e ir para Kingsport, onde se torna

---

[2] Há, ao todo, nove romances, mas em três deles, o foco principal não está em Anne. Deve-se notar, também, que as publicações não seguem, necessariamente, uma cronologia linear na vida da protagonista.

aluna do Redmond College, juntando-se a Priscilla Grant e Gilbert Blythe, amigos de Avonlea. Ali vemos não somente a formação acadêmica da personagem em desenvolvimento, mas o seu desabrochar social, com uma vida bem diferente da que levava na pacata cidade que acabara de deixar; vemos também que ao longo desses três romances tivemos contato com o desenvolvimento "humano" de Anne, desde sua adoção e todas as transformações pelas quais passou, tanto pessoais e culturais quanto sociais e, por que não dizer, afetivas.

Literariamente, seria possível usar o termo alemão *bildungsroman*, romance de formação, considerando toda a trajetória de Anne, com suas lutas e vitórias, seu aprendizado, sua formação, enfim, seu amadurecimento. Ao fazer sua protagonista buscar por uma vida universitária, Montgomery dá voz às mulheres de seu tempo, que buscavam seu lugar de fala e reconhecimento social e não apenas como donas de casa ou meros bibelôs. Neste romance e nos que se seguem, Anne já não é mais ou apenas "A mais querida e amada criança da literatura desde Alice" (TWAIN apud BALIARDO, 2020).

Esse período de formação acadêmica trará para Anne muito mais do que o conhecimento específico que ela tanto almeja, pois fará com que a personagem aprenda a se conhecer melhor e consiga entender, entre encontros e desencontros, se o que sente por Gilbert Blythe é apenas a mesma velha amizade de Avonlea ou se esse sentimento também amadureceu com ela e todo seu aprendizado e evolução. A jornada de Anne neste romance será mais rica interiormente e isso fará toda a diferença para ela e para nós, leitores.

Boa leitura!

REFERÊNCIAS

BALIARDO. Rafael. *Menina do Engenho*. In: *Estado da Arte*: revista de cultura, arte e ideias. www.estadodaarte.estadao.br. Artigo publicado em 23/07/20. Acesso em 29/10/20

CEIA, Carlos. E-dicionário de termos literários. https://edtl.fcsh.unl.pt/encyclopedia/bildungsroman/ Acesso em 29/10/20.

ANN
I
L.M

IE DA
HA

montgomery

para todas as garotas do mundo interio que sempre "quiseram um pouco mais da ANNE"

Todas as coisas preciosas descobertas tardemente
Para aqueles que as procuram, valem à pena
Pois o Amor trabalha em seguida com o Destino,
E tira o véu do valor oculto.

TENNYSON

I
A sombra da mudança

— "Assim, passou o tempo da colheita e acabou o verão".[1] — citou Anne Shirley enquanto sonhadoramente contemplava os campos tosquiados. Ela e Diana Barry tinham colhido maçãs no pomar de Green Gables, e agora descansavam da árdua tarefa em um cantinho ensolarado onde flutuavam penugens de cardo, carregadas pelas asas de um vento que trazia o doce perfume de verão das samambaias da Floresta Mal-Assombrada.

Tudo na paisagem ao redor das garotas anunciava o outono. À distância, o retumbante rugido do mar. Os campos amarelos e secos, salpicados de hastes douradas; o vale do riacho, logo abaixo de Green Gables, coberto de lindos ásteres roxos e o Lago das Águas Cintilantes azul, azul, azul — não o inconstante azul da primavera, nem o pálido azul-celeste do verão, mas um claro, imutável e sereno tom de azul, como se a água, depois de superar todos os humores e estados emocionais, tivesse se aquietado numa tranquilidade impossível de ser quebrada por quaisquer sonhos.

---

[1] Referência ao Antigo Testamento (Jeremias 8,20).

— O verão tem sido bom — disse Diana com um sorriso, girando o novo anel que usava na mão esquerda. — E o casamento da srta. Lavendar foi como a coroação da estação. Suponho que o sr. e a sra. Irving estejam agora na costa do Pacífico.

— Parece-me que já passou tempo suficiente para terem dado a volta ao mundo — suspirou Anne. — Nem consigo acreditar que tudo tenha acontecido há uma semana! Tudo mudou. A srta. Lavendar e os Allan foram embora e... a casa paroquial parece muito solitária com todas as janelas fechadas! Passei por lá ontem à noite, e senti como se todos que lá moravam tivessem morrido.

— Nunca teremos um ministro tão bom quanto o sr. Allan — comentou Diana, com uma desanimada convicção. — Creio que teremos todo tipo de substitutos no próximo inverno, e que não teremos sermão na metade dos domingos. E com você e Gilbert longe... será terrivelmente maçante.

— Fred estará aqui — insinuou Anne, com malícia.

— Quando a sra. Lynde vai se mudar? — perguntou Diana, como se não tivesse ouvido o comentário de Anne.

— Amanhã. Estou contente de que ela esteja vindo..., mas será outra mudança. Marilla e eu limpamos tudo no quarto de hóspedes ontem. Detestei fazer isso, sabe? É uma bobagem, é claro, mas parecia que estávamos cometendo um sacrilégio. Aquele velho quarto de hóspedes sempre me pareceu um santuário. Quando eu era criança, o considerava o aposento mais maravilhoso do mundo. Você se lembra de que eu teria feito qualquer coisa para dormir num quarto de hóspedes, mas não no quarto de Green Gables, oh, não, jamais dormiria lá! Teria sido horrível demais, pois não conseguiria pregar o olho por causa do entusiasmo. Quando Marilla me mandava ir até lá com alguma tarefa, eu nunca *caminhava*, não, de jeito nenhum! Eu andava na ponta dos pés e prendia a respiração, como se estivesse em uma igreja, e me sentia aliviada quando saía. Os retratos de George Whitefield e do Duque de Wellington ficavam pendurados ali, um de cada lado do espelho, me encarando com carrancas muito severas toda vez que eu entrava... especialmente se me atrevesse a olhar para o espelho, que era o único da casa em que o meu rosto não ficava um pouco torto. Sempre me admirava como Marilla ousava fazer faxina naquele quarto. E agora não está apenas limpo, mas também desocupado. George Whitefield e o Duque foram relegados ao corredor do andar de cima. "Assim se vai a glória desse mundo"[2] — concluiu Anne, com uma risada na qual havia uma pitada de pesar. Nunca é agradável quando os nossos velhos santuários são profanados, mesmo que já os tenhamos superado.

— Vou me sentir tão solitária quando você se for! — lamentou Diana, pela centésima vez. — E pensar que você já vai na semana que vem!

— Mas ainda estamos juntas! — respondeu Anne, com animação. — Não podemos deixar que a próxima semana roube a alegria desta. Eu mesma detesto a ideia de ir embora... gosto tanto da minha casa! Você diz que vai se sentir solitária! Eu que deveria lamentar. *Você* estará aqui, rodeada de seus velhos amigos e o *Fred*! Enquanto eu vou estar entre estranhos, sem conhecer uma única alma!

— *Exceto* Gilbert e Charlie Sloane — redarguiu Diana, imitando a ironia e dissimulação de Anne.

— Charlie Sloane será um grande conforto, é claro — concordou Anne, em tom sarcástico. E as duas despreocupadas garotas caíram na risada.

Diana sabia exatamente o que Anne pensava sobre Charlie Sloane; entretanto, mesmo com todas as confidências trocadas,

---

[2] Do latim, *Sic transit gloria mundi*, que significa: "Toda glória do mundo é passageira".

não sabia bem o que a amiga sentia por Gilbert Blythe. Na verdade, nem Anne sabia direito.

— Pelo que sei, os rapazes estarão alojados no outro extremo de Kingsport — prosseguiu. — Estou feliz por estar indo para Redmond e tenho certeza de que, depois de algum tempo, vou acabar gostando. Mas sei que as primeiras semanas serão difíceis. Não terei nem o conforto de poder voltar para casa nos finais de semana, como tinha quando fui para a Queen's Academy. O Natal parece que será daqui a mil anos.

— Tudo está mudando, ou irá mudar — disse Diana, tristemente. — Tenho a sensação de que as coisas nunca mais serão como antes, Anne.

— Parece que chegamos a uma encruzilhada — comentou Anne, pensativa. — Tínhamos que chegar até aqui. Diana, você acha que crescer é realmente tão bom quanto costumávamos imaginar quando éramos crianças?

— Não sei. Há *algumas* coisas boas — ela respondeu, acariciando de novo seu anel com aquele sorrisinho que sempre fazia Anne sentir-se repentinamente excluída e inexperiente. — Mas há muitas coisas confusas também. Às vezes, sinto que ser adulta me assusta... e, então, penso que faria qualquer coisa para voltar a ser uma menina outra vez.

— Suponho que com o tempo nos acostumaremos a isso — disse Anne com alegria. — Não haverá tantas coisas inesperadas, embora eu imagine que são justamente essas coisas inesperadas que dão sabor à vida. Temos dezoito anos, Diana. Daqui a dois anos, teremos vinte. Quando eu tinha dez, pensava que ter vinte era algo longínquo e inimaginável. Em pouco tempo, você vai estar convertida numa senhora de meia-idade, respeitável e sensata, e eu serei a adorável tia Anne, a solteirona que virá visitá-la nas férias. Você sempre terá um cantinho para me receber, não é mesmo, amiga querida? Não o quarto de hóspedes, é claro, pois as solteironas não podem aspirar dormir nesses aposentos. E eu serei tão humilde quanto

Uriah Heep,³ e ficarei bem contente com um quartinho no sótão ou um cubículo ao lado da sala.

— Quanta bobagem você está falando, Anne! Você se casará com alguém esplêndido, bonito e rico, e nenhum quarto de hóspedes em Avonlea será suntuoso o suficiente para você. E aposto que vai torcer o nariz para todos os seus amigos de infância.

— Seria uma pena. Meu nariz até que é bonitinho, mas receio que ficaria arruinado se eu o torcesse — disse Anne, golpeando de leve o nariz bem torneado. — Não possuo tantos traços bonitos assim para poder me permitir arruinar os poucos que tenho, então, mesmo que me casasse com o Rei da Ilhas Canibais,⁴ eu juro que não empinaria o nariz para você, Diana.

Com outra risada alegre as jovens se separaram, Diana para retornar à Ladeira do Pomar, e Anne para caminhar até o posto dos correios. Encontrou ali uma carta a esperando, e quando Gilbert Blythe a alcançou na ponte sobre o Lago das Águas Cintilantes, Anne estava resplandecente de animação.

— Priscilla Grant vai para Redmond também! — Anne exclamou. — Não é esplêndido? Eu esperava que fosse, mas ela não tinha certeza de que o pai consentiria. De qualquer modo, ele deixou, e nós vamos morar juntas! Sinto que posso enfrentar um exército com estandartes, ou todos os professores de Redmond em uma linha de batalha feroz, com uma amiga como Priscilla ao meu lado!

---

³ Uriah Heep é um personagem de *David Copperfield*, romance escrito por Charles Dickens. Seu nome se tornou sinônimo de bajulação por sua untuosidade, insinceridade e humildade fastidiosa, a qual ele fazia questão de destacar.

⁴ Carl Emil Pettersson, mais conhecido como Rei das Ilhas Canibais, foi um marinheiro sueco cujo navio naufragou no Natal de 1904 perto da ilha Tabar, em Papua-Nova Guiné, província da Nova Irlanda. A correnteza o levou até Tabar, e ali ele foi cercado pelos nativos da ilha, praticantes de canibalismo. Carl foi levado até o rei, que permitiu que ele vivesse. Ele e a filha do rei se casaram em 1907, e após a morte do sogro, ele se tornou o rei de Tabar.

— Acho que vamos gostar de Kingsport — disse Gilbert. — Disseram-me que é um antigo vilarejo e que tem a melhor reserva natural do mundo. Ouvi falar que a paisagem é belíssima!

— Pergunto-me se essa paisagem será, se *poderia* ser mais linda do que esta que temos aqui — murmurou Anne, contemplando o panorama ao redor com o olhar amoroso e embevecido daqueles para quem o lar sempre será o lugar mais adorável do mundo, não importa os paraísos que existam em outras galáxias.

Estavam debruçados sobre a ponte do velho riacho, muito concentrados no encantamento do crepúsculo, justamente no local onde Anne havia subido de seu bote naufragante, no dia em que Elaine quase afundara indo a Camelot. O belo e purpúreo matiz do ocaso ainda manchava os céus do crepúsculo, mas a lua estava se erguendo e seu reflexo conferia às águas uma prateada irrealidade de sonho. A recordação tecia um doce e sutil encantamento sobre os dois jovens.

— Você está muito calada, Anne — disse Gilbert, por fim.

— Tenho medo de que se eu falar ou me mover, toda essa maravilhosa beleza se desvanecerá, como um silêncio que se quebra — ela suspirou.

Subitamente, Gilbert pousou sua mão sobre a delicada e branca mão da moça, que descansava no parapeito da ponte. Seus olhos cor de avelã se escureceram e os lábios ainda juvenis se abriram para contar algo dos sonhos e das esperanças que faziam sua alma vibrar. Mas Anne retirou a mão e virou-se com rapidez. O encanto do crepúsculo havia se quebrado para ela.

— Tenho que ir para casa! — exclamou, com uma indiferença um pouco exagerada. — Marilla teve dor de cabeça essa tarde, e estou certa de que os gêmeos devem estar aprontando algo terrível agora. Eu realmente não deveria ter ficado fora por tanto tempo.

Ela falou incessante e inconsequentemente até chegarem à alameda de Green Gables. O pobre Gilbert mal teve a oportunidade de dizer alguma coisa. Anne sentiu certo alívio quando se despediram. Desde aquele fugaz momento de revelação, no jardim da Mansarda do Eco, Anne abrigava no coração um novo e secreto sentimento em relação a Gilbert. Algo estranho havia invadido o antigo e perfeito companheirismo dos amigos — algo que ameaçava arruiná-lo.

"Nunca tinha me sentido contente em ver Gilbert partir", pensou Anne, dividida entre tristeza e ressentimento, ao caminhar sozinha pela alameda. "Nossa amizade será arruinada se ele continuar com essa tolice. E isso não pode acontecer — não permitirei! Oh, *por que* os rapazes não podem ser razoáveis?"

Anne tinha a estranha sensação de que não era exatamente "razoável" que ainda sentisse em sua mão a cálida pressão da de Gilbert, com tanta nitidez quanto a sentiu pelo brevíssimo segundo em que ali permaneceu, e menos ainda o fato de que tal sensação estava longe de ser desagradável — muito diferente da que sentiu em uma demonstração similar de Charlie Sloane, três noites atrás, durante uma festa em White Sands, enquanto dançava com ele e esperava impaciente pelo término da música. Anne estremeceu com essa lembrança irritante. Mas todos os problemas relacionados aos seus pretendentes apaixonados desapareceram de sua mente quando entrou na atmosfera rústica e prosaica da cozinha de Green Gables, onde um menino de oito anos chorava dolorosamente no sofá.

— O que aconteceu, Davy? — perguntou Anne, tomando-o nos braços. — Onde estão Marilla e Dora?

— Marilla está colocando Dora para dormir — soluçou Davy — e eu estou chorando porque Dora caiu nos degraus do porão, de pernas para cima, e arranhou todo o nariz e —

— Oh, tudo bem. Não chore por isso, querido. Claro que você lamenta por ela, mas chorar não vai ajudá-la em nada. Sua irmãzinha estará bem amanhã. Chorar nunca ajuda ninguém, pequeno Davy e —

— Eu não estou chorando porque Dora caiu no porão — respondeu Davy, interrompendo o sermão bem-intencionado de Anne com uma amargura crescente. — Estou chorando porque eu não estava lá para *ver ela* cair! Parece que eu estou sempre perdendo alguma diversão!

— Oh, Davy! — exclamou Anne, reprimindo uma infame gargalhada. — Você acha que é diversão ver a pobre Dora cair nos degraus e se machucar?

— Ela não ficou *muito* machucada. É claro que eu ficaria bem triste se ela tivesse morrido, Anne. Mas os Keith não morrem facilmente. São como os Blewett, eu acho. Herb Blewett caiu do sótão do celeiro na quarta-feira passada, e rolou bem em cima da calha dentro de uma das baias do estábulo, onde eles deixam preso um terrível cavalo selvagem, e rolou direto para debaixo das patas dele. E ainda saiu vivo, só com três ossos quebrados. A sra. Lynde falou que existem umas pessoas que não se pode matar nem com um machado. A sra. Lynde está vindo para cá amanhã, Anne?

— Sim, Davy, e eu espero que você seja sempre muito bonzinho e amável com ela.

— Eu vou ser bonzinho e amável. Mas ela vai me colocar para dormir à noite, Anne?

— Talvez. Por quê?

— Porque eu não vou fazer a oração na frente dela como faço na sua, Anne — disse, em tom decidido.

— Por que não?

— Porque eu não acho que seria bom falar com Deus na frente de estranhos, Anne. Dora pode fazer a oração dela para a sra. Lynde, se ela quiser, mas *eu* não! Vou esperar até ela sair para só então eu rezar. Está certo, Anne?

— Sim, se você tiver certeza de que não vai esquecer, pequeno Davy.

— Oh, eu não vou esquecer, pode apostar! Acho rezar muito divertido. Mas não vai ser tão divertido rezar sozinho como é com você. Queria que você ficasse em casa, Anne! Não entendo para que você quer ir embora e deixar a gente.

— Eu não *quero* exatamente, Davy, mas sinto que devo ir.

— Se não quiser ir, você não precisa! Você já é adulta. Quando *eu* estiver crescido, não vou fazer absolutamente nada que eu não queira, Anne.

— Durante toda a sua vida, Davy, você verá que é preciso fazer coisas que não quer fazer.

— Eu não! — replicou, categoricamente. — Você vai ver! Agora eu tenho que fazer, senão você e a Marilla me mandam para a cama. Mas, quando eu crescer, vocês não vão poder fazer isso e não vai ter ninguém para me obrigar a fazer o que eu não quero. Ah, como vai ser bom! Me diga, Anne, Milty Boulter me contou que a mãe dele falou que você está indo para a universidade para ver se consegue arrumar marido. É isso mesmo, Anne? Quero saber!

Por um segundo, Anne ficou irada de indignação. Então ela riu, lembrando-se de que a grosseira vulgaridade de pensamento e discurso da sra. Boulter não poderiam atingi-la.

— Não, Davy, não é por isso, não. Estou indo para estudar, crescer e aprender muitas coisas.

— Que coisas?

— "Sapatos e barcos e vazas, de repolhos e reis e lousas"[5] — citou Anne.

— Mas se você *quisesse* arrumar marido, como faria? Quero saber! — persistiu Davy, para quem o assunto evidentemente possuía certa fascinação.

— É melhor você perguntar à própria sra. Boulter — disse ela, sem titubear. — Creio que ela sabe muito mais sobre essa técnica do que eu.

— Vou perguntar na próxima vez que *encontrar ela*.

— Davy! Não se atreva! — exclamou Anne, percebendo seu erro.

---

[5] Versos do poema "A Morsa e o Carpinteiro" do livro *Alice através do espelho*, de Lewis Carrol (1832-98), publicado em 1871.

— Mas você acabou de me mandar fazer isso! — protestou Davy, ofendido.

— Já era para você estar na cama — ordenou Anne, como forma de escapar.

Depois de colocar o pequeno para dormir, Anne passeou até a Ilha Victoria e sentou-se lá, sozinha, envolta na sutil e melancólica luz da lua, enquanto a água cantava à sua volta em um dueto do riacho com o vento. Anne sempre amara aquele riacho. Havia tecido muitos sonhos sobre suas águas cintilantes, no passado. Esqueceu-se dos rapazes apaixonados, dos apimentados falatórios das vizinhas maliciosas e de todos os problemas da existência juvenil. Em sua imaginação, navegou por célebres oceanos que banhavam distantes praias brilhantes das "enfeitiçadas regiões abandonadas",[6] onde jaziam os mundos perdidos de Atlântida[7] e Campos Elísios,[8] guiada pela Estrela Vespertina até a terra dos desejos do coração.[9] Nesse sonho ela era mais abastada do que na realidade; pois as coisas vistas passam, mas as não vistas são eternas.

---

[6] *Faëry lands forlorn*, em inglês. Do poema "Ode a um Rouxinol", de John Keats (1795-1821).

[7] Fantástica ilha que desapareceu submersa no oceano. A lenda é de origem desconhecida, mas sua primeira menção aparece em um diálogo de Platão.

[8] Concepção de origem grega de um lugar onde mortais justos e heroicos, escolhidos pelos deuses, poderiam ir após a morte para viver uma vida abençoada e feliz.

[9] *Land of heart's desire*, do inglês. É uma peça do poeta irlandês William Butler Yeats, que fala sobre a natureza efêmera da vida. A "terra dos desejos do coração" é o lugar para onde vão aqueles que buscam a alegria sem fim e a dança eterna da imortalidade.

II
Guirlandas de outono

A semana seguinte passou rapidamente, repleta de inumeráveis tarefas de "última hora", como Anne as chamava. Visitas de despedida precisavam ser feitas e recebidas, sendo algumas agradáveis, outras nem tanto, conforme a empatia das visitas em relação aos objetivos de Anne. Ou quando achavam que a garota estava exageradamente envaidecida por estar indo para a universidade e que, por isso, era preciso fazê-la "baixar um pouco a crista".

Certa tarde, a Sociedade dos Melhoradores de Avonlea fez uma festa de despedida em homenagem a Anne e Gilbert, na casa de Josie Pye. Escolheram o local primeiramente porque a casa do sr. Pye era grande e conveniente, e também porque suspeitava-se que as garotas Pye se recusariam a participar do evento caso os outros membros se opusessem à escolha da casa delas para a festa. Aqueles momentos foram muito agradáveis pois as anfitriãs, contrariando seu comportamento habitual, foram muito gentis e educadas, não disseram nem fizeram nada para estragar o momento. Josie mostrou-se incrivelmente amigável — tanto que até mesmo comentou com Anne, de maneira condescendente:

— Seu vestido novo fica muito bem em você, Anne. De fato, você fica *quase bonita* com ele.

— Oh, que gentil de sua parte — respondeu Anne, com olhar irônico. Seu senso de humor estava se desenvolvendo, e as palavras que a teriam magoado aos quatorze anos agora não passavam de mera fonte de diversão. Josie desconfiava que Anne estivesse rindo dela por trás daqueles olhos travessos, mas se satisfez em comentar com Gertie quando desceram as escadas que Anne Shirley ficaria mais convencida do que nunca, agora que estava indo para a universidade.

— Você vai ver! — assegurou ela.

Todos da velha turma estavam lá, muito alegres, entusiasmados e despreocupados, como é próprio da juventude. Diana Barry, com a pele rosada e as covinhas sorridentes, acompanhada de perto pelo dedicado Fred; Jane Andrews, simples, sensata e polida; Ruby Gillis, a mais bela e atraente, vestida com uma blusa de seda cor de creme e gerânios vermelhos enfeitando os cabelos dourados. Gilbert Blythe e Charlie Sloane, ambos tentando se manter o mais perto possível da esquiva Anne. Carrie Sloane, pálida e melancólica porque, segundo os comentários, o pai não tinha permitido que Oliver Kimball se aproximasse do local. Moody Spurgeon MacPherson, cujo rosto redondo e as desagradáveis orelhas de abano continuavam tão desagradáveis, como sempre. Billy Andrews, que ficou sentado num canto durante toda a noite, rindo sempre que alguém falava com ele, enquanto observava Anne Shirley com um sorriso de deleite em seu semblante franco e sardento.

Anne sabia sobre a festa, mas não que ela e Gilbert, como fundadores da Sociedade, seriam agraciados com discursos muito lisonjeiros e honrarias — no seu caso, um volume das obras de Shakespeare, e no caso de Gilbert, uma caneta-tinteiro. Anne foi pega de surpresa e ficou tão agradecida pelas belas palavras ditas no discurso lido na voz mais solene e ministerial de Moody Spurgeon, que o brilho de seus grandes olhos cinzentos quase foi inundado pelas lágrimas. Ela havia trabalhado duro e sem descanso pela SMA, e o fato de os outros integrantes terem premiado seus esforços com tanta sinceridade tocou profundamente seu coração. Todos se mostravam muito felizes, agradáveis e amistosos e até mesmo as jovens Pye tinham seus méritos. Naquele momento, Anne amava o mundo inteiro.

Estava desfrutando a noite, mas o final da festa quase arruinou tudo. Mais uma vez, Gilbert cometeu o erro de dizer-lhe algo sentimental, enquanto jantavam na varanda enluarada, e, para puni-lo, Anne dedicou sua atenção a Charlie Sloane e permitiu que ele a acompanhasse até em casa. Descobriu, entretanto, que a vingança se volta sempre para aquele que a tenta infligir. Gilbert saiu animadamente com Ruby Gillis, e Anne pôde ouvi-los conversando entre risos enquanto caminhavam devagar, envoltos na fresca brisa outonal. Era óbvio que os dois estavam se divertindo muito, enquanto ela se sentia terrivelmente entediada com Charlie Sloane, que falava sem parar e nunca, nem mesmo por acaso, dizia algo que valesse a pena ser ouvido. Anne respondia de forma desatenta com um ocasional "sim" ou "não" e pensava em como Ruby estava linda naquela noite, e como eram esbugalhados os olhos de Charlie sob a luz da lua — ainda mais do que sob a luz do sol — e que o mundo, de certo modo, não era um lugar tão encantador como pensava que seria durante as primeiras horas da noite.

"Só estou cansada. É isso.", pensou, quando se viu sozinha em seu quarto e sentiu-se grata por isso. E acreditava honestamente que era essa a razão da estranha sensação. Mas, ao entardecer do dia seguinte, uma torrente de alegria vinda de uma fonte desconhecida e secreta borbulhou em seu coração quando viu Gilbert atravessar a Floresta Mal-Assombrada e cruzar a velha ponte de troncos com seus passos firmes e rápidos. Então, afinal de contas, Gilbert não iria passar aquela última noite em Avonlea na companhia de Ruby Gillis!

— Você parece cansada, Anne — disse ele.

— Estou cansada, mas pior que isso, estou decepcionada. Estou cansada porque fiquei arrumando minhas coisas e costurando o dia inteiro. Mas estou decepcionada porque seis mulheres vieram aqui se despedir de mim, e cada uma delas conseguiu dizer algo que parecia tirar todas as cores da vida e deixá-la tão cinza, funesta e triste como uma manhã de novembro.

— Velhas hipócritas e despeitadas! — foi o elegante comentário de Gilbert.

— Oh, não, não são! — respondeu Anne, seriamente. — Esse é o problema. Se tivessem sido falsas e despeitadas, eu não me importaria com elas. Mas todas são almas maternais, bondosas e gentis, que gostam de mim e das quais eu também gosto, e é por isso que o que elas disseram ou deram a entender tem tanto peso para mim. Deixaram transparecer que acham uma loucura eu estar indo para Redmond para tentar obter um diploma e, desde então, estou me questionando a respeito. A sra. Peter Sloane suspirou e disse que esperava que eu tivesse forças para chegar até o fim, e imediatamente me vi como uma coitada, vítima de esgotamento nervoso ao final do meu terceiro ano. A sra. Eben Wright comentou que devia custar uma fortuna permanecer em Redmond durante quatro anos, e achei imperdoável da minha parte esbanjar o meu dinheiro e o de Marilla nessa extravagância. A sra. Jasper Bell espera que a universidade não me torne muito convencida, como acontece com algumas pessoas, e senti no meu íntimo que, ao fim dos quatro anos em Redmond, eu talvez me torne a mais insuportável das criaturas, me achando uma sabichona, desprezando tudo e todos em Avonlea. A sra. Elisha Wright disse que sabia que as alunas de Redmond, especialmente aquelas que pertencem a Kingsport, eram "presunçosas e muito bem vestidas" e que achava que eu não me sentiria muito à vontade entre elas, e então me vi como uma pobre coitada, desprezada e malvestida, arrastando os pés dentro das minhas botas velhas e surradas pelos clássicos corredores de Redmond.

Anne concluiu com uma risada e um suspiro misturados. Toda e qualquer reprovação encontrava eco em sua natureza sensível, incluindo aquelas cujas opiniões só mereciam apenas um pouco de seu respeito. Naquele instante, a vida parecia insípida e toda a sua ambição se apagou como uma vela.

— Você certamente não deve dar atenção ao que elas dizem — protestou Gilbert. — Sabe muito bem como é estreita a visão de vida dessa gente, mesmo que sejam pessoas excelentes. Fazer qualquer coisa que *elas* nunca fizeram é um terrível pecado. Você é a primeira moça de Avonlea que está indo para a universidade, e sabe muito bem que todos os pioneiros são sempre tachados de loucos.

— Oh, eu sei. Mas *sentir* é muito diferente de *saber*. Meu bom senso me diz o mesmo que você acabou de dizer, mas há momentos em que o bom senso não tem qualquer poder sobre mim. *A falta de bom senso* tomou conta da minha alma. Francamente, depois que a sra. Elisha foi embora, eu quase não tive coragem para continuar a guardar minhas coisas.

— Você só está cansada, Anne. Vamos, esqueça tudo isso e venha dar um passeio comigo... uma caminhada pelos bosques além do pântano. Deve ter algo lá que quero mostrar a você.

— Deve ter? Não sabe o que é que pode estar lá?

— Não. Só sei que deve ter, por causa de algo que vi por lá na primavera. Venha! Vamos fingir que somos duas crianças de novo, e vamos correr a favor do vento.

E foram com alegria. Anne, recordando os aborrecimentos da noite anterior, mostrava-se muito amável com Gilbert. E Gilbert, que estava amadurecendo e aprendendo a ser sábio, teve bastante cuidado de não ser nada mais do que o companheiro de escola novamente. A sra. Lynde e Marilla os observavam da janela da cozinha.

— Eles ainda serão um casal um dia — sentenciou a sra. Lynde, com aprovação.

Marilla teve um leve sobressalto. Em seu coração, ela também nutria a secreta esperança de que isso acontecesse, mas ia contra sua natureza ouvir com naturalidade um assunto como esse tratado da maneira fofoqueira e trivial da sra. Lynde.

— Eles ainda são crianças — disse, abruptamente.

A sra. Lynde riu com fineza.

— Anne tem dezoito anos. Eu tinha essa idade quando me casei. Nós, os velhos, Marilla, estamos muito acostumados a pensar que as crianças nunca crescem, é isso. Anne é uma jovem mulher e Gilbert é um homem, e todos conseguem ver que ele beija o chão por onde ela pisa. Ele é um excelente rapaz e Anne é a melhor das moças. Espero que ela não enfie nenhuma bobagem romântica na cabeça, lá em Redmond. Eu não aprovo e nunca aprovarei os estabelecimentos de ensino mistos, é isso. Tenho certeza de que estudantes nesse tipo de instituição só passam o tempo flertando — concluiu sra. Lynde, solenemente.

— Eles devem estudar um pouco — respondeu Marilla, com um sorriso.

— Muito pouco — resmungou sra. Lynde. — Mas acho que Anne vai para estudar. Ela nunca foi de flertar. Mas ela não dá ao Gilbert todo o valor que ele merece, é isso. Oh, eu conheço as meninas! Charlie Sloane também está louco por ela, mas eu nunca a aconselharia a casar-se com um Sloane. Eles são pessoas boas, honestas e respeitáveis, é claro. Mas apesar disso, eles são *Sloanes*.

Marilla assentiu. Para um forasteiro, a afirmação de que "os Sloane são os Sloane" pode não parecer muito esclarecedora, mas ela compreendia. Todos os vilarejos têm esse tipo de família: podem ser pessoas boas, honestas e respeitáveis, mas os *Sloane* são e sempre serão *Sloane*, mesmo que falassem as línguas dos homens e dos anjos.

Gilbert e Anne, felizmente inconscientes de que seus futuros estavam sendo determinados daquela forma pela sra. Lynde, passeavam pela penumbra da Floresta Mal-Assombrada. À distância, as colinas ceifadas eram iluminadas pelos brilhantes raios cor de âmbar do pôr do sol, que surgiam de um pálido céu azul e rosa. No longínquo bosque, os pinheiros vermelhos produziam faíscas cor de bronze e suas longas sombras formavam franjas nas altas pradarias. Mas, ao redor deles, um vento suave cantarolava por entre os ramos dos pinheiros, e nessa canção se ouviam as notas do outono.

— Essa floresta está realmente assombrada agora, por antigas memórias — disse Anne, curvando-se para recolher um caule de samambaia embranquecido pela geada. — Parece-me que as meninas que Diana e eu éramos ainda brincam aqui e sentam-se na Brota da Dríade ao crepúsculo, no local de encontro com os fantasmas. Sabia que eu nunca consigo passar por esta trilha após o escurecer sem sentir um arrepio e um pouco do antigo medo? Entre os fantasmas que nós criamos, havia um especialmente horrível: o fantasma de uma criancinha assassinada, que rastejava atrás da gente e tocava nossas mãos com os dedinhos gelados. Confesso que, até hoje, não consigo deixar de imaginar seus passinhos furtivos atrás de mim, quando venho aqui depois que escurece. Não tenho medo da Dama de Branco, do homem sem cabeça ou dos esqueletos, mas eu nunca deveria ter imaginado o fantasma do bebê. Como Marilla e a sra. Barry ficaram zangadas por causa disso! — concluiu Anne, com uma risada reminiscente.

Os bosques que margeavam a parte principal do pântano tinham todos os tons de púrpura, enredados com teias de aranha. Passando por uma austera plantação de jovens pinheiros retorcidos e um vale circundado de bordos, ainda morno do calor do sol, eis que encontraram "aquilo" que Gilbert estava procurando.

— Ah, aqui está! — disse ele, com satisfação.

— Uma macieira! E aqui embaixo! — exclamou Anne, encantada.

— Sim, uma macieira carregada, bem no meio dos pinheiros e das faias, distante quase dois quilômetros de qualquer pomar! Passei por aqui na última primavera e a encontrei, completamente coberta de brotos brancos. Então, resolvi voltar aqui no outono para ver se tinha maçãs. Viu, está carregada! E parecem saborosas, também: amareladas como as maçãs-reinetas,[1] mas com uma parte vermelha. A maioria das mudas silvestres são verdes e pouco atraentes.

— Imagino que tenha brotado anos atrás, de alguma semente caída aqui por acaso — comentou Anne, sonhadora. — E como cresceu e floresceu por seus próprios meios, sem nenhuma ajuda, sozinha entre estranhos, a corajosa e determinada macieira!

— Aqui tem uma árvore caída com uma almofada de musgo. Sente-se, Anne. Parece um trono do bosque. Vou subir e pegar algumas maçãs. Elas crescem muito lá em cima, acho que a árvore queria alcançar a luz do sol.

As maçãs estavam deliciosas. Debaixo da casca amarelada havia uma polpa muito, muito branca, com suaves veias vermelhas; e, além do sabor característico da fruta, elas tinham um gosto forte, delicioso e silvestre que nenhuma outra maçã de pomar jamais possuíra.

— A maçã fatal no Éden não poderia ter um sabor tão diferente — comentou Anne. — Mas é hora de irmos para casa. Veja, há três minutos era crepúsculo e agora já temos a luz do luar. Que pena não termos conseguido contemplar o instante da transformação! Suponho que esses momentos sejam quase impossíveis de serem captados.

---

[1] Maçã-reineta, originária da França, é uma das variedades de maçã mais antigas e cultivadas no Canadá. A sua casca é rugosa e castanho-avermelhada. A polpa, doce e com tendência para a farinação, é de coloração amarela.

— Vamos dar a volta pelo pântano e caminhar para casa pela Alameda dos Namorados. Sente-se tão decepcionada agora quanto estava antes, Anne?

— Não. Aquelas maçãs foram como um maná para uma alma faminta. Sinto que amarei Redmond e terei quatro anos esplêndidos por lá.

— E depois desses quatro anos, o que será?

— Oh, haverá outra curva no caminho ao final desse período! — respondeu Anne, sem pensar muito. — Não tenho ideia do que poderei encontrar ali... nem quero ter. É melhor não saber.

Naquela noite, a Alameda dos Namorados parecia um lugar especial, quieto e misteriosamente iluminado pela pálida luz da lua. Andaram por ali sem pressa, num silêncio amigável e aprazível, nenhum deles se importando em dizer nada.

"Se Gilbert fosse sempre assim, como foi esta noite, tudo seria tão tranquilo e simples!", refletiu Anne.

Gilbert a observava enquanto caminhavam lado a lado. Em seu vestido leve, a figura delicada de Anne o fazia lembrar uma flor de íris branca.

"Pergunto-me se algum dia poderei fazê-la gostar de mim", ele pensava, com uma pontada de descrença em si próprio.

III
Saudações e despedidas

Charlie Sloane, Gilbert Blythe e Anne Shirley partiram de Avonlea na manhã do dia seguinte. Era uma segunda-feira, e Anne torcera por um dia bonito. Diana iria levá-la à estação e elas queriam que esse último passeio fosse muito gostoso. Porém, quando Anne foi para a cama no domingo à noite, o vento leste gemia ao redor de Green Gables como uma sinistra profecia, que se cumpriu ao amanhecer. Ela acordou com o som das gotas de chuva tamborilando contra sua janela e sombreando a já cinzenta superfície do riacho com nuvens cada vez maiores. Não conseguia ver nem as colinas nem o mar sob aquela neblina e o mundo todo parecia sombrio e melancólico. Anne se vestiu naquele cinzento amanhecer, uma vez que precisavam partir muito cedo para pegar o trem e depois o barco. Ela lutava contra as lágrimas, que teimavam em rolar de seus olhos. Estava saindo de casa, seu lar, tão querido para ela, e alguma coisa lhe dizia que estava partindo dali para sempre, exceto como refúgio de férias.

As coisas nunca mais seriam as mesmas, pois passar as férias não era a mesma coisa que viver ali. E, oh, como ela amava tudo aquilo! O pequeno quartinho branco, consagrado pelos sonhos de infância, a velha Rainha de Neve em sua janela, o riacho no vale, a Brota da Dríade, a Floresta Mal-Assombrada, a Alameda dos Namorados — todos os mil e um lugares tão queridos onde viviam as lembranças de seus primeiros dias em Green Gables. Será que ela conseguiria ser feliz de verdade em qualquer outro lugar?

Naquele dia, o café da manhã foi melancólico. Provavelmente pela primeira vez em sua vida, Davy não conseguiu comer e abriu um berreiro sem o menor pudor diante do prato de mingau. Ninguém parecia ter muito apetite, exceto Dora, cuja refeição terminou com tranquilidade. A menina, como a imortal e prudente Charlotte, que "continuou cortando pão e manteiga"[1] enquanto o corpo de seu frenético pretendente era levado em um ataúde. Dora era uma daquelas criaturas felizes que raramente se perturbavam com alguma coisa. Mesmo aos oito anos, era preciso algo muito extraordinário acontecer para agitar seu calmo temperamento. Estava triste com a partida de Anne, é claro, mas isso era razão para deixar de saborear sua torrada com ovo poché? De maneira alguma! E, vendo Davy não tocar a dele, Dora comeu-a no lugar do irmão.

Diana apareceu pontualmente com o cavalo e a charrete, e o rosto rosado iluminado sob a capa de chuva. Era chegado o momento do adeus. A sra. Lynde saiu de seus aposentos para dar um forte abraço em Anne e adverti-la para cuidar de sua saúde, independente do que fizesse. Marilla, como sempre contida em seus lamentos, beijou rapidamente as bochechas de Anne e disse que esperava notícias assim que ela estivesse acomodada. Um observador casual poderia concluir que a partida de Anne não significava muito para ela — a menos que esse observador desse uma boa olhada na expressão de seus

---

[1] Verso do poema satírico "Sorrows of Werther", de William Makepeace Thackeray (1811-1863). O poema é baseado no tema do livro *Os sofrimentos do jovem Werther*, publicado em 1774, do escritor alemão Johann Wolfgang von Goethe (1749-1832).

olhos. Dora beijou Anne cerimoniosamente e derramou duas pequenas lágrimas ensaiadas, mas Davy, que estivera chorando nos degraus da varanda dos fundos desde que se levantara da mesa do café, se recusou em despedir-se dela. Quando viu Anne vindo em sua direção, levantou-se num salto, correu escada acima e escondeu-se num armário, de onde não quis sair. Seus uivos abafados foram os últimos sons que Anne ouviu ao partir de Green Gables.

Choveu torrencialmente durante todo o trajeto até Bright River, para onde o grupo de jovens deveria ir, visto que a linha secundária do trem de Carmody não se conectava com o barco. Charlie e Gilbert estavam na plataforma da estação quando elas chegaram, e o trem já apitava. Anne só teve tempo de pegar sua passagem, o baú, se despedir rápido de Diana e subir no trem apressadamente. Desejava estar voltando com ela para Avonlea, pois sabia que iria morrer de saudade de casa. E, oh, se ao menos aquela chuva chata parasse de cair! Era como se o mundo inteiro estivesse lamentando o desaparecimento do verão e a partida da alegria! Até mesmo a presença de Gilbert falhou em trazer qualquer conforto, pois Charlie Sloane estava lá também, e suas *sloanices* — que só poderiam ser toleradas em um bom tempo — tornavam-se absolutamente insuportáveis num tempo chuvoso como aquele.

Entretanto, quando o barco deixou o porto de Charlottetown, as coisas mudaram para melhor. A chuva deu uma trégua e um sol dourado começou a aparecer vez ou outra por entre as nuvens, fazendo as ondas cinzentas brilharem com um resplendor acobreado e iluminando com lampejos dourados a neblina que envolvia as praias de areias vermelhas da Ilha, indicando que seria um bom dia, apesar de tudo. Além disso, Charlie Sloane teve que se retirar pois ficou mareado, e Anne e Gilbert ficaram sozinhos no convés.

"Fico muito contente que todos os Sloane se sintam mareados assim que entram num barco", pensou Anne, sem piedade.

"Estou certa de que não conseguiria dar minha última olhada para despedir-me do meu 'torrão natal'[2] com Charlie ali parado, fingindo olhar com tristeza também."

— Bem, aqui estamos nós! — comentou Gilbert, sem qualquer sentimentalismo.

— Sim, e eu me sinto como Childe Harold,[3] de Lord Byron; só que não é realmente meu "torrão natal" que estou contemplando — respondeu Anne, piscando vigorosamente os olhos cinzentos. — O meu deve ser Nova Escócia, suponho. Mas o "torrão natal" é o lugar que a pessoa mais ama e, para mim, é a boa e velha Ilha do Príncipe Edward. Nem acredito que não vivi aqui a minha vida inteira! Aqueles onze anos antes de vir para cá me parecem um pesadelo. Há sete anos, viajei nesse barco, naquela tarde que a sra. Spencer me trouxe de Hopeton. Consigo me ver naquele velho e horroroso vestido de chita e usando o chapéu desbotado, explorando o convés e as cabines com extasiada curiosidade. Era uma bela tarde, e como aquelas praias vermelhas da Ilha brilhavam sob a luz do sol! Agora estou cruzando o estreito de novo. Oh, Gilbert, eu realmente espero gostar de Redmond e Kingsport, mas estou certa de que não vou!

— Anne, onde foi parar toda a sua filosofia?

— Está inteira submersa em uma grande e esmagadora onda de solidão e nostalgia. Ansiei durante três anos ir para Redmond, e agora que estou indo... desejava que não estivesse! Mas não importa! Voltarei a ficar alegre e filosófica assim que puder chorar por algum tempo. Vou *precisar* desse momento, como minha válvula de escape, e terei que esperar até chegar no quarto da pensão essa noite, onde quer que seja o endereço,

---

[2] *Ould sod*, no inglês. Referência ao poema narrativo "Childe Harold's Pilgrimage", de Lord Byron (1788-1824). O poema descreve as viagens e reflexões de um jovem desiludido do mundo, que busca distração em terras estrangeiras.

[3] Referência ao mesmo poema.

antes de poder fazer isso. Só então, Anne será ela mesma novamente. Pergunto-me se Davy já saiu do armário.

Eram nove horas da noite quando o trem chegou a Kingsport, e os jovens se encontraram no fulgor azul e branco de uma estação lotada. Anne se sentiu terrivelmente desnorteada, mas um segundo depois foi resgatada por Priscilla Grant, que chegara a Kingsport no sábado.

— Aqui está você, querida! Presumo que esteja tão cansada quanto eu estava quando cheguei, no sábado à noite.

— Cansada! Priscilla, nem me fale disso! Estou cansada, pálida e caipira como se tivesse apenas dez anos de idade. Pelo amor de Deus, leve essa sua pobre e exausta amiga para algum lugar onde eu possa ouvir meus próprios pensamentos!

— Vou levá-la diretamente para nossa pensão. Tenho uma charrete esperando lá fora.

— É uma grande bênção que você esteja aqui, Prissy. Se não fosse por você, acho que eu iria me sentar no meu baú, aqui e agora, e chorar lágrimas amargas. Que conforto é ter um rosto familiar em um imenso deserto de estranhos!

— Aquele lá é Gilbert Blythe, Anne? Como ele cresceu desde o ano passado! Ele era apenas um garoto quando lecionei em Carmody. E, com certeza, aquele é Charlie Sloane. *Ele* não mudou nada, nem poderia! Tinha essa mesma cara quando nasceu e vai estar exatamente assim quando tiver oitenta anos. Por aqui, querida. Estaremos em casa em vinte minutos.

— Casa? — gemeu Anne. — Você quer dizer que estaremos em uma pensão horrorosa, em um quartinho num corredor ainda mais horroroso, com vista para um quintal sujo nos fundos!

— Não é uma pensão horrorosa, Anne querida. Aqui está nossa charrete. Suba. O cocheiro vai pegar seu baú. Oh, sim, a pensão é um lugar muito agradável, como você vai admitir amanhã de manhã, depois de uma boa noite de sono ter transformado essa sua melancolia numa alegre disposição.

É uma casa grande e antiga de pedra cinza, na rua St. John, a poucas quadras de caminhada de Redmond. Costumava ser a residência de grandes personalidades, mas a rua St. John deixou de estar na moda, e suas mansões agora apenas se conformam em evocar glórias passadas. Elas são tão grandes que os proprietários precisaram convertê-las em pensões, assim todos os quartos seriam utilizados. Ao menos essa é a explicação que as senhorias anseiam em contar às inquilinas. Elas são muito amáveis, Anne, as donas da pensão.

— Quantas são? — quis saber Anne.

— Duas. A srta. Hannah Harvey e a srta. Ada Harvey. Elas são gêmeas e devem ter mais ou menos cinquenta anos.

— Parece que não consigo me livrar de gêmeos — sorriu Anne. — Onde quer que eu vá, acabo encontrando-os.

— Oh, querida, elas não são mais gêmeas agora. Depois de passar dos trinta, nunca mais foram. A srta. Hannah continuou envelhecendo, não muito graciosamente, e a srta. Ada permaneceu com trinta anos, ainda menos graciosa. Não sei se a srta. Hannah é capaz de sorrir ou não, pois até agora não consegui vê-la fazendo-o, mas a srta. Ada sorri o tempo todo, o que é pior ainda. No entanto, são muito bondosas e gentis. Elas hospedam duas pensionistas por ano, porque o espírito econômico da srta. Hannah não consegue suportar "tanto espaço desaproveitado", não porque precisam ou porque tenham que fazê-lo, como a srta. Ada já me disse sete vezes desde sábado à noite. Quanto aos nossos quartos, tenho de admitir, são quartinhos de corredor, e o meu tem vista para o pátio dos fundos. O seu fica na frente e tem vista para o cemitério Old St. John, que fica do outro lado da rua.

— Isso parece abominável! — estremeceu Anne. — Acredito que iria gostar mais de ficar com a vista dos fundos.

— Oh, não, não gostaria. Espere e verá. Old St. John é um lugar especial. Foi um cemitério durante muitos anos, e então deixou de ser para se tornar uma das melhores paisagens de

Kingsport. Ontem à tarde, caminhei por toda sua extensão, só por prazer. É cercado por um grande muro de pedras e por uma fileira de enormes árvores, e também há outras fileiras de árvores em seu interior. As velhas tumbas são muito extravagantes, com as mais esquisitas e curiosas inscrições. Acho que vai acabar indo estudar por ali, Anne, você vai ver! É claro, agora ninguém mais é enterrado no Old St. John. Mas, há alguns anos, ergueram um lindo monumento em memória dos soldados da Nova Escócia que morreram na Guerra da Crimeia. Está bem diante dos portões de entrada e há "espaço para a imaginação", como você costumava dizer. Aqui está a sua bagagem, enfim; e os rapazes estão vindo para nos dar boa noite. Preciso mesmo apertar a mão de Charlie Sloane, Anne? As mãos dele são sempre tão frias como escama de peixe. Devemos pedir que venham nos visitar de vez em quando. A srta. Hannah me disse, muito circunspecta, que podemos receber visitas de jovens cavalheiros duas noites por semana, se eles forem embora em horários convenientes; e a srta. Ada pediu-me, sorridente, que eu cuidasse, *por favor*, para que não se sentassem em suas belas almofadas. Prometi, mas só Deus sabe onde mais eles *podem* se sentar, a menos que se sentem no chão, pois têm almofadas por *todos os lados*. A srta. Ada tem uma elaborada toalha de renda de Battenburg até em cima do piano!

Anne já estava rindo. A alegre conversa de Priscilla surtiu efeito e deixou-a mais animada, a saudade de casa havia desaparecido naquele momento e não retornou com força total nem mesmo quando ela, enfim, se encontrou sozinha em seu novo quartinho. Foi até a janela e olhou para fora. A rua abaixo estava sombria e silenciosa. A lua brilhava acima das árvores do Old St. John, bem detrás da escura cabeça de leão no monumento. Anne se perguntou se fora realmente na manhã daquele mesmo dia que deixara Green Gables. Tinha a sensação de uma longa passagem de tempo, como a que é conferida por um dia de mudança e viagem.

"Creio que essa mesma lua está olhando para Green Gables agora", meditou. "Mas não vou pensar nisso — esse é o caminho da nostalgia. Não terei nem mesmo a minha crise de choro de escape. Deixarei para outra ocasião mais conveniente, e agora irei para a cama dormir, com calma e tranquilidade."

IV
A dama de abril

Kingsport era uma antiga cidade pitoresca envolta na obsoleta atmosfera de seus tempos de colônia, como uma velha e distinta senhora que se vestia com as roupas que usara em sua longínqua juventude. Aqui e ali se percebia a modernidade, mas sua essência permanecia a mesma; repleta de relíquias únicas e coroada pelo romântico prestígio de muitas lendas de antigamente. Havia sido um simples posto avançado de fronteira, próximo ao deserto, numa época em que os índios se encarregaram de abolir a monotonia na vida dos colonos. Passou a ser, então, o pomo da discórdia entre britânicos e franceses, sendo ocupada ora por um país, ora por outro, emergindo de cada ocupação com uma nova cicatriz de batalha marcada pelas duas nações.

No parque, havia uma Torre Martello[1] onde os turistas gravavam seus nomes, um antigo forte francês caindo aos pedaços nas colinas fora da cidade e diversos canhões antigos espalhados pelas praças públicas. Kingsport também tinha outros

---

[1] Torre de Martello é uma estrutura de defesa que foi muito utilizada durante as guerras napoleônicas na Inglaterra, na Irlanda, no Canadá e em outros países.

locais históricos que poderiam ser explorados por curiosos, mas nenhum era mais exótico e adorável do que o cemitério Old St. John, localizado bem no centro do município, entre duas tranquilas e silenciosas ruas com mansões antigas, e outras duas modernas e movimentadas avenidas. Cada cidadão de Kingsport sentia-se orgulhoso e possessivo em relação ao Old St. John — e se fosse um pouco pretensioso, diria que tinha um ancestral enterrado ali, com uma estranha lápide curva sobre sua cabeça ou uma laje estendida protegendo o túmulo, onde estariam inscritos todos os feitos memoráveis de sua existência.

Poucas daquelas velhas lápides apresentavam obras de arte ou de destreza. A maioria era feita de pedras nativas cinzentas ou marrons grosseiramente talhadas, e só ocasionalmente havia algum indício de decoração. Algumas ostentavam uma caveira e uma cruz feita de ossos, e essa horrível decoração era com frequência acompanhada da cabeça de um querubim. Muitas estavam abandonadas e em ruínas. A maior parte havia sofrido com as intempéries e a passagem do tempo, sendo que algumas inscrições estavam quase completamente apagadas e outras só podiam ser decifradas com dificuldade. O cemitério era enorme e muito sombreado, pois era rodeado e atravessado por fileiras de olmos e salgueiros. Debaixo dessas sombras, os mortos jaziam em paz, eternamente embalados pelos ventos e pelas folhas acima deles, e imperturbáveis pelo estrépito clamor do trânsito dos arredores.

Anne deu o primeiro de muitos passeios no Old St. John na tarde do dia seguinte. Ela e Priscilla tinham ido a Redmond pela manhã para se matricularem como alunas e tinham o restante do dia livre. As jovens escaparam dali alegremente, pois não era nada agradável ser rodeada por uma multidão de desconhecidos, cuja maioria tinha um aspecto estranho, como se não soubesse bem onde pertencia.

As calouras reuniram-se em grupos separados de duas ou três, olhando desconfiadamente umas para as outras. Os calouros, mais espertos, estavam agrupados na grande escadaria do corredor de entrada, onde cantarolavam com toda a força de seus jovens pulmões, como numa espécie de desafio aos seus tradicionais inimigos, os veteranos, alguns dos quais passeavam altivos, demonstrando explícito desdém aos novatos nas escadas. Gilbert e Charlie não estavam por ali.

— Jamais pensei que um dia ficaria contente em ver um Sloane, mas daria calorosas boas-vindas aos olhos esbugalhados de Charlie. Pelo menos seriam olhos familiares — disse Priscilla, ao cruzarem o campus.

— Oh! — suspirou Anne. — Não posso descrever como me senti quando estava parada esperando a minha vez para fazer a matrícula: tão insignificante quanto a menor gotinha do oceano! Já é terrível o bastante me sentir insignificante, mas é insuportável ter gravado na alma que nunca vou e nunca poderei ser nada além de insignificante, e foi assim que me senti... como se fosse invisível a olho nu, e que algumas das veteranas pudessem pisar em mim. Sabia que acabaria indo para o túmulo sem honras, sem glórias e sem ninguém chorar por mim.

— Espere até o ano que vem — respondeu a consoladora Priscilla. — Então seremos capazes de parecer tão pedantes e sofisticadas quanto qualquer veterana. Sem dúvida é péssimo sentir-se insignificante, mas acho que é melhor do que se achar tão grande e esquisita quanto eu... como se eu estivesse *esparramada* por toda Redmond. Foi assim que me senti, e suponho que seja porque sou ao menos cinco centímetros mais alta do que qualquer outra na multidão. Não tive medo de que alguma veterana pisasse em mim, mas temia que me tomassem por um elefante ou uma amostra corpulenta de algum ilhéu superalimentado.

— Creio que o problema é que não conseguimos perdoar a grande Redmond por não ser a pequena Queen's Academy — disse Anne, reunindo os fragmentos de sua antiga filosofia alegre para cobrir a nudez de seu espírito. — Quando saímos da Queen's, conhecíamos todo mundo e tínhamos nosso lugar lá. Parece que temos esperado, sem perceber, que fôssemos voltar à vida em Redmond exatamente onde a deixamos na Queen's, e agora sentimos como se o chão tivesse sido tirado de de baixo dos nossos pés. Estou grata porque nem a sra. Lynde nem a sra. Elisha Wright sabem, ou jamais irão saber, sobre o meu estado de espírito neste momento. Ambas exultariam ao falar "eu bem que avisei", e ficariam convencidas de que era o começo do fim, enquanto, na verdade, é apenas o fim do começo.

— Exatamente. Isso já é mais a sua cara, Anne! Logo estaremos acostumadas e seremos conhecidas, e tudo ficará bem. Anne, você reparou naquela moça bonita, de olhos castanhos e boca encurvada, parada sozinha do lado de fora da porta do vestiário durante toda a manhã?

— Sim, reparei. Eu prestei atenção exatamente porque ela parecia ser a única criatura que se sentia tão solitária e abandonada quanto eu. Eu tinha *você*, mas ela não tinha ninguém.

— Acho que ela também se sentia completamente sozinha. Diversas vezes a vi fazer menção de vir falar conosco, mas não veio; muito tímida, suponho. Queria que tivesse vindo. Se não estivesse me sentido como o elefante de que falei, eu mesma teria ido até ela. Mas não poderia passar por aquele corredor comprido, com todos aqueles rapazes berrando nas escadas. Ela era a mais bonita das calouras que vi hoje, mas provavelmente o favoritismo seja enganoso, e até mesmo a beleza seja vã em seu primeiro dia em Redmond — concluiu Priscilla, com uma risada.

— Depois do almoço vou ao Old St. John — disse Anne. — Não sei se um cemitério é um bom lugar para se animar, mas parece ser o único lugar disponível onde existem árvores, e eu preciso de árvores. Vou me sentar em uma daquelas velhas lápides, fechar os olhos e imaginarei que estou nos bosques de Avonlea.

Mas Anne não fez isso, pois encontrou coisas interessantes o bastante no Old St. John para mantê-la de olhos bem abertos. Cruzaram o portão da frente, passando por debaixo do simples e maciço arco de pedra que ostentava o grande leão da Inglaterra.

— "E em Inkerman as sarças silvestres ainda estão ensanguentadas, e aquelas gélidas colinas doravante passarão à história"[2] — citou Anne, estremecendo ao olhar para o monumento.

As duas encontravam-se em um local sombrio, fresco e verde, onde os ventos gostavam de sussurrar. Caminharam para cima e para baixo por entre os longos corredores cobertos de relva, lendo os curiosos e extensos epitáfios gravados numa época em que havia mais ociosidade do que a delas.

— "Aqui jaz o corpo de Albert Crawford, Escudeiro," — leu Anne em uma desgastada lápide cinza —, "que foi por muitos anos o guardião da Artilharia de Sua Majestade em Kingsport. Serviu no exército até a paz de 1763, quando se aposentou devido a enfermidades. Foi um oficial corajoso, o melhor dos maridos, melhor dos pais, melhor dos amigos. Morreu em 29 de outubro de 1792, aos oitenta e quatro anos." Aqui há um epitáfio para você, Prissy. Certamente há nele uma brecha para a imaginação. Nossa, essa vida deve ter sido cheia de aventuras! E, quanto às suas qualidades pessoais, estou certa de que os elogios humanos não poderiam ter ido mais longe. Fico imaginando se algum dia lhe disseram tudo isso enquanto ainda estava vivo.

— Aqui há outro! — exclamou Priscilla. — Veja só: "Em memória de Alexander Ross, que morreu em 22 de setembro

---

[2] A Batalha de Inkerman foi um dos maiores combates da Guerra da Crimeia entre os russos e a coligação anglo-francesa. Foi travada em 5 de novembro de 1854, em Inkerman, local dentro da cidade de Sebastopol, na Rússia, mas, de direito, pertencente à Ucrânia.

de 1840, aos quarenta e três anos. Erigido como tributo de afeto por aquele a quem serviu com tanta lealdade durante vinte e sete anos e que o considerou como um amigo, merecedor de toda a confiança e dedicação".

— Um epitáfio muito bom — comentou Anne, pensativa.

— Não desejaria nada mais que isso. Somos todos serviçais de certa forma, e se o fato de sermos leais pode ser verdadeiramente inscrito em nossa lápide, nada mais precisa ser acrescentado. Aqui há uma triste inscrição, Prissy: "Em memória de um filho querido". E aqui outra: "Erigido em memória daquele que está enterrado em outro lugar". Pergunto-me onde estará a tumba desconhecida. Realmente, Prissy, os cemitérios de hoje em dia nunca serão tão interessantes quanto aqui. Você estava certa, eu virei aqui com frequência. Já amo este lugar. Vi que não estamos a sós: há uma moça no final da alameda.

— Sim, e creio que seja a mesma jovem que vimos em Redmond essa manhã. Faz cinco minutos que a estou observando. Ela começou a cruzar a alameda exatamente meia dúzia de vezes, e meia dúzia de vezes se virou e voltou. Ou ela é muito tímida ou tem algum peso na consciência. Vamos conhecê-la. Acho que é mais fácil nos conhecermos em um cemitério do que em Redmond.

Caminharam pela longa fileira em direção à desconhecida, sentada em uma lápide cinza sob um enorme salgueiro. Era certamente muito bonita, com um tipo de beleza vivaz, irregular e fascinante. Havia em seus cabelos suaves reflexos castanhos dourados, e um delicado brilho em suas bochechas arredondadas. Seus olhos eram grandes, castanhos e perolados, embaixo de escuras sobrancelhas singularmente arqueadas, e a boca encurvada era rosada. Vestia um traje marrom elegante e bem cortado, com sapatinhos muito modernos aparecendo por baixo dele. E seu chapéu de palha rosa-pálido, coroado com papoulas marrom-douradas, tinha o indefinível e inconfundível ar concedido à "criação" de um artista na confecção de chapéus.

Como uma ferroada, Priscilla teve a repentina sensação de que o chapéu que usava havia sido trançado pelo chapeleiro do vilarejo, e Anne, incomodada, se perguntou se a blusa que ela mesma fizera, e a sra. Lynde tinha ajustado, pareceria *muito* caipira e modesta ao lado do vistoso traje da desconhecida. Por um momento, as duas jovens sentiram vontade de voltar atrás.

Mas já tinham parado e se virado em direção à lápide cinza. Era muito tarde para desistirem, pois a moça de olhos castanhos tinha evidentemente concluído que estavam vindo falar com ela. De imediato, ela se levantou e aproximou-se com a mão estendida e um sorriso alegre e amistoso, sem sombra de timidez ou consciência pesada.

— Oh, meninas, quero saber quem são vocês! — exclamou, animada. — Estava *morrendo* de vontade de saber! Vi vocês duas em Redmond hoje de manhã. Digam-me, não foi *terrível*? Naquele momento lamentei não ter ficado em casa e me casado.

Anne e Priscilla explodiram numa gargalhada natural depois da inesperada conclusão. A jovem de olhos castanhos riu também.

— É verdade. Eu *poderia*, sabiam? Venham, vamos nos sentar nessa lápide e nos apresentar. Não vai ser difícil. Sei que vamos nos adorar, eu soube assim que as vi em Redmond, hoje cedo. Quis tanto ir até vocês e abraçá-las!

— E por que não veio? — perguntou Priscilla.

— Porque simplesmente não conseguia me decidir a ir. Nunca consigo tomar decisões sozinha para nada... sempre sofri com essa indecisão. Assim que decido fazer algo, sinto em meu íntimo que a outra opção seria melhor. É uma tremenda desgraça, mas nasci assim e não adianta nada me culpar, como fazem algumas pessoas. Então, não conseguia me decidir a ir falar com vocês, por mais que quisesse muito.

— Nós pensamos que você fosse muito tímida — disse Anne.

— Não, não, querida. Timidez não está entre as muitas faltas, ou virtudes, de Philippa Gordon; Phil para vocês. Podem me chamar de Phil desde já. Agora, como vocês se chamam?

— Ela é Priscilla Grant — respondeu Anne, apontando para a amiga.

— E esta é Anne Shirley — continuou Priscilla, apontando de volta.

— Somos da Ilha — disseram as jovens, em uníssono.

— Eu venho de Bolingbroke, Nova Escócia — disse Philippa.

— Bolingbroke! — exclamou Anne. — Ora, eu nasci lá.

— Sério? Então você é uma *Narizazul*,[3] afinal!

— Não, não sou — retorquiu Anne. — Não foi Dan O'Connell[4] que disse que se um homem nasce no estábulo, isso não faz dele um cavalo? Eu pertenço à Ilha com todo o coração.

— Bem, de qualquer maneira, estou contente que você seja originalmente de Bolingbroke. Faz com que sejamos mais ou menos vizinhas, não? E eu gosto disso, porque quando eu for lhe contar segredos, não vai ser como contar a uma estranha. Preciso contá-los. Não consigo guardar segredos; é inútil tentar. É o meu pior defeito; isso e a indecisão, como falei antes. Acreditam? Demorei meia hora para decidir que chapéu usar para vir aqui, *aqui*, num cemitério! À princípio, estava inclinada a usar o marrom com penas. Porém, assim que o coloquei, achei que este, rosa com a papoula de aba solta, ficaria melhor. Quando o prendi no lugar, gostei mais do marrom. Por fim, coloquei-os juntos sobre a cama, fechei os olhos e coloquei o prendedor entre eles. Abri os olhos e o prendedor apontava o

---

[3] *Bluenose*, no inglês. Nativo ou habitante da Nova Escócia. A origem do termo é desconhecida e pode ser tanto a descrição do nariz dos novo-escoceses no inverno quanto um tipo de batata muito comum na região, de cor azul-arroxeada.

[4] Daniel O'Connell (1775-1847) foi um líder nacionalista irlandês da primeira metade do século XIX conhecido como O Libertador ou O Emancipador.

rosa, então o coloquei. Fica bem em mim, não fica? Digam-me, o que acham da minha aparência?

Diante dessa inocente pergunta, feita em tom muito sério, Priscilla riu mais uma vez. Mas Anne apertou impulsivamente a mão de Philippa, e respondeu:

— Achamos você a moça mais bonita que vimos em Redmond hoje de manhã.

A boca encurvada de Philippa abriu-se num encantador sorriso enviesado, sobre dentes pequenos e muito brancos.

— Foi o que pensei também — foi sua surpreendente declaração —, mas queria a opinião de mais alguém para reforçar a minha. Não consigo decidir nem sobre minha própria aparência! No momento em que decido que sou bonita, começo a me sentir infeliz pensando que, na verdade, não sou. Além disso, tenho uma velha tia-avó horrorosa que sempre me diz, com um suspiro lamentoso: "Você foi um bebê tão lindo! É estranho como as crianças mudam quando crescem". Eu adoro tias, mas detesto tias-avós. Por favor, se não se importam, digam-me com frequência que sou bonita. Sinto-me tão mais confortável quando posso acreditar que sou bonita. E serei bem indulgente com vocês, se quiserem que eu seja; eu *consigo* ser, com a consciência tranquila.

— Obrigada — sorriu Anne —, mas Priscilla e eu somos tão firmemente convencidas de nossa boa aparência que não precisamos de nenhuma afirmação, então não precisa se preocupar.

— Oh, vocês estão rindo de mim! Sei que pensam que sou insuportavelmente frívola, mas não sou! Na verdade, não há nenhuma faísca de vaidade em mim. E nunca fico relutante em elogiar outras meninas quando merecem. Fico tão contente de ter conhecido vocês! Cheguei aqui no sábado, e desde então estou quase morrendo de saudades de casa. É um sentimento horrível, não é? Em Bolingbroke, sou uma personagem importante e em Kingsport não sou ninguém! Há momentos em que consigo sentir minha alma se deprimindo um pouco. Onde vocês estão hospedadas?

— Na rua St. John, 38.

— Melhor e melhor. Ora, eu moro logo virando a esquina, na rua Wallace. Mas não gosto da minha hospedaria. É fria e solitária, e a janela do meu quarto dá para um horroroso quintal nos fundos. É o lugar mais feio do mundo! E quanto aos gatos, bem, é verdade que *todos* os gatos de Kingsport não podem se reunir ali à noite, mas metade deles, sim! Eu adoro gatos deitados em tapetes, ronronando junto à lareira, mas gatos no quintal dos fundos à meia-noite são criaturas completamente diferentes. Na primeira noite em que estive aqui, chorei o tempo inteiro, como os gatos. Precisavam ver meu nariz de manhã. Como desejei nunca ter saído de casa!

— Não sei como você conseguiu decidir vir para Redmond, se é realmente uma pessoa tão indecisa — comentou Priscilla, sorridente.

— Deus a abençoe, querida, não decidi. Foi papai quem quis que eu viesse. Seu coração estava certo disso, o porquê eu não sei. Parece absolutamente ridículo pensar que eu vou estudar para um título de bacharelado, não parece? Não, contudo, o que eu posso fazer? Mas tudo bem, eu tenho bastante cérebro.

— Oh! — murmurou Priscilla, vagamente.

— Sim. Mas custa muito usar essa inteligência! E os bacharéis são criaturas tão cultas, dignas, sábias e solenes ou, ao menos, deveriam ser. Não, não queria vir para Redmond. Só vim para agradar ao papai. Ele é tão querido! Além disso, sabia que se ficasse em casa teria de me casar. Mamãe queria que eu me casasse, com certeza. Ela é muito decidida. Mas eu realmente odeio a ideia de me casar, ao menos por mais alguns anos. Quero me divertir muito ainda, antes de me assentar. E, mesmo sendo ridícula a ideia de eu me formar, ainda é mais absurda a noção de me ver como uma mulher casada, não é? Tenho só dezoito anos. Não, concluí que preferia vir para

Redmond a me casar. Além disso, como poderia decidir com qual homem casar?

— São tantos assim? — sorriu Anne.

— Muitos. Os rapazes gostam muito de mim, realmente gostam. Entretanto, havia apenas dois que valiam a pena. Os outros eram todos jovens demais ou muito pobres. Devo me casar com um homem rico, vocês sabem.

— Por que deve?

— Queridas, vocês não podem pensar que *eu* seria a esposa de um homem pobre, podem? Não consigo fazer uma única coisa de útil e sou *completamente* extravagante. Oh, não, meu marido precisa ter um montão de dinheiro. Então, isso diminuiu a escolha para apenas dois. Mas não conseguia me decidir entre dois com mais facilidade do que entre duzentos. Sabia muito bem que, independente de qual escolhesse, lamentaria a vida toda por não ter me casado com o outro.

— Você não... ama... nenhum deles? — perguntou Anne, um pouco hesitante. Não era fácil para ela falar com uma estranha sobre os grandes mistérios e as transformações da vida.

— Por Deus, não! *Eu* não conseguiria amar ninguém. Não está em mim. Além disso, eu não iria querer. Penso que estar apaixonada faz de você uma perfeita escrava. Dá muito poder a um homem para magoá-la. Eu ficaria com medo. Não, não, Alec e Alonzo são ótimos rapazes, e gosto tanto deles que realmente não sei de qual gosto mais. Esse é o problema. Alec é o mais bonito, claro, e eu simplesmente não conseguiria me casar com um homem que não fosse charmoso. Tem bom caráter também e um adorável cabelo negro cacheado. É perfeito demais, e não creio que gostaria de me casar com um marido perfeito, alguém em quem eu nunca conseguiria achar um defeito.

— Então por que não se casar com Alonzo? — perguntou Priscilla, seriamente.

— Imagine se casar com alguém chamado Alonzo! — respondeu Phil, com tristeza. — Não creio que eu suportaria. Mas ele tem um nariz clássico e seria um conforto ter na família um nariz no qual você pode confiar. Não posso confiar no meu. Até agora, ele tem o formato dos Gordon, mas sinto tanto medo de desenvolver as tendências dos Byrne quando eu ficar mais velha! Examino-o todos os dias com ansiedade, para ter certeza de que ainda é dos Gordon. Mamãe é uma Byrne e tem o nariz dos Byrne no maior nível Byrne. Espere até vê-lo. Eu adoro narizes bonitos. O seu nariz é muito formoso, Anne Shirley. O nariz de Alonzo quase inclinou a balança a seu favor. Mas *Alonzo*! Não, não consegui me decidir. Se pudesse fazer como fiz com os chapéus, colocá-los juntos, fechar os olhos e fincar com um prendedor, teria sido bem fácil.

— O que Alec e Alonzo sentiram quando você partiu? — perguntou Priscilla.

— Oh, eles ainda têm esperanças. Disse-lhes que teriam que esperar até eu me decidir. E estão muito dispostos a isso. Os dois me adoram, sabiam? Enquanto isso, pretendo me divertir. Espero ter montões de pretendentes aqui em Redmond. Não consigo ser feliz se não tiver, vocês sabem. Mas não acham que os calouros são pavorosamente bobões? Só vi um único realmente bonito entre eles. Tinha ido embora antes de vocês chegarem. Ouvi o amigo dele chamá-lo de Gilbert. O colega dele tinha os olhos que saltavam *até aqui*. Mas vocês não estão indo embora ainda, estão? Não vão ainda!

— Acho que devemos ir — disse Anne, um pouco friamente. — Está ficando tarde e eu tenho trabalho a fazer.

— Mas vocês vão vir me ver, não vão? — perguntou Philippa, levantando-se e passando o braço ao redor delas. — E permitam que eu as visite. Quero ser amiga de vocês. Já sinto tanto carinho pelas duas! Eu não as cansei com minha frivolidade, cansei?

— Não muito — riu Anne, respondendo ao aperto de Phil com cordialidade.

— Porque não sou tão tola quanto pareço ser na superfície, sabiam? Apenas aceitem Philippa Gordon como Deus a fez, com todos os seus defeitos, e acredito que chegarão a gostar dela. Esse cemitério não é um lugar adorável? Adoraria ser enterrada aqui. Há uma tumba que eu não tinha visto ainda... vejam essa aqui, por trás da grade de ferro... oh, meninas, vejam! A lápide diz que é a tumba de um guarda-marinha que foi morto na batalha entre a Shannon e o Chesapeake.[5] Imaginem só!

Anne deteve-se na grade e olhou para a pedra desgastada, e seu corpo estremeceu com uma repentina empolgação. O antigo cemitério, com suas árvores arqueadas e longos corredores sombreados, desapareceu de vista. Em seu lugar, viu o porto de Kingsport de quase um século atrás. Da neblina, saiu lentamente uma grande fragata, brilhando com a "meteórica bandeira da Inglaterra".[6] Atrás dela, havia outra, com um contorno rígido e heroico jazendo no deque superior, envolto em sua própria bandeira estrelada, o valente Lawrence. O dedo do tempo tinha virado a página e aquela era Shannon, navegando triunfante pela baía e trazendo Chesapeake como prêmio.

— Volte, Anne Shirley, volte — riu Philippa, puxando-lhe o braço. — Você está a um século distante de nós. Volte.

Anne voltou com um suspiro; seus olhos resplandeciam suavemente.

— Sempre amei essa velha história e apesar de os ingleses terem conquistado aquela vitória, acho que gosto por causa do bravo comandante derrotado. Essa lápide parece aproximá-lo

---

[5] HMS Shannon foi uma fragata da Marinha Real Britânica que serviu na Guerra de 1812. Em 1º de junho de 1813, a fragata liderou uma batalha naval que capturou o navio da Marinha Americana, USS Chesapeake, em uma violenta batalha.

[6] "Bandeira meteórica" é uma das variações da bandeira inglesa, diferenciando-a da oficial chamada *King's Colors*, adotada pela Grã-Bretanha e suas colônias.

daqui de tal maneira, e torná-lo tão real! Esse pobre guarda-marinha tinha só dezoito anos. Ele "morreu devido aos terríveis ferimentos recebidos durante o heroico combate", assim diz o epitáfio. Isso é tudo o que um soldado poderia desejar.

Antes de virar-se, Anne desprendeu o raminho de amor-perfeito lilás que usava e o deixou cair serenamente na tumba do rapaz morto no grande duelo marítimo.

— Bem, o que você achou da nossa nova amiga? — perguntou Priscilla, quando Phil partiu.

— Eu gostei dela. Existe algo muito amável em Phil, apesar de todas as suas tolices. Creio, como ela mesma disse, que não seja tão tola quanto parece. É um querido bebê adorável, que não sei se algum dia crescerá de verdade.

— Eu também gostei dela — prosseguiu Priscilla, decididamente. — Phil fala tanto de garotos quanto Ruby Gillis. Mas ouvir Ruby sempre me dá nos nervos, enquanto Phil só me fez rir. Ora, qual será a razão disso?

— Existe uma diferença — respondeu Anne, pensativa. — Acho que é porque Ruby é realmente muito *consciente* dos rapazes. Ela brinca de amar e de conquistar. Além disso, faz com que você sinta que ela está se gabando por causa de seus admiradores, que está esfregando no seu nariz que você não tem nem a metade deles. Agora, quando Phil fala de seus pretendentes, soa como se ela estivesse falando de *companheiros*. Ela realmente olha para os rapazes como bons camaradas e fica satisfeita por ter dúzias deles à sua volta apenas porque gosta de ser popular, e gosta ainda mais que pensem que ela é. Mesmo Alec e Alonzo, nunca mais conseguirei pensar nesses nomes separados depois de hoje, são como dois amigos que querem brincar com ela durante a vida inteira. Estou contente por tê-la conhecido e estou feliz porque fomos ao cemitério Old St. John. Creio que plantei uma raizinha no solo de Kingsport nesta tarde. Espero que sim. Odeio quando me sinto transplantada.

V
Notícias de casa

Nas três semanas seguintes, Anne e Priscilla continuaram a se sentir como forasteiras numa terra estranha. Então, de repente, tudo pareceu entrar no seu devido lugar: Redmond, professores, aulas, colegas, estudos, vida social. A vida tornou-se homogênea novamente, ao invés de fragmentada sem conexão. Os calouros deixaram de ser uma coleção de indivíduos que não se relacionava e tornou-se um grupo com alma, interesses, antipatias, gritos de guerra e ambições únicas.

Ganharam o Torneio Anual de Artes contra os veteranos e, desde então, conquistaram o respeito de todas as turmas e uma enorme confiança em seus próprios méritos. Por três anos consecutivos os veteranos tinham vencido o torneio, e o fato de a vitória desse ano estar içada na bandeira dos calouros foi atribuído à estratégica liderança de Gilbert Blythe, que dirigiu a campanha e criou novas táticas, desmoralizando os veteranos e levando os calouros à vitória. Como recompensa por seus méritos, Gilbert foi eleito presidente da Turma dos Calouros, cargo de muita honra e responsabilidade — ao menos, do ponto de vista de um novato — e cobiçado por muitos.

Também foi convidado a ingressar nos *Lambs* — como ali chamavam a fraternidade de estudantes Lamba Theta de

Redmond — honraria raramente concedida a um calouro. Como ritual de iniciação, foi obrigado a desfilar pelas principais ruas do comércio de Kingsport durante um dia inteiro, usando um chapéu feminino e um volumoso e espalhafatoso avental estampado de chita. Cumpriu a tarefa com bom humor, tirando seu chapéu com graciosa cortesia cada vez que encontrava as senhoritas que conhecia. Charlie Sloane, que não havia sido convidado para ser membro dos *Lambs*, disse a Anne que não conseguia entender como Blythe podia fazer isso, e que *ele*, de sua parte, nunca conseguiria se humilhar daquela maneira.

— Imagine Charlie Sloane usando um avental de *florzinha* e um *chapeuzinho* — disse Priscilla, com uma risada. — Ficaria idêntico à sua velha avó Sloane. Gilbert, por sua vez, parecia tão varonil com a fantasia quanto em suas próprias roupas.

Anne e Priscilla viram-se intensamente envolvidas no centro da vida social de Redmond. Em grande parte, isso aconteceu tão rápido graças a Philippa Gordon. Phil era filha de um famoso homem rico e pertencia a uma antiga e exclusiva família de *Narizazul*. A isso, eram aliados sua beleza e seu charme — charme esse reconhecido por todos que a conheciam —, o que prontamente abriu-lhe as portas de todo círculo, clube e casta em Redmond, e aonde quer que ela fosse, Anne e Priscilla iam também. Phil adorava as jovens, especialmente Anne. A moça tinha uma alma pura e leal, limpa de qualquer forma de presunção. "Quem me ama, ama minhas amigas" parecia ser seu lema inconsciente. Sem esforço, as fez ingressar no amplo círculo de suas relações, e as jovens de Avonlea encontraram o caminho de sua vida social em Redmond muito fácil e prazeroso, para a inveja e admiração das outras calouras — as quais, por não terem o apoio de Philippa, estavam condenadas a ficar praticamente à margem das atividades durante o primeiro ano de faculdade.

Para Anne e Priscilla, que tinham uma visão mais séria da vida, Phil permaneceu como a garotinha adorável e divertida que aparentou ser no dia em que se conheceram. Ainda assim, como a própria Phil havia dito, ela "tinha bastante cérebro". Quando ou onde encontrava tempo para estudar era um mistério, pois parecia estar sempre em busca de algum tipo de diversão, e as tardes que permanecia em casa eram cheias de visitantes. Phil tinha todos os pretendentes que seu coração poderia almejar: nove em cada dez calouros, e um considerável número de veteranos, rivalizavam por seus sorrisos. Ela ficava ingenuamente satisfeita por isso e contava com alegria cada nova conquista para as amigas, com comentários que fariam as orelhas dos desafortunados admiradores queimarem furiosamente.

— Alec e Alonzo não parecem ter nenhum rival sério ainda — provocou Anne.

— Nenhum — concordou Philippa. — Escrevo aos dois toda semana e conto-lhes sobre os meus jovens adoradores. Estou certa de que isso os diverte. Contudo, claro, o rapaz que eu mais gosto não consigo conquistar. Gilbert Blythe não presta nenhuma atenção em mim, exceto para me olhar como se eu fosse uma gatinha fofa que ele gostaria de dar carinho. Sei muito bem a razão. Tenho inveja de você, Rainha Anne. Eu realmente deveria odiá-la, mas, ao invés disso, a adoro tanto que chego a ficar triste quando não a vejo todos os dias. Você é diferente de qualquer outra amiga que tive antes. Às vezes, quando você me olha de certo jeito, sinto como sou insignificante e abominavelmente frívola e desejo ser melhor, mais sábia e mais forte. E, então, tomo firmes resoluções. Mas o primeiro jovem bonito que cruza meu caminho derruba toda e qualquer decisão da minha mente! A vida na universidade não é magnífica? É tão engraçado pensar que eu a odiei no primeiro dia. Porém, se não tivesse sido assim, eu nunca teria conhecido vocês. Anne, por favor, diga mais uma vez que você gosta de mim, pelo menos um pouquinho! Almejo ouvir isso!

— Gosto de você um *tantão* assim, e acho você uma adorável, doce e aveludada gatinha sem garras — riu Anne —, mas não entendo como você arranja tempo para estudar.

Phil deve ter encontrado tempo, pois estava à frente em cada matéria do primeiro ano. Até mesmo o velho e irritadiço professor de matemática, que detestava educação mista e se opusera amargamente à admissão desse formato em Redmond, teve que render-se a ela. Levava vantagem sobre as calouras em todas as matérias, exceto em inglês, a qual Anne Shirley a deixava para trás. A própria Anne achou as matérias do primeiro ano bem fáceis, em grande parte devido à severa disciplina de estudos que ela e Gilbert tinham empreendido naqueles dois últimos anos em Avonlea. Isso lhe dava mais tempo para a vida social, que desfrutava enormemente. Mas Anne nunca, nem por um instante, se esqueceu de Avonlea e de seus amigos de lá. Para ela, os momentos mais felizes de cada semana eram os que chegavam cartas de casa. Não demorou muito para perceber, assim que recebeu as primeiras correspondências, que jamais poderia gostar de Kingsport ou se sentir em casa ali. Antes de chegarem, Avonlea parecia estar a centenas de quilômetros de distância, mas as cartas a aproximaram de seu lar, e uniram a antiga vida à nova com laços apertados, até convertê-las em uma única existência, ao invés de duas desesperançadas vidas segregadas.

A primeira remessa continha seis cartas: de Jane Andrews, Ruby Gillis, Diana Barry, Marilla, sra. Lynde e Davy. A carta de Jane era uma produção caprichada, com cada "t" perfeitamente cruzado e cada "i" muito bem pontuado, mas sem nenhuma sentença interessante. Jane jamais mencionou a escola, sobre a qual Anne estava ansiosa por saber, e nunca respondeu nenhuma de suas perguntas. Mas contou a Anne quantos metros de renda havia arrematado com crochê recentemente, o clima que fazia em Avonlea, qual seria o modelo de seu novo vestido e como se sentia quando tinha dor de cabeça.

Ruby Gillis escreveu uma epístola efusiva em que lamentava a ausência de Anne, assegurando-lhe que sua falta era terrivelmente sentida em tudo, perguntando como eram os rapazes de Redmond e completando o restante com histórias de sua experiência com os inúmeros admiradores. Era uma carta frívola e inocente, da qual Anne teria achado graça se não fosse pelo postscriptum:

A julgar por suas cartas, Gilbert parece divertir-se muito em Redmond, escreveu Ruby. *Não creio que Charlie esteja tendo o mesmo êxito.*

Então Gilbert andava escrevendo para Ruby! Muito bem. Tinha todo o direito de fazê-lo, é claro. Só que... Anne não sabia que Ruby escrevera primeiro, e Gilbert tinha respondido por mera cortesia. Deixou de lado a carta dela com desdém. Mas a encantadora cartinha de Diana, vivaz e cheia de notícias, removeu a punhalada que o final da de Ruby havia fincado. A carta da amiga continha muito sobre Fred, mas era, por outro lado, tão rica em novidades e temas de interesse para Anne, que ela quase se sentiu transportada para Avonlea enquanto lia. A carta de Marilla era um pouco formal e insípida, severamente desprovida de fofocas ou de emoção. Mesmo assim, de certo modo, transmitiu a Anne um sopro da vida simples e saudável de Green Gables, com o aroma da antiga paz e do amor duradouro e constante que a aguardava lá. A carta da sra. Lynde estava repleta de novidades da igreja. Como não possuía mais uma casa para cuidar, ela tinha mais tempo do que nunca para se dedicar aos assuntos paroquiais, e havia se lançado a eles de corpo e alma. Estava, no momento, muito atarefada por causa dos "suplentes" que ocupavam o púlpito vazio de Avonlea.

Creio que só existam tolos no sacerdócio hoje em dia, escreveu, com amargura. *Os candidatos que nos enviaram, e as coisas que pregam! Metade não é verdade e, o que é pior, não soa conforme a doutrina sagrada. O pastor que temos agora é o pior de todos. Ele geralmente pega um texto e prega sobre qualquer outra coisa. E diz não acreditar que todos os pagãos estejam eternamente perdidos. Veja a ideia! Se assim fosse, todo o dinheiro que temos dado às Missões Estrangeiras estaria perdido, isso sim! Domingo passado, à noite, ele anunciou que no próximo domingo irá falar sobre o tubarão martelo que apareceu na praia. Penso que seria melhor limitar-se à Bíblia, deixando de lado os assuntos sensacionalistas. As coisas chegaram a um estado tal que um ministro não é capaz de encontrar um tema nas Escrituras Sagradas para pregar, isso sim! Qual igreja você está frequentando, Anne? Espero que vá regularmente. As pessoas têm a tendência de ficar descuidadas de sua regularidade aos cultos quando estão longe de casa, e entendo que os universitários pecam muito nesse quesito. Disseram-me que muitos, na verdade, estudam aos domingos. Espero que você nunca chegue a esse ponto, Anne. Lembre-se de como foi criada. E seja bastante cuidadosa ao escolher suas amizades. Você nunca sabe que tipo de criaturas se encontram nas universidades. Por fora parecem sepulcros caiados, e por dentro são como lobos vorazes, isso sim! E é melhor que você não tenha nada a ver com qualquer rapaz que não seja da Ilha.*

 Esqueci de contar o que aconteceu no dia em que o pastor veio nos visitar. Foi a coisa mais engraçada que eu já vi. Comentei com Marilla: "Se Anne estivesse aqui, não acha que teria rido?". Até mesmo Marilla riu. Ele é um homem gordo, muito baixo e de pernas arqueadas. Bem, o velho porco do sr. Harrison (aquele grande) perambulava por aqui outra vez naquele dia e invadiu o quintal, entrou em casa pela varanda dos fundos, sem que soubéssemos, e foi nesse momento que o pastor apareceu na porta. O animal fez um movimento brusco para sair, mas não havia por onde, pois o caminho estava obstruído por um par de pernas tortas — e o porco se arremeteu contra elas! Sendo ele tão grande, e o pastor tão pequeno, o animal o levantou sobre as costas e o carregou! O chapéu dele foi parar de um lado e a bengala do outro, justo quando Marilla e eu chegamos na soleira da porta. Jamais me esquecerei daquela visão!

O pobre porco estava quase morto de susto. Nunca mais conseguirei ler o relato na Bíblia sobre os suínos que se lançaram enlouquecidos ao mar,[1] sem vislumbrar o porco do sr. Harrison carregando o pastor morro abaixo. Creio que o animal pensou que carregava o diabo nas costas, ao invés de dentro de si. Fiquei grata porque nenhum dos gêmeos estava por perto. Não teria sido uma coisa boa ver o pastor numa situação tão indigna. Justo antes de chegarem ao riacho, o homem pulou ou caiu. O porco cruzou o lago feito louco e fugiu pelo bosque. Marilla e eu corremos para ajudá-lo a se levantar e sacudir seu paletó. Ele não tinha se machucado, mas estava furioso. Parecia nos responsabilizar pelo acontecido, apesar de termos afirmado que o porco não era nosso, e que o animal nos molestara durante todo o verão. Além disso, por que ele entrou pela porta dos fundos? O sr. Allan jamais faria isso. Passará muito tempo antes de termos um ministro como o sr. Allan. Mas há males que vêm para o bem. Nunca mais vimos as patas ou o pelo daquele porco desde então, e creio que nunca mais veremos.

As coisas estão bem tranquilas em Avonlea. Não achei Green Gables tão solitária quanto imaginava. Acho que vou começar a fazer outra colcha de algodão nesse inverno. A sra. Silas Sloane tem uma nova muito elegante, estampada com folhas de macieira.

Quando sinto que preciso de alguma agitação, leio os casos de assassinato no jornal de Boston que minha sobrinha envia para mim. Não costumava fazer isso, mas eles são realmente interessantes. Os Estados Unidos devem ser um lugar terrível. Espero que você nunca vá para lá, Anne. Mas a maneira como as meninas perambulam sobre a Terra hoje em dia é impressionante. Sempre me faz pensar em Satanás no livro de Jó, indo de lá para cá, subindo e descendo. Não creio que o Senhor tenha tido a intenção de que as coisas fossem assim, isso sim.

Davy tem se comportado muito bem desde que você partiu. Um dia, ele se comportou mal e Marilla o puniu fazendo-o usar o

---

[1] Evangelho de Marcos 5,11-4.

avental de Dora durante o dia inteiro, e então ele cortou todos os aventais da irmã. Dei-lhe uma surra por isso e, como vingança, ele perseguiu meu galo até o pobre animal cair morto.

Os MacPhersons se mudaram para minha residência. A esposa é uma excelente dona de casa, mas muito singular. Arrancou todos os meus narcisos, pois diz que dão ao jardim um aspecto desorganizado. Thomas os havia plantado quando nos casamos. O marido parece ser um bom homem, mas ela não consegue superar o hábito de ser uma solteirona, isso sim.

Não estude demais e não se esqueça de vestir as roupas de baixo de lã assim que o clima esfriar. Marilla se preocupa um bocado com você, mas sempre digo a ela que você é muito mais sensata do que jamais imaginei que seria quando era criança, e se sairá bem.

A carta de Davy começava com uma queixa:

Querida anne, por favor escreva e fale para marilla que não me amarre no tronco da ponte, quando vou pescar os meninos riem de mim quando ela faz isso. É muinto solitário aqui sem voce, mas tá muinto divertido na escola. Jane andrews é mais brava que voce. Asustei a sra. lynde com uma lamparina de cabeça de abóbora ontem de noite. Ela tava muinto brava é porque eu persegui o velho galo dela pelo quintal até que ele caiu mortnhu no chão. Eu não queria fazer ele cair mortu. O que feiz ele morer, anne, quero saber. A sra. lynde jogou ele no xiqueiro e perdeu a chance de vender pro sr. blair. O sr. blair paga 50 sentavos por bons galos mortus agora. Ouvi a sra. lynde pedindo ao pastor que orase por ela. O que ela fez que foi tão ruim, anne, quero saber. Fiz uma pipa com uma magnífica rabiola, anne. Milty bolter me contou uma grandi istória na escola ontem. é verdadi. o velho Joe Mosey e Leon tavam jogando cartas uma noiti semana passada no bosque. As cartas tavam num tronco e um grande homem negro maior que as árvores chegou e pegou as cartas e o tronco e sumiu com um barulho de trovão. Aposto que eles tavam com medo. Milty diz que o negro era o diabo. era ele, anne, quero saber. O sr. kimball lá de spenservale tá muinto doente, e vai ter que ir pro ospitau. por favor, espere que vou perguntar pra marilla se tá escrito certu. Marilla falou que ele tem que ir pro municomio e não pra outro lugar. Ele acha que tem uma cobra dentro dele. como é ter uma cobra dentro de voce, anne, quero saber. A sra. lawrence bell tá doente tambeim. A sra. lynde falou que a única coisa errada com ela é que ela pensa demais sobre suas partes de dentro.

"Pergunto-me o que a sra. Lynde pensaria de Philippa", pensou Anne, enquanto dobrava as cartas.

VI
Um passeio no parque

— O que vocês pretendem fazer hoje, meninas? — perguntou Philippa, ao entrar de repente no quarto de Anne numa tarde de sábado.

— Vamos dar uma caminhada no parque — respondeu Anne. — Deveria ficar aqui e terminar minha blusa, mas não conseguiria costurar num dia como esse. Tem alguma coisa no ar que entra na minha corrente sanguínea e enche minha alma de felicidade. Minhas mãos se recusariam a costurar e sairia tudo errado. Então, vamos ao parque e aos pinheiros!

— Esse "vamos" inclui mais alguém além de você e Priscilla?

— Sim, inclui Gilbert e Charlie, e ficaremos muito contentes se pudermos incluir você também.

— Mas, se eu for, acho que vou ficar segurando vela, e essa será uma nova experiência para Philippa Gordon — argumentou, um pouco amuada.

— Bem, novas experiências abrem a cabeça da gente. Venha conosco e você será capaz de simpatizar com todas as pobres almas que precisam segurar vela com frequência. Mas onde estão todas as suas vítimas?

— Oh, estava tão cansada de todos que simplesmente não consigo aturar nenhum deles hoje! Além disso, estou me sentindo um pouco triste... bem pouco, só um pouquinho. Não o suficiente para me deprimir. Escrevi para Alec e Alonzo na semana passada. Coloquei as cartas nos envelopes e os enderecei, mas não os fechei. Algo divertido aconteceu naquela noite, isto é, algo que Alec teria achado engraçado, mas não Alonzo. Eu estava com pressa, então tirei a carta de Alec de dentro do envelope, ou a que pensei ser a dele, e escrevi um P.S. Depois, levei-as ao correio. Recebi a resposta de Alonzo essa manhã. Meninas, escrevi o P.S. na carta *dele* e ele ficou furioso. É claro que ele vai superar isso, e não me importo se não superar, mas estragou meu dia. Então pensei em vir até vocês, queridas, para me animar. Depois que começar a temporada de futebol, não terei nenhum sábado livre. Eu adoro futebol! Tenho o gorro mais fantástico e um suéter listrado com as cores de Redmond para vestir nos jogos. Para falar a verdade, fui um pouco longe demais e vou parecer uma luminária de barbearia ambulante. Sabia que aquele seu Gilbert foi eleito capitão do time de futebol dos calouros?

— Sim, ele nos contou ontem à tarde — disse Priscilla, percebendo que a indignada Anne não iria responder. — Ele e Charlie estiveram aqui. Como sabíamos que estavam vindo, cuidadosamente tiramos de vista ou de alcance todas as almofadas da srta. Ada. Aquela bem elaborada, com o bordado em relevo, eu escondi num canto, atrás de uma cadeira. Pensei que estaria segura ali. Mas, pode acreditar? Charlie Sloane foi direto até aquela cadeira, encontrou a almofada atrás, afofou-a e ficou sentado em cima dela solenemente a tarde toda! Que desastre para a almofada! A pobre srta. Ada perguntou-me hoje pela manhã sorrindo, mas oh, com certo tom de reprovação, porque eu tinha permitido que se sentassem em cima da almofada. Respondi-lhe que eu não tinha permitido; que foi um caso de predestinação unido a uma inveterada *Sloanice*, e que eu não pude lidar com as duas coisas ao mesmo tempo.

— As almofadas da srta. Ada estão me deixando realmente nervosa — comentou Anne. — Ela terminou mais duas na semana passada, abarrotadas e bordadas em cada milímetro. Como já não há de modo nenhum outro lugar livre de almofadas para colocá-las, ela deixou-as ao pé da escada, contra a parede. Ficam caídas na metade do tempo, e quando subimos ou descemos do quarto no escuro, tropeçamos nelas! Domingo passado, enquanto o dr. Davis rezava por indivíduos expostos aos perigos no mar, acrescentei em pensamento: "e por todos aqueles que vivem em casas onde as almofadas reinam!" Ora! Estamos prontas, e vejo os rapazes chegando ao Old St. John. Vai tentar a sorte e ir conosco, Phil?

— Vou, se puder ir caminhando com Priscilla e Charlie. Esse será um nível suportável de *seguramento* de vela. Esse seu Gilbert é um encanto, Anne, mas por que ele está sempre com o Olho Esbugalhado?

Anne enrijeceu. Não gostava tanto assim de Charlie Sloane, mas ele era de Avonlea e nenhum forasteiro tinha o direito de rir dele.

— Charlie e Gilbert sempre foram amigos — respondeu, com frieza. — Charlie é um bom rapaz. Não pode ser culpado pelos olhos que tem.

— Não diga isso! Pode, sim! Deve ter feito algo terrível em outra encarnação para ser punido com aqueles olhos. Prissy e eu vamos nos divertir muito às custas dele hoje à tarde. Vamos fazer graça dele debaixo do seu próprio nariz e ele nem vai desconfiar.

Sem dúvida, as Travessas P's, como Anne as chamava, levaram a cabo seus propósitos nada cordiais. Felizmente, o ingênuo Sloane ficou feliz e alheio às brincadeiras. Considerava-se um rapaz boa pinta por estar acompanhado das colegas, especialmente Philippa Gordon, que era a beldade da turma. Isso com certeza deveria impressionar Anne. Desse modo, ela veria que algumas pessoas o apreciavam pelo que ele era.

Gilbert e Anne caminhavam atrás, um pouco distante dos outros, desfrutando da tranquilidade e da silenciosa e imóvel beleza da tarde outonal sob os pinheiros do parque, na alameda que subia e serpenteava em torno da costa do porto.

— O silêncio aqui é como uma oração, não é? — perguntou Anne, olhando para o céu claro. — Como eu amo os pinheiros! Parece que suas raízes estão profundamente entremeadas no romance atemporal. É tão reconfortante vir aqui de vez em quando para ter uma boa conversa com eles! Sempre me sinto muito feliz nesse lugar.

— "E, assim como na solidão das montanhas, surpreendidos, como se por algum encantamento maravilhoso, caem deles suas preocupações, como as pinhas quando o vento sacode os pinheiros"[1] — citou Gilbert. — Eles fazem com que as nossas pequenas ambições pareçam insignificantes, não acha, Anne?

— Penso que se algum dia for tomada por uma grande tristeza, certamente virei aos pinheiros em busca de conforto — respondeu a sonhadora Anne.

— Espero que você nunca passe por nenhuma grande tristeza, Anne — disse o rapaz, que não conseguia fazer uma ligação entre tristeza e a vívida e animada criatura ao seu lado, ignorando que aqueles que conseguem atingir os picos mais altos também são os que se precipitam nas maiores profundezas, e as naturezas de maior entusiasmo são as que sofrem mais.

— Mas isso deverá acontecer... um dia — meditou Anne. — A vida parece uma taça de bençãos gloriosas tocando meus lábios nesse momento. Mas deve haver nela alguma amargura, pois sempre há em qualquer taça. Deverei provar a minha, algum dia. Bem, espero ser forte e corajosa para enfrentá-la. E espero que não isso aconteça por minha culpa. Você se lembra do que o dr. Davis disse no sermão do último domingo? Que os pesares enviados por Deus trazem consigo conforto e força,

---

[1] Verso do poema "Dickens in Camp", do autor americano Bret Harte (1836-1902). O poema é uma homenagem a Charles Dickens, escrito após Harte receber a notícia da morte do mestre.

enquanto as tristezas buscadas por conta própria, por nossa estupidez ou maldade, são as mais difíceis de suportar? Mas não devemos falar de tristeza numa tarde como esta, que só deveria despertar alegria de viver, não é verdade?

— Se dependesse de mim, tiraria de sua vida tudo o que não fosse felicidade e prazer, Anne — disse Gilbert, num tom que significava "perigo à vista".

— Então você seria muito insensato — replicou Anne, rápido. — Estou certa de que nenhuma vida pode ser devidamente vivida e preenchida sem alguma provação e tristeza... embora eu suponha que só admitimos isso quando estamos muito tranquilos. Vamos! Os outros chegaram ao gazebo e estão nos esperando.

Sentaram-se todos juntos no pequeno refúgio para contemplar o pôr do sol outonal, uma mistura de profundo vermelho fogo e tons de dourado pálido. À esquerda, estava Kingsport, com seus telhados e pináculos ofuscados sob um véu de fumaça violeta. À direita, estava o porto, em tons rosados e acobreados, como se estivesse estendendo-se ao ocaso. Diante deles, a água tremulava, acetinada e prateada; e, mais além, surgia por entre a neblina a Ilha de William, protegendo a cidade como um robusto cão de guarda. A luz do farol irrompia através da bruma, semelhante a uma estrela lúgubre, a qual respondiam outras no horizonte distante.

— Já viram algum lugar com uma aparência mais pujante? — perguntou Philippa. — Não me importo especialmente com a Ilha de William, mas tenho certeza de que não a conquistaria se quisesse. Vejam a sentinela no topo do forte, bem ao lado da bandeira. Não parece ter saído de um romance de aventura?

— Falando em romances — disse Priscilla — estávamos procurando pelas urzes; mas, é claro, não conseguimos encontrar nenhuma. Acho que a estação está muito adiantada.

— Urzes! — exclamou Anne. — Elas não crescem na América, crescem?

— Só existem dois canteiros em todo o continente: um exatamente aqui no parque e outro em algum lugar na Nova Escócia, esqueci onde — explicou Phil. — O famoso Regimento Real das Terras Altas, a Guarda Negra, acampou aqui durante um ano e, quando os homens sacudiram os colchões de suas camas na primavera, algumas sementes de urze entre as palhas que os recheavam caíram e criaram raízes.

— Oh, que lindo! — exclamou a encantada Anne.

— Vamos para casa dando a volta pela avenida Spofford — sugeriu Gilbert. — Poderemos ver todas as belas mansões onde a nobreza reside. A avenida Spofford é a rua residencial mais elegante de Kingsport. A menos que seja milionário, ninguém consegue construir ali.

— Oh, vamos! — exclamou Phil. — Há um lugarzinho extremamente gracioso que quero mostrar a você, Anne. E *não foi* construído por nenhum milionário. É a primeira casa que se vê quando saímos do parque, e deve ter surgido quando a avenida Spofford ainda era uma estrada secundária. Ela *surgiu*, não foi construída! Não me importo com as residências da avenida. São muito novas e repletas de vidro. Mas esse lugarzinho é um sonho, e tem um nome..., mas espere até vê-lo.

Viram-no enquanto caminhavam pela colina margeada de pinheiros do parque. Precisamente no topo, onde a avenida Spofford transformava-se numa rua plana, havia uma casinha branca com um telhado duas águas, e pinheiros agrupados dos dois lados que estendiam seus braços protetores sobre o teto baixo da casa. Era coberta por trepadeiras vermelhas e douradas, pelas quais se viam as venezianas verdes fechadas. Na frente, havia um pequeno jardim rodeado por um muro baixo feito de pedras. Apesar de ser outubro, o jardim ainda exalava muito perfume e apresentava diversos tipos de flores, e preciosos e antigos arbustos que não pareciam desse mundo: artemísias, verbenas, flores-de-mel, petúnias, calêndulas e crisântemos. Uma minúscula trilha de ladrilhos em zigue-zague ia do portão até a varanda da frente. Tudo naquele lugar parecia ter sido transplantado de um remoto vilarejo no campo, no entanto, havia algo ali que, em contraste, fazia o vizinho ao lado — um enorme palácio com gramado cercado, pertencente a um rei da plantação de tabaco — parecer extremamente tosco, artificial e mal construído. Como Phil dissera, percebia-se bem a diferença entre ter surgido e ter sido construído.

— É o lugar mais encantador que já vi! — disse a extasiada Anne. — Me fez sentir um dos meus velhos e deliciosos arrepios. É mais terna e excêntrica do que a casa de pedras da srta. Lavendar.

— Quero que preste uma atenção especial ao nome — prosseguiu Phil. — Veja as letras brancas sobre o portão, ao redor da arcada: Casa da Patty. Não é gracioso? Ainda mais nessa avenida cheia de Pinehursts, Elmwolds e Cedarcrofts? Casa da Patty, a seu dispor! Eu adorei!

— Tem alguma ideia de quem seja essa Patty? — perguntou Priscilla.

— Patty Spofford é o nome da senhora idosa que é a proprietária, conforme descobri. Ela mora com a sobrinha e as duas vivem aqui há centenas de anos, mais ou menos; talvez um pouco menos, Anne. O exagero é só uma licença poética. Descobri que muitos cavalheiros abastados já tentaram comprar o terreno várias vezes, e realmente vale uma pequena fortuna agora, sabiam?, mas Patty não o venderia, independentemente do valor. E tem um pomar de maçãs atrás da casa, ao invés de um quintal, que vocês poderão ver quando passarmos um pouquinho adiante, um verdadeiro pomar de maçãs na avenida Spofford!

— Vou sonhar com a Casa da Patty hoje à noite — murmurou Anne. — Ora, sinto como se pertencesse a esse lugar. Pergunto-me se, por alguma casualidade, poderemos ver o interior da casa... um dia.

— Acho que não — respondeu Priscilla.

Anne sorriu misteriosamente.

— Não, não é provável. Mas acredito que isso irá acontecer. Estou com uma sensação esquisita, arrepiante e formigante, podem chamar de pressentimento, se quiserem, de que a Casa da Patty e eu ainda seremos boas amigas.

VII
Em casa outra vez

Aquelas três primeiras semanas em Redmond pareceram longas. Mas o restante do semestre voou nas asas do vento. Antes de perceber, os alunos de Redmond encontravam-se às portas dos exames de Natal, emergindo deles mais ou menos triunfantes. A honra de obter o primeiro lugar da turma dos calouros flutuou entre Anne, Gilbert e Philippa. Priscilla saiu-se muito bem e Charlie Sloane passou raspando, mas comportou-se de forma tão complacente quanto se tivesse sido o primeiro em tudo.

— Eu mal posso acreditar que amanhã a essa hora estarei em Green Gables — disse Anne, na véspera da partida. — Mas estarei! E você, Phil, estará em Bolingbroke com Alec e Alonzo.

— Estou ansiosa para encontrá-los — admitiu Phil, enquanto mordiscava um chocolate. — Eles são rapazes excelentes, você sabe. Será uma época de bailes, passeios e festas em geral infinitos. Nunca perdoarei você, Rainha Anne, por não me acompanhar nas férias.

— "Nunca" para você são três dias, Phil. Foi muita gentileza sua me convidar, e eu adoraria ir a Bolingbroke algum dia. Mas não posso ir esse ano. Eu *preciso* ir para casa. Não imagina como meu coração anseia por isso.

— Mas não vai se divertir tanto — replicou Phil, desdenhosamente. — Imagino que haverá uma ou duas reuniões do clube de costura e todas as velhas fofoqueiras vão falar mal de você na sua cara e pelas suas costas. Vai morrer de solidão, menina.

— Em Avonlea? — indagou Anne, divertida.

— Agora, se viesse comigo, teria férias maravilhosas! Bolingbroke ficaria louca por você, Rainha Anne, por seu cabelo, seu estilo, e oh, tudo! Você é tão *diferente* e faria tanto sucesso! E eu iria deleitar-me na glória refletida: "Não sou a rosa, mas vivi perto dela".[1] Venha, por favor, Anne!

— Seu quadro de triunfos sociais é bem fascinante, Phil, mas pintarei outro para contrabalançá-lo. Voltarei para uma antiga casa de fazenda, que um dia foi verde, mas agora está um pouco desbotada, situada entre desnudos pomares de maçã. Há um riacho no declive e, mais além, um bosque de pinheiros onde já ouvi os dedos da chuva e do vento tocarem a harpa. Próximo dali, existe uma lagoa, que agora deve estar cinzenta e reflexiva. Haverá duas senhoras idosas, uma magra e alta, outra baixa e gorda, e um casal de gêmeos; a menina é um perfeito modelo e o menino é o que a sra. Lynde chama de *santo terror*. Haverá um quartinho, subindo as escadas sobre a varanda, onde os velhos sonhos dançam intensamente, e uma grande, corpulenta e gloriosa cama com colchão de penas, que parecerá como o mais fino dos luxos depois do colchãozinho da pensão. O que acha do meu quadro, Phil?

---

[1] No original em francês, *Je ne suis pas la rose, mais j'ai vécu pres d'elle*. Verso atribuído a HB Constant na introdução do livro *Autobiography, Letters and literary remains of Mrs. Piozzi (thrale)*, escrito por A. Hayward. Saadi, o poeta persa, representa um pedaço de barro ainda perfumado pelas pétalas caídas das roseiras. Em *Gulistan, o Jardim de Rosas*.

— Parece-me muito tedioso — ela respondeu, com uma careta.

— Oh, mas ainda não disse sobre o que transforma tudo — prosseguiu Anne, suavemente. — Ali haverá amor, Phil. Amor leal e terno, como nunca encontrarei em lugar nenhum do mundo... amor que está esperando por mim. Isso não faz da minha pintura uma obra de arte, mesmo que as cores não sejam assim tão brilhantes?

Phil levantou-se em silêncio, deixando de lado a caixa de bombons, foi até Anne e a abraçou.

— Anne, eu queria ser como você — disse, de forma sóbria.

Diana encontrou Anne na estação de Carmody na noite seguinte, e ambas foram para casa sob a silenciosa e estrelada profundeza do céu. Quando chegaram à alameda, surgiu Green Gables, e Anne percebeu que a fazenda tinha um verdadeiro ar de festa. Havia luz em cada janela e seu resplendor irrompia pela escuridão, como flores flamejantes a desabrocharem penduradas na paisagem de fundo da Floresta Mal-Assombrada. No quintal, ardia uma grande fogueira com duas alegres figurinhas dançando ao redor, e uma delas deu um grito despropositado quando a charrete fez a volta sob os álamos.

— Davy fez isso para parecer um grito de guerra indígena — explicou Diana. — O ajudante do sr. Harrison o ensinou e ele está treinando todos os dias para lhe dar as boas-vindas. A sra. Lynde diz que está com os nervos em frangalhos. Ele surge por trás dela, sabe, e então dá o grito. E ele também estava determinado a fazer uma fogueira para recebê-la. Esteve juntando galhos durante quinze dias, e amolando Marilla para ela deixa-lo derramar um pouco de querosene antes de atear fogo. Acho que ela deixou, a julgar pelo cheiro, apesar de a sra. Lynde ter dito que Davy e todos os demais iriam explodir se Marilla permitisse.

Anne já havia pulado da charrete naquele momento e Davy estava abraçado em seus joelhos de forma extasiada, enquanto Dora se pendurava em sua mão.

— Não é uma bela fogueira, Anne? *Deixa eu* mostrar como se atiça o fogo! Viu as fagulhas? Eu que fiz para você, Anne, pois fiquei tão feliz que você estava voltando para casa!

A porta da cozinha se abriu e a delgada silhueta de Marilla escureceu-se contra a luz do fogo. Preferiu encontrar Anne nas sombras, pois tinha muito medo de chorar de alegria — ela, a severa e reprimida Marilla, que julgava indecorosa qualquer exibição de emoção profunda. A sra. Lynde veio logo atrás dela, robusta, gentil e matrona, como outrora. O amor que Anne tinha dito a Phil que esperava por ela estava bem ali, envolvendo-a e cercando-a com sua graça e doçura. Nada, afinal, poderia se comparar aos velhos laços, aos velhos amigos e à velha Green Gables! Como brilhava os olhos de Anne quando se sentaram à mesa de jantar tão bem servida, como estavam rosadas suas bochechas, como era claro o som de sua risada! E Diana iria passar a noite ali também. Como tudo parecia com os queridos velhos tempos! Até o jogo de chá decorado com botões de rosa enfeitava a mesa! Com Marilla, a força da natureza não poderia ir além.

— Imagino que você e Diana irão agora conversar a noite inteira — disse Marilla, em tom sarcástico, enquanto as meninas subiam as escadas. Ela sempre usava esse tom depois de demonstrar algum sentimento.

— Sim — concordou Anne, alegremente —, mas primeiro vou colocar Davy na cama. Ele insiste.

— É claro! — exclamou o menino, enquanto cruzavam o corredor. — Quero alguém para compartilhar minhas orações de novo. Não tem graça falar para ninguém.

— Você não está falando *para ninguém*, Davy. Deus está sempre com você para ouvi-lo.

— Bom, eu não consigo vê-Lo — objetou Davy. — Quero rezar com alguém que eu possa ver, mas *não vou* fazer a oração perto da sra. Lynde ou da Marilla, não mesmo!

Por fim, depois de vestir o pijama cinza de flanela, o menino não parecia com pressa para começar. Ficou diante de Anne, esfregando um pé descalço no outro, parecendo indeciso.

— Vamos querido, ajoelhe-se — pediu Anne.

Davy se aproximou e enterrou a cabeça no colo de Anne, mas não se ajoelhou.

— Anne — ele disse, com a voz abafada. — Não estou com vontade de rezar, afinal de contas. Faz uma semana que não estou com vontade. Eu... eu *não* rezei ontem nem anteontem.

— Por que não, Davy? — ela perguntou, gentilmente.

— Você... você não vai ficar furiosa se eu contar? — implorou Davy.

Anne colocou no colo o corpinho vestido em flanela cinza e acariciou sua cabeça com a mão.

— E alguma vez eu fiquei "furiosa" quando você me contou coisas, Davy?

— Nã-nã-não, você nunca fica. Mas você fica triste, e isso é pior. Você vai ficar terrivelmente triste quando eu contar, Anne... e acho que vai ficar com vergonha de mim.

— Você fez alguma maldade, Davy? É por isso que não consegue rezar?

— Não, não fiz nenhuma maldade... ainda. Mas quero fazer.

— O que é, Davy?

— Eu... eu quero falar um palavrão, Anne — ele disse de repente, num esforço desesperado. — Escutei o ajudante do sr. Harrison falando na semana passada, e desde aquele dia fico querendo repetir *todo o tempo*, até mesmo quando estou rezando.

— Então diga que palavrão é esse, Davy.

Surpreso, o menino ergueu o rosto ruborizado.

— Mas, Anne, é um palavrão *terrivelmente* feio!

— *Diga!*

Davy voltou a olhar para ela de forma incrédula, e então proferiu a palavra terrível em voz muito baixa. No instante seguinte, escondeu o rosto nela.

— Oh, Anne, eu nunca mais vou falar isso, nunca! Nunca mais vou *querer* falar isso outra vez! Eu sabia que era uma palavra ruim, mas não imaginei que era tão... tão... não achei que era *assim*.

— Não, não acho que você vai querer dizer isso de novo, Davy, nem ao menos pensar. E, se estivesse em seu lugar, eu não ficaria muito tempo na companhia do ajudante do sr. Harrison.

— É que ele consegue fazer os gritos de guerra dos índios — justificou, um pouco arrependido.

— Mas você não quer que a sua mente fique cheia de palavras ruins, quer, Davy? Palavras que envenenam e expulsam tudo que é bom e digno de um cavalheiro?

— Não — respondeu, com grandes olhos introspectivos.

— Então não fique perto das pessoas que as proferem. E agora, Davy, você se sente capaz de fazer a oração?

— Oh, sim! — exclamou, ajoelhando-se de imediato. — Posso muito bem rezar agora. Não estou mais com medo de falar "se eu morrer antes de acordar", como quando estava querendo falar aquele palavrão.

Provavelmente Anne e Diana esvaziaram suas almas uma para a outra naquela noite, mas nenhuma lembrança de suas confidências foi preservada. Elas pareciam tão frescas e faceiras no café da manhã quanto só a juventude pode ficar depois de inconvenientes horas de conversas e confissões. Ainda não tinha nevado naquela época, mas quando Diana cruzou a velha ponte de troncos no caminho para a Ladeira do Pomar, os flocos brancos começavam a flutuar sobre os campos e bosques, pardos e acinzentados em seu sono pesado. Logo, as longínquas costas e os montes estavam sombrios e fantasmagóricos por entre a cobertura translúcida, como se a pálida estação outonal tivesse lançado um véu de noiva enevoado sobre os cabelos, esperando por seu prometido noivo invernal. E assim, tiveram um Natal branco, e aquele foi um dia extremamente agradável. À tarde, chegaram cartas e presentes da srta. Lavendar e Paul, e Anne os abriu na animada cozinha de Green Gables — que estava preenchida por "cheiros deliciosos", como Davy disse, arrebatado por tais aromas.

— A srta. Lavendar e o sr. Irving estão instalados em seu novo lar agora — anunciou Anne. — Estou certa de que ela está absolutamente feliz; sei disso pelo tom geral de sua carta. Porém, há uma nota de Charlotta IV. Ela não gosta nem um pouco de Boston e está sofrendo de nostalgia. A srta. Lavendar quer que eu vá até a Mansarda do Eco um dia, enquanto estiver por aqui, e acenda a lareira para arejá-la e veja se as almofadas não estão ficando mofadas. Acho que vou pedir a Diana para me acompanhar na semana que vem, e poderemos visitar Theodora Dix no final da tarde. Desejo vê-la. Por falar nisso, Ludovic Speed ainda está indo visitá-la?

— Dizem que sim — respondeu Marilla —, e é provável que ele continue. As pessoas já perderam as esperanças de que aquele namoro dê em alguma coisa.

— Eu o apressaria um pouco, se fosse Theodora, isso sim! — disse a sra. Lynde. E não há a menor dúvida de que assim ela teria feito.

Havia também rabiscos e notícias característicos de Philippa, repletos de Alec e Alonzo, o que eles disseram e fizeram, e como ficaram quando a encontraram.

Mas ainda não consigo me decidir com qual me casar, escreveu Phil. *Eu queria que você tivesse vindo comigo para decidir no meu lugar. Alguém terá que fazer isso. Quando vi Alec, meu coração deu um grande salto e pensei: "Ele deve ser o rapaz certo!". Mas, então quando Alonzo chegou, senti outro tranco no coração. Portanto, esse sinal não serve de nada apesar do que dizem todos os romances que já li. Ora, Anne, seu coração não sofreria trancos por nenhum outro além do genuíno Príncipe Encantado, não é mesmo? Deve haver algo radicalmente errado com o meu. Mas estou me divertindo muitíssimo. Como queria que você estivesse aqui! Está nevando hoje e estou em êxtase. Temia tanto que tivéssemos um Natal verde, algo que seria abominável.* Você sabe, quando o Natal se apresenta numa suja tonalidade marrom e cinza, como se tivesse sido deixado de molho há cem anos, é chamado Natal verde! Não me pergunte a razão. Como diz o lorde Dundreary:[2] 'essistem algumass coissass que nenhum indivíduo pode ssaber'.

Anne, já aconteceu de você entrar em um transporte público e descobrir que não tem dinheiro para pagar a passagem? Aconteceu comigo outro dia. É, sem dúvida, terrível. Eu tinha uma moeda quando entrei no bonde. Pensei que estava no bolso esquerdo do casaco. Quando me sentei confortavelmente, procurei por ela e não estava lá. Senti um calafrio. Busquei no outro bolso e também não estava. Outro calafrio. Então procurei no bolsinho interior. Tudo em vão! Tive dois calafrios de uma só vez.

Tirei minhas luvas, deixei-as no assento e procurei de novo em todos os meus bolsos. Não estava em lugar nenhum! Levantei-me e me sacudi, e olhei para o chão. O bonde estava lotado de passageiros saindo de uma ópera e todos me olhavam, mas eu já havia passado do ponto de me importar com uma coisa tão pequena quanto ser encarada por estranhos. Mas não encontrava o dinheiro para pagar minha passagem! Concluí que devia tê-lo colocado na boca e o engolido sem perceber.

Não sabia o que fazer. Perguntava-me se o condutor pararia o veículo e me colocaria para fora em ignomínia e vergonha. Seria possível convencê-lo de que eu era meramente uma vítima de minha própria distração e não uma criatura sem princípios, tentando obter uma carona mediante subterfúgios? Como queria que Alec e Alonzo estivessem comigo! Mas não estavam, só porque eu os queria ali — se não quisesse, estariam. E eu não conseguia me decidir sobre o que dizer ao condutor quando ele se aproximasse. Assim que uma justificativa mapeada se formava em minha mente, sentia que ninguém iria acreditar e que deveria formar outra. Parecia que não havia nada mais a fazer além de confiar na Providência, e mesmo

---

[2] Lorde Dundreary é um personagem da peça de comédia britânica *Our American Cousin*, escrita por Tom Taylor, de 1858.

com todo o conforto que isso deveria ter me trazido, eu também me sentia como aquela velha senhora a bordo do navio, que, durante uma tempestade, ouviu do capitão que deveria depositar sua confiança no Altíssimo e exclamou: "Oh, Capitão, é tão ruim assim?".

Precisamente naquele momento crítico, quando toda a confiança se esvaíra e o condutor estendia a caixinha para o passageiro à minha frente, lembrei-me de repente onde tinha guardado a bendita moeda. Não a havia engolido, afinal! Com humildade, tirei-a de dentro do dedo indicador da minha luva e coloquei-a na caixa. Pude então sorrir para todos, e senti que o mundo era lindo de verdade.

A visita à Mansarda do Eco não foi menos prazerosa do que os muitos passeios agradáveis daqueles dias de férias. Anne e Diana voltaram à casa pelo antigo caminho por entre o bosque de faias, carregando uma cesta com o lanche. A casinha de pedras, que estivera fechada desde o casamento da srta. Lavendar, voltou a ser brevemente aberta para o vento e os raios de sol, e a luz do fogo tornou a arder em seus pequenos cômodos. O aroma das flores do canteiro da srta. Lavendar ainda pairava no ar. Era difícil acreditar que ela não iria aparecer a qualquer momento, com seus olhos castanhos brilhantes como as estrelas para dar-lhes as boas vindas, e que Charlotta IV, de laçarotes azuis e sorriso largo, não iria surgir pela porta. Paul também parecia estar pairando por ali, com suas fantásticas histórias.

— Isso realmente me faz sentir um pouquinho como se fosse um fantasma, revisitando os antigos clarões do luar — riu Anne. — Vamos sair e ver se os ecos estão em casa. Traga a velha trombeta. Ainda está atrás da porta da cozinha.

Os ecos estavam em casa, sobre o virtuoso rio, tão prateado e extenso como nunca; e, quando pararam de responder, as jovens voltaram a trancar as portas e as janelas da Mansarda do Eco e foram embora, desfrutando da perfeita meia hora em que se prolongava o pôr do sol em tons de rosa e açafrão no entardecer de inverno.

VIII
O primeiro pedido de casamento de Anne

O ano velho não se despediu com um crepúsculo esverdeado e um pôr do sol com pinceladas rosadas e amareladas. Em vez disso, foi embora com uma tempestade branca e violenta e um feroz vendaval. Era uma das noites em que os ventos de temporal sopravam com estrondo contra os prados congelados e os vales escuros, gemendo em torno dos beirais feito uma alma errante e atirando a neve furiosamente contra as vidraças que estremeciam.

— É bem o tipo de noite em que as pessoas gostam de se aconchegar entre as cobertas e fazer suas orações — disse Anne para Jane Andrews, que viera passar a tarde com ela e ficara para dormir. Mas quando estavam aconchegadas entre as cobertas, no quartinho de Anne, não era em orações que Jane estava pensando.

— Anne, quero conversar sobre um assunto com você. Posso? — pediu ela, em tom solene.

Anne sentia-se um pouco sonolenta depois da festa de Ruby Gillis na véspera. Preferia ter ido dormir a ouvir as confidências de Jane, que certamente a deixariam entediada. Não tinha a mais remota ideia do assunto que se aproximava. Era provável que Jane também estivesse comprometida. Existiam rumores de que Ruby Gillis estava apaixonada pelo professor de Spencervale, por quem diziam que todas as moças suspiravam.

"Em breve serei a única donzela livre e desimpedida de nosso antigo quarteto", pensou Anne, sonolenta. Em voz alta ela respondeu:

— É claro.

— Anne — prosseguiu Jane, em tom ainda mais solene —, o que você acha do meu irmão, Billy?

Anne arfou diante de tão inesperada pergunta e debateu-se impotente em seus pensamentos. Por Deus, o que ela *achava* de Billy Andrews? Ela nunca tinha pensado *nada* a respeito dele — sobre seu rosto arredondado e sua expressão de tonto, sobre estar sempre sorridente, sobre o bom caráter de Billy Andrews. Será que *alguém* já tinha pensado em Billy Andrews?

— Eu... eu não compreendo, Jane — gaguejou. — O que você quer dizer, exatamente?

— Você gosta do Billy? — ela perguntou, abrupta.

— Ora... ora... sim, gosto dele, é claro — ofegou Anne, se perguntando se estava dizendo a verdade exata. Por certo ela não *desgostava* de Billy. Mas poderia a indiferente tolerância com a qual ela o tratava, quando ocorria de o rapaz estar em seu raio de visão, ser considerada positiva o bastante para gostar? *O que* Jane estava tentando esclarecer?

— Você gostaria dele como marido? — inquiriu Jane, calmamente.

— Marido? — Anne, que estivera sentada na cama para melhor lidar com o problema de sua exata opinião sobre Billy Andrews, agora caiu para trás de costas sobre os travesseiros, perdendo completamente o fôlego. — Marido de quem?

— Seu, é claro! — respondeu Jane. — Billy quer se casar com você. Ele sempre foi louco por você. Agora o papai colocou a fazenda do campo de cima em nome dele, e não há nada que o impeça de se casar. Mas ele é tão tímido que não se atreveria a pedir sua mão pessoalmente, e então me encarregou de fazê-lo. Eu preferiria não ter aceitado a incumbência, mas ele não me deixou em paz até eu lhe dizer que pediria, se tivesse uma boa oportunidade. O que você acha, Anne?

Era um sonho? Era um daqueles pesadelos, no qual a pessoa se vê noiva ou casada com alguém que odeia ou não conhece, sem ter a menor ideia de como isso acontece? Não. Ela, Anne Shirley, estava deitada em sua própria cama, muito acordada; e Jane Andrews estava ao seu lado, propondo-lhe calmamente que se casasse com seu irmão. Anne não sabia se queria chorar ou rir, mas não poderia fazer nenhum dos dois, pois os sentimentos de Jane não deveriam ser feridos.

— Eu... eu não poderia me casar com Billy, Jane, você sabe — ela conseguiu murmurar. — Ora, uma ideia como essa nunca me ocorreu... nunca!

— Não pensei que tivesse ocorrido — concordou Jane. — Billy sempre foi tímido demais para pensar em cortejo. Mas pense bem, Anne. Billy é um rapaz razoável. Devo dizer isso, mesmo sendo meu irmão. Não tem maus hábitos e é um bom trabalhador, e você pode confiar nele. "Mais vale um pássaro na mão do que dois voando." Ele pediu para eu lhe dizer que está disposto a esperar até você terminar a faculdade, se você insistir, embora ele *prefira* se casar nessa primavera, antes do início do plantio. Estou certa de que ele sempre será muito bondoso com você, Anne, e eu adoraria tê-la como irmã.

— Não posso me casar com Billy — foi a resposta decidida de Anne. Já havia recuperado por completo seu raciocínio e até se sentia um pouco irritada. Tudo aquilo era muito ridículo. — É inútil pensar no assunto, Jane. Não sinto nada nesse sentido pelo seu irmão e você precisa dizer isso a ele.

— Bem, não achei que você sentisse — ela respondeu, com um suspiro resignado, sentindo que tinha dado seu melhor. — Eu disse ao Billy que achava uma perda de tempo falar com você, mas ele insistiu. Bem, você tomou sua decisão, Anne, e espero que não se arrependa.

Jane falou com certa frieza. Sabia perfeitamente que o apaixonado Billy não tinha a mínima chance de induzir Anne a casar-se com ele. Não obstante, estava um pouco ressentida por Anne Shirley — que era, apesar de tudo, apenas uma órfã adotada, sem ter onde cair morta — ter recusado seu irmão, um dos Andrews de Avonlea.

"Bem, algumas vezes o orgulho vem antes da queda", refletiu Jane, de modo agourento.

E Anne permitiu-se sorrir no escuro perante a ideia de que pudesse arrepender-se de não se casar com Billy Andrews.

— Espero que Billy não fique muito triste por causa disso — comentou, amavelmente.

Jane fez um movimento como se balançasse a cabeça no travesseiro.

— Oh, você não vai partir o coração dele! Billy tem muito bom senso para isso. Ele também gosta bastante de Nettie Blewett, e mamãe prefere que ele se case com ela do que com qualquer outra. A moça é econômica e uma boa administradora. Acho que, quando Billy souber de uma vez que você o rejeitou, vai pedir a mão de Nettie. Por favor, Anne, não mencione isso a ninguém, tudo bem?

— Claro que não — disse Anne, que não tinha nenhuma vontade de espalhar pelas redondezas que Billy Andrews a pedira em casamento, a preferindo, considerando-se todas as coisas, a Nettie Blewett. *Nettie Blewett!*

— E, agora, suponho que seja melhor dormimos — sugeriu Jane.

E isso Jane fez com facilidade e rapidez. Porém, apesar de ser uma pessoa muito diferente de Macbeth na maioria dos aspectos, ela tinha certamente contribuído para matar o sono de Anne.[2] A donzela que recebera a proposta manteve-se

---

[2] Referência à citação na peça dramaturga *Macbeth*, de Shakespeare: "Não durmais! Macbeth matou o sono!", que pode ser interpretado, entre outros significados, como Macbeth assassinando o sono.

desperta até o amanhecer, embora suas meditações estivessem longe de ser românticas. Foi somente após a metade da manhã, no entanto, que ela teve a oportunidade de entregar-se a uma boa gargalhada sobre toda a questão. Quando Jane foi para casa — ainda com o tom de voz frio e as maneiras reservadas, pois Anne havia declinado de forma tão ingrata e resoluta a honra de formar uma aliança com a família Andrews —, Anne retirou-se para o quarto, fechou a porta e soltou, enfim, sua risada.

"Se eu pudesse compartilhar essa piada com mais alguém!", ela pensou. "Mas não posso. Diana é a única pessoa a quem eu gostaria de fazer essa revelação e, mesmo se não tivesse prometido segredo a Jane, não posso contar as coisas para Diana agora. Ela conta tudo para Fred; sei que conta. Bem, recebi meu primeiro pedido de casamento. Imaginei que isso iria acontecer em algum momento da minha vida, mas com certeza nunca pensei que seria mediante procuração. É extremamente engraçado — e, ainda assim, também há um espinho, de certo modo."

Ainda que não confessasse, intimamente Anne sabia muito bem em que consistia esse espinho. Ela tivera seus sonhos secretos sobre a primeira vez em que alguém lhe faria a grande pergunta. E, nesses sonhos, tudo sempre havia sido muito bonito e romântico. O "alguém" seria extremamente charmoso, de olhos escuros, eloquente e de aparência distinta, sendo ele o Príncipe Encantado para ser recebido com um "sim", ou outro a quem devia dar uma recusa desesperançada e belamente preparada — embora muito pesarosa. Neste último caso, a recusa era para ser expressa de forma tão delicada que seria quase uma aceitação; e, depois de beijar-lhe a mão, ele partiria assegurando-lhe sua eterna e inabalável devoção. E assim seria como um belo episódio para recordar com orgulho, e também com certa tristeza.

Mas, agora, essa emocionante experiência tornara-se simplesmente grotesca. Billy Andrews enviara a irmã para propor matrimônio porque seu pai tinha dado a ele a fazenda do campo de cima, e se Anne não o aceitasse, Nettie Blewett aceitaria. Aí estava o romance, acompanhado de uma vingança! Anne riu, e então suspirou. O brilho de um pequeno sonho juvenil fora apagado. Continuaria assim o doloroso processo, até tudo se tornar prosaico e monótono?

IX
Um pretendente malquisto e uma amiga benquista

O segundo semestre em Redmond passou tão rápido quanto o primeiro; "Passou voando, na verdade", como disse Philippa. Anne desfrutou todas as fases completamente: a estimulante rivalidade entre os colegas, fazer e aprofundar novas e úteis amizades, os alegres eventos sociais, as atividades dos vários grupos dos quais fazia parte, a ampliação de horizontes e interesses. Ela estudou muito, pois estava decidida a conquistar a bolsa de estudos Thorburn de língua inglesa. Recebê-la significava que poderia voltar a Redmond no ano seguinte sem mexer nas parcas economias de Marilla — algo que Anne estava determinada a não fazer.

Gilbert também estava em busca de uma bolsa, mas passava muito tempo em suas visitas frequentes à rua St. John, 38. Ele era o acompanhante de Anne em quase todos os acontecimentos da universidade, e ela sabia que seus nomes apareciam nas fofocas românticas de Redmond. Anne se enfurecia por isso, mas era inútil; não podia deixar de lado um velho amigo como Gilbert, ainda mais quando ele se tornara repentinamente sábio e cauteloso, e sua presença era conveniente diante da perigosa proximidade de alguns rapazes de Redmond, que com alegria teriam ocupado seu lugar ao lado da esbelta colega ruiva, cujos olhos acinzentados eram tão encantadores quanto as primeiras estrelas do anoitecer.

Anne nunca teve que lidar com o séquito de vítimas desejosas que cercavam Philippa e sua marcha conquistadora durante o primeiro ano; mas havia um esguio e inteligente calouro, um alegre e roliço veterano e um alto e erudito aluno do terceiro ano que gostavam de visitar a rua St. John, 38, e conversar a respeito de teologias e doutrinas, e também sobre assuntos mais leves com Anne, na almofadada sala de visitas da residência. Gilbert não gostava daqueles jovens e tomava muito cuidado para não ceder qualquer espaço a nenhum deles, ao mesmo tempo que evitava demonstrar seus verdadeiros sentimentos com relação a Anne, para quem ele se tornara outra vez o amigo camarada dos bons tempos de Avonlea, e, como tal, podia ocupar seu lugar frente a qualquer pretendente que tivesse até então entrado na lista contra ele. Como companheiro, Anne conseguia reconhecer que ninguém poderia ser tão bom quanto Gilbert. Ela estava muito tranquila, foi o que disse a si mesma, que o rapaz tivesse evidentemente abandonado qualquer ideia despropositada — apesar de passar um tempo considerável questionando-se em segredo o porquê.

Um único incidente desagradável marcou aquele inverno. Charlie Sloane, sentado ereto sobre uma das almofadas favoritas da srta. Ada, perguntou a Anne, certa noite, se ela prometeria "vir a tornar-se a sra. Charlie Sloane um dia". Tendo ocorrido logo após a declaração por procuração feita por Billy Andrews, essa situação não causou exatamente um choque às aspirações românticas de Anne, como teria acontecido antes. Era, contudo, outra grande desilusão. Ela também estava irritada porque sabia que nunca tinha dado a Charlie a menor insinuação ou qualquer estímulo para ele imaginar que isso fosse possível. Mas, como teria pontuado a sra. Rachel Lynde com desdém, "o que se pode esperar de um Sloane?". O comportamento de Charlie — seu tom, seu modo, suas palavras — exalava *Sloanice* por completo. O rapaz estava lhe conferindo uma grande honra e não havia nenhuma dúvida disso. E, quando Anne, totalmente insensível à essa honraria, o recusou da forma mais delicada e educada possível — pois até mesmo um Sloane tem sentimentos que não precisam ser dilacerados sem merecer —, porém, a *Sloanice* o traiu. Charlie, é claro, não aceitou a recusa de Anne como teriam feito os pretendentes imaginários dela. Ao invés disso, ficou zangado e sequer tentou disfarçar, dizendo duas ou três palavras malcriadas. O temperamento de Anne se inflamou, revoltado, e ela reagiu proferindo um discursinho cortante cuja agudeza penetrou até mesmo na armadura de *Sloanice* dele e atingiu o alvo. O rapaz pegou o chapéu e saiu porta afora da pensão com o rosto muito vermelho. Anne correu escada acima, caindo duas vezes sobre as almofadas da srta. Ada que estavam no caminho, e atirou-se na cama, chorando lágrimas de humilhação e raiva. Alguma vez já havia chegado ao ponto de discutir com algum Sloane? Seria possível que alguma coisa que Charlie Sloane dissesse pudesse irritá-la? Oh, isso era degradante de fato — muito pior do que ser rival de Nettie Blewett!

— Queria nunca mais ter que ver aquela criatura horrível outra vez! — soluçou, enraivecida, sobre o travesseiro.

Anne não podia evitar vê-lo de novo, mas o ofendido Charlie cuidou para que o encontro seguinte não ocorresse tão cedo. Daí em diante, as almofadas da srta. Ada estavam livres de depredações, e quando ele encontrava Anne na rua ou nos corredores de Redmond, seu cumprimento era claramente frio. As relações entre os dois velhos colegas de infância continuaram hostis por quase um ano. Até Charlie transferir suas frustradas afeições a uma jovem e roliça veterana de bochechas coradas, nariz arrebitado e olhos azuis, que as apreciou como mereciam. E, desde então, ele perdoou Anne e concordou em tornar a ser educado com ela, coisa que fez com altivez, no intuito de mostrar-lhe exatamente o que havia perdido.

Certo dia, Anne entrou com pressa no quarto de Priscilla. Estava muito animada.

— Leia isto! — gritou, mostrando uma carta para Priscilla. — É da Stella! Ela está vindo para Redmond no ano que vem! O que você acha da ideia? Acho simplesmente esplêndida, se conseguirmos fazer com que isso aconteça. Acha que conseguiremos, Pris?

— Estarei mais apta a responder quando descobrir de que se trata — respondeu Priscilla, deixando de lado um livro de grego e pegando a carta. Stella Maynard fora uma de suas companheiras na Queen's Academy e lecionava desde então.

Mas vou largar tudo aqui, Anne querida, ela escreveu, *"e irei para a universidade no próximo ano. Como fiz o terceiro ano na Queen's posso entrar no segundo ano em Redmond. Estou cansada de lecionar numa escola rural. Algum dia escreverei um tratado sobre "As agruras de uma professora do interior". Será uma assustadora obra de realismo. A opinião geral parece ser que vivemos num mar de rosas e que não temos mais nada a fazer além de receber o salário. Meu tratado revelará a verdade sobre a nossa profissão. Ora, se uma semana passar sem alguém me dizer que trabalho pouco pelo muito que ganho, eu concluiria que poderia encomendar meu manto de ascensão para já. "Bem, a senhorita ganha dinheiro fácil", alguns contribuintes me falam de forma condescendente. "Tudo que tem a fazer é sentar e tomar lições." Eu costumava discutir sobre isso antes, mas estou mais sábia agora. Fatos são coisinhas teimosas, mas, como é bem dito, não tão teimosas quanto as falácias. Então, agora, limito-me a sorrir com altivez em eloquente silêncio. Ora, tenho nove turmas de diferentes idades na escola e preciso ensinar um pouco de cada coisa, desde a investigação da anatomia de uma minhoca até os estudos sobre o sistema solar. Meu aluno mais jovem tem quatro anos (sua mãe o manda para a escola para "tirá-lo de casa") e o mais velho tem vinte (pois "repentinamente percebeu" que era mais fácil estudar e se instruir do que seguir manuseando o arado pelo resto da vida). No desesperado esforço de amontoar toda classe de estudos em seis horas por dia, eu não me impressiono se as crianças se sentirem como o garotinho que foi levado para assistir à projeção de um filme pela primeira vez. "Tenho que ver o que vai acontecer antes de saber das coisas que já aconteceram", resmungou ele. Eu mesma me sinto assim.*

E as cartas que recebo, Anne! A mãe de Tommy escreveu-me dizendo que o filho não está indo tão bem em aritmética quanto ela desejava. Ele ainda está nas subtrações simples, enquanto Johnny Johnson está nas frações, e ela alega que o tal Johnny não tem nem metade da inteligência de seu Tommy, e ela "não entende o porquê". E o pai de Suzy quer saber qual o motivo da filha não conseguir escrever uma carta sem errar a ortografia de metade das palavras, enquanto a tia de Dick quer que eu o mude de lugar, pois o colega que senta ao lado dele atualmente, o terrível menino dos Brown, está ensinando-o a falar palavrões.

Quanto à parte financeira — melhor nem falar nisso. Os deuses transformam em professores rurais aqueles que desejam destruir primeiro!

Aí está, já me sinto melhor depois de todo este desabafo. Apesar de tudo, eu desfrutei desses dois últimos anos. Mas estou indo para Redmond.

E agora, Anne, tenho um pequeno plano. Você sabe o quanto detesto pensões. Tenho residido em hospedarias há quatro anos, e estou tão cansada! Não acho que consigo suportar esse modo de vida por mais três anos.

Ora, por que você, Priscilla e eu não nos unimos, alugamos uma casinha em algum lugar de Kingsport e moramos juntas? Seria mais barato do que de outra forma. É claro que vamos precisar de uma governanta, e já tenho uma em mente. Já me ouviram falar da tia Jamesina? É a tia mais doce que já viveu nesse mundo, apesar de ter um nome como este. Mas não é culpa dela! Chamaram-na Jamesina em homenagem ao pai, cujo nome era James, que morreu afogado um mês antes de seu nascimento. Eu sempre a chamei de tia Jimsie. Bem, a única filha dela se casou há pouco tempo e partiu para o exterior, rumo a um campo missionário. Tia Jamesina ficou sozinha numa casa enorme e está se sentindo terrivelmente solitária. Estou certa de que ela iria a Kingsport para cuidar da casa se nós a quisermos, e sei que vocês irão amá-la. Quanto mais penso nesse plano, mais gosto dele. Podemos viver muito bem e seremos independentes.

Assim sendo, se você e Priscilla aceitarem, não seria uma boa ideia que vocês, que estão na cidade, começarem a procurar uma casa para ver se encontramos uma adequada nessa primavera? Seria melhor do que deixar essa tarefa para o outono. Se conseguirmos encontrar uma já mobiliada, tanto melhor; mas, se não, podemos conseguir uns poucos móveis entre nós mesmas e os velhos amigos das nossas famílias que tenham sótãos. De qualquer modo, decidam o mais rápido possível e me escrevam, para que tia Jamesina possa fazer planos para o ano que vem.

— Acho que é uma boa ideia — disse Priscilla.

— Eu também! — concordou Anne, satisfeita. — É claro que temos uma boa hospedagem aqui, mas, mesmo assim, uma pensão não é um lar. Então, vamos agora mesmo em busca de uma casa, antes que comecem os exames!

— Receio que será difícil encontrarmos uma casa que seja realmente adequada — advertiu Priscilla. — Não crie muitas expectativas, Anne. Boas residências em boas localizações provavelmente estarão além das nossas possibilidades. É possível que tenhamos que nos contentar com uma casinha bem simples em alguma rua onde vivem pessoas desconhecidas, e fazer com que a vida do lado de dentro compense a do lado de fora.

E então começaram a busca pela casa, mas encontrar exatamente o que procuravam provou ser ainda mais difícil do que Priscilla antecipara. Casas existiam muitas, mobiliadas ou não, mas uma era muito grande, outra muito pequena, essa era cara demais e aquela longe demais de Redmond. A época dos exames chegou e passou, e teve início a última semana do semestre; e a "casa dos sonhos", como Anne a chamava, permanecia como um castelo no ar.

— Acho que teremos que desistir e esperar até o outono — concluiu Priscilla, desanimada, ao vagarem pelo parque num dos belos dias de abril, de brisa e céu azul, quando o porto ficava cintilante sob a neblina cor de pérola flutuando acima d'água. — Talvez então encontremos uma choupana para nos abrigar. E, se não, sempre teremos as hospedarias.

— De qualquer maneira, não vou me preocupar com isso agora e estragar essa tarde adorável — disse Anne, olhando à sua volta com deleite. O ar fresco estava levemente carregado com o balsâmico aroma de pinheiro, e o céu, cristalino como uma grande taça de bênçãos derramadas. — Hoje, a primavera está cantarolando em meu sangue e o fascínio de abril está espalhado pelo ar. Estou tendo visões e fantasiando sonhos, Pris. Isso é porque o vento está soprando do oeste. Amo esse vento! Ele canta canções de alegrias e esperança, não é mesmo? Quando sopra o vento do leste, sempre penso numa pesada chuva caindo nos beirais e nas tristes ondas sobre a costa acinzentada. Quando envelhecer, terei reumatismo sempre que soprar o vento leste.

— E não é maravilhoso quando você tira os trajes invernais e as peles pela primeira vez no ano e sai com roupas primaveris? — riu Priscilla. — Não se sente renovada?

— Tudo é novo na primavera — respondeu Anne. — A primavera em si é sempre tão diferente! Nenhuma é exatamente igual à anterior. Sempre há algo único para ser a doçura especial da vez. Veja como está verde a grama em torno daquela lagoa e como crescem os brotos de salgueiro!

— E os exames já terminaram e se foram... e se aproxima o dia da graduação dos veteranos, na próxima quarta-feira. Daqui a uma semana estaremos em casa.

— Estou contente — prosseguiu a sonhadora Anne. — Há tantas coisas que quero fazer. Quero me sentar nos degraus da varanda dos fundos, sentindo soprar a brisa que vem dos campos do sr. Harrison. Quero caçar samambaias na Floresta Mal-Assombrada e colher violetas no Vale das Violetas. Lembra-se do dia da nossa excursão dourada, Priscilla? Quero ouvir o coaxar dos sapos e o sussurro dos álamos. Mas aprendi a amar Kingsport também, e estou contente por voltar no próximo outono. Se eu não tivesse ganhado a bolsa Thorburn, não creio que conseguiria. Não *poderia* usar as escassas economias de Marilla.

— Se ao menos conseguíssemos achar uma casa! — suspirou Priscilla. — Olhe para Kingsport, Anne! Casas e mais casas para todos os lados, e nenhuma para nós.

— Pare com isso, Pris. O melhor está por vir. Como os antigos romanos, encontraremos uma casa ou construiremos uma. Em um dia como hoje, a palavra "fracasso" não consta no meu dicionário!

As duas permaneceram no parque até o pôr do sol, vivendo o maravilhoso milagre, a glória e o esplendor do despertar da primavera, e voltaram para a pensão pelo caminho de costume, pela avenida Spofford, para que pudessem ter o prazer de olhar para a Casa da Patty.

— Sinto que algo misterioso está para acontecer... *pelo formigamento dos meus polegares* — disse Anne, enquanto subiam a ladeira. — É uma deliciosa sensação poética. Ora... ora, ora! Priscilla Grant, olhe para lá e me diga se é verdade ou se estou imaginando coisas!

Priscilla olhou. Os polegares e os olhos de Anne não a enganavam. Sobre a arcada do portão da Casa da Patty balançava um pequeno e modesto cartaz, que dizia: "Aluga-se, mobiliada. Informações aqui".

— Priscilla... você acha possível que possamos alugar a Casa da Patty? — suspirou Anne.

— Não, não acho. Seria bom demais para ser verdade. Contos de fadas não acontecem hoje em dia. Não vou me iludir, Anne. A decepção seria terrível demais para suportar. Certamente elas querem mais do que podemos pagar. Lembre-se, estamos na avenida Spofford.

— Mas, de qualquer modo, precisamos averiguar! — exclamou Anne, resoluta. — É muito tarde para batermos na porta hoje, pois já está anoitecendo, mas viremos amanhã. Oh, Pris, se conseguíssemos esse lugar encantador! Desde que vi essa casinha pela primeira vez, tive a sensação de que meu destino estava ligado à Casa da Patty!

X
A Casa da Patty

Na tarde seguinte, as duas moças trilharam resolutas a trilha decorada de ladrilhos em zigue-zague que cruzava o pequeno jardim. O vento de abril enchia os pinheiros com sua canção e o arvoredo era animado pelos tordos — grandes e gorduchas criaturas travessas, pavoneando-se pelas veredas. As moças tocaram a campainha com timidez e foram recebidas por uma sisuda empregada idosa. A porta abria diretamente para uma ampla sala de estar onde ardia um fogo animador, em cujo abrigo estavam duas outras senhoras, ambas sisudas e bem maduras. Exceto pelo fato de uma ter em torno de setenta anos e a outra cinquenta, parecia haver pouquíssima diferença entre elas. Tinham grandes e impressionantes olhos azuis-claros por trás de óculos de aros de aço. Usavam gorros e xales na cor cinza, tricotavam sem pressa e sem parar e balançavam-se placidamente em suas cadeiras. Olharam para as visitantes sem dizer uma palavra. E, atrás de cada cadeira, havia um grande cachorro de porcelana branca coberto de pontos verdes e redondos por todo o corpo, o focinho e as orelhas também verdes. Os cachorros imediatamente despertaram a imaginação de Anne. Pareciam divindades mitológicas gêmeas, guardiãs da Casa da Patty.

Por alguns instantes, ninguém disse nada. As jovens estavam muito nervosas para encontrar as palavras, e nenhuma das senhoras nem os cachorros de porcelana pareciam dispostos a conversar. Anne observou o aposento. Que ambiente adorável! Outra porta se abria diretamente para a pequena mata de pinheiros e os passarinhos, ousados, se aproximavam dos degraus. O piso era coberto por redondas esteiras trançadas, iguais às que Marilla confeccionava e ainda usava em Green Gables, mas que quase todo mundo considerava antiquadas, até mesmo em Avonlea. E, mesmo assim, aqui estavam, em plena avenida Spofford! Um grande, bem polido e solene carrilhão marcava as horas num canto da parede. Sobre a cornija da lareira havia pequenas cristaleiras, detrás de cujas portas de vidro resplandeciam exóticas peças de porcelana. Pendurados nas paredes, viam-se antigos quadros e ilustrações de silhuetas. Em outro canto da sala ficava a escada, e em seu primeiro patamar havia uma comprida janela com um assento convidativo. Era tudo como Anne imaginara que deveria ser.

Nesse momento, o silêncio tornou-se tão pesado que Priscilla deu uma cotovelada em Anne, a intimando a falar.

— Nós... nós... vimos o anúncio dizendo que esta casa está para alugar... — começou Anne, com franqueza, dirigindo-se à mais idosa das senhoras, que evidentemente deveria ser a srta. Patty Spofford.

— Oh, sim — respondeu a srta. Patty. — Pretendia tirar aquele cartaz hoje.

— Ora... então chegamos tarde demais — murmurou Anne, pesarosa. — Já a alugaram para outra pessoa?

— Não, mas decidimos não alugá-la mais.

— Oh, sinto muito por isso! — exclamou Anne, impulsivamente. — Amei tanto este lugar! Tinha esperança de podermos morar aqui.

Então a srta. Patty largou o tricô, tirou os óculos, limpou-os, colocou-os de novo e, pela primeira vez, olhou para Anne como se ela fosse um ser humano. A outra senhora seguiu seu exemplo com tal exatidão que poderia passar perfeitamente por uma imagem refletida num espelho.

— Você *amou* este lugar — enfatizou a srta. Patty. — Isso quer dizer que você realmente *amou* esta casa? Ou que você apenas gostou de seu estilo? As mocinhas de hoje em dia usam termos exagerados que as pessoas nunca conseguem saber exatamente o que significam. No meu tempo, não era assim. Naquela época, uma moça não dizia que *amava* nabos com o mesmo tom que dizia que amava sua mãe ou que amava Deus.

Anne se aborreceu.

— Eu realmente amei tudo aqui — prosseguiu, com gentileza. — Amei tudo desde a primeira vez em que vi este lugar, no último outono. Minhas duas colegas da faculdade e eu queremos alugar uma casa no próximo ano, ao invés de pagar por hospedagem. Por isso, estamos buscando um lugarzinho para morar, e quando vi que esta casa estava para alugar, fiquei muito, muito feliz!

— Se você a amou, pode ficar com ela — disse a srta. Patty. — Afinal, Maria e eu decidimos hoje que não iríamos alugá-la mais porque não gostamos de nenhum dos outros candidatos a inquilino. Não temos *necessidade* de alugá-la. Podemos pagar nossa ida para a Europa sem fazer isso. Claro que seria uma ajuda, mas nem por todo o ouro do mundo eu deixaria minha casa para as pessoas que vieram vê-la antes. *Vocês* são diferentes. Acredito que vocês a amaram e que serão boas em cuidar dela. Podem alugá-la.

— Se... se pudermos pagar o que estão pedindo — hesitou Anne.

A srta. Patty revelou o valor, e Anne e Priscilla entreolharam-se. Priscilla balançou a cabeça.

— Receio que não possamos pagar tudo isso — respondeu Anne, engolindo a decepção. — A senhorita sabe, somos apenas estudantes e somos pobres.

— Quanto vocês achiam que poderiam pagar? — perguntou a srta. Patty, sem parar de tricotar.

Anne lhe respondeu. A srta. Patty assentiu com seriedade.

— Isso é o bastante. Como eu lhe disse, não é estritamente necessário que a aluguemos. Não somos ricas, mas temos o suficiente para ir à Europa. Nunca, em toda a minha vida, estive lá; e nunca esperei e nem quis ir. Mas minha sobrinha, Maria Spofford, está determinada a ir. Ora, vocês sabem que uma jovem como Maria não pode sair dando voltas pelo mundo sozinha!

— Não... eu... suponho que não — murmurou Anne, vendo que a srta. Patty estava sendo solenemente sincera.

— É claro que não! Então, tenho que ir junto para cuidar dela. Espero desfrutar da viagem também. Tenho setenta anos, mas ainda não estou cansada de viver. Ouso dizer que teria ido antes à Europa, se a ideia tivesse me ocorrido. Ficaremos por lá durante dois anos, talvez três. Nosso navio irá zarpar em junho, e enviaremos a chave para vocês e deixaremos tudo em ordem para que se mudem quando quiserem. Empacotaremos algumas coisas que prezamos especialmente, mas todo o restante será deixado aqui.

— A senhorita vai deixar os cães de porcelana? — perguntou Anne, tímida.

— Quer que eu os deixe?

— Oh, é claro que sim! São magníficos!

O semblante da srta. Patty se iluminou com satisfação.

— Tenho muito apreço por esses cães — comentou, orgulhosa. — Eles têm mais de cem anos e estão sentados nas laterais da lareira desde que meu irmão Aaron os trouxe de Londres, cinquenta anos atrás. A avenida recebeu o nome de Spofford por causa de meu irmão Aaron.

— Ele era um excelente homem — disse Maria, falando pela primeira vez. — Ah, já não se encontram homens iguais a ele hoje em dia.

— Ele foi um bom tio para você, Maria — respondeu a srta. Patty, evidentemente emocionada. — Faz bem ao lembrar-se dele.

— Hei de lembrar-me dele sempre. Posso vê-lo agora mesmo, em pé diante da lareira, com as mãos sob a lapela do fraque, sorrindo para nós — prosseguiu a srta. Maria, tirando o lenço do bolso e levando-o aos olhos. Mas a srta. Patty voltou, resoluta, da terra dos sentimentos para a terra dos negócios.

— Deixarei os cães onde estão, se prometerem cuidar muito bem deles. Seus nomes são Gog e Magog. Gog está virado para a direita e Magog para a esquerda. E tem só mais uma coisa: espero que não se importem que aqui continue se chamando a Casa da Patty.

— Não, de jeito nenhum! Nós achamos que o nome é uma das melhores coisas sobre a casa.

— Vejo que vocês são sensatas — disse a srta. Patty, em tom de grande satisfação. — Acreditam que todas as pessoas que vieram interessadas em alugar a casa queriam saber se poderiam tirar o nome do portão enquanto morassem aqui? Disse-lhes veementemente que o nome pertence à casa. Esta tem sido a Casa da Patty desde que meu irmão Aaron a deixou para mim como herança, e assim continuará a se chamar até que eu e Maria termos morrido. Depois, o próximo proprietário poderá chamá-la de qualquer nome tolo que quiser — concluiu a srta. Patty, como se tivesse dito "Depois disso, o dilúvio".[1] — E agora, gostariam de conhecer a casa para vê-la por completo, antes de considerarmos o negócio fechado?

Quanto mais exploravam, mais satisfeitas as jovens ficavam. Além de uma espaçosa sala de estar, encontrava-se uma cozinha e um pequeno dormitório no andar de baixo. No andar de

---

[1] No original, *"Après moi le déluge"*. essa frase é usada para descrever pessoas que se comportam como se não se importassem com o futuro, visto que o "dilúvio" só acontecerá depois de suas partidas. Dizem que foi o Rei Luís XV quem cunhou a expressão ao perceber que a monarquia estava preste a ruir.

cima, havia três quartos, um grande e dois menores. Anne se encantou especialmente por um dos menores, que dava de frente para os altos pinheiros, e esperava que pudesse ser o seu. O papel de parede era azul-claro e tinha um pequeno toucador muito antigo com arandelas que serviam de castiçais. A janela possuía vidraças em formato de losango, e havia um assento sob a cortina de musselina azul com babados que seria o lugar perfeito para estudar e sonhar.

— É tudo tão perfeito que sei que vamos acordar e descobrir que foi apenas uma fugaz visão da noite — disse Priscilla, quando saíram.

— A srta. Patty e a srta. Maria dificilmente seriam feitas da mesma substância dos sonhos — riu Anne. — Consegue imaginá-las dando *voltas pelo mundo*, ainda mais se estiverem usando aqueles xales e gorros?

— Imagino que irão tirá-los quando começarem a dar as voltas de fato, mas sei que levarão o tricô com elas por onde forem. Elas simplesmente não conseguirão se desfazer das agulhas. Irão caminhar pela Abadia de Westminster e tricotar, tenho certeza! Enquanto isso, Anne, nós estaremos morando na Casa da Patty e na avenida Spofford! Sinto-me como se fosse uma milionária desde já!

— E eu me sinto como uma das estrelas matutinas que cantam de alegria — respondeu Anne.

Philippa Gordon chegou ao número 38 da rua St. John naquela noite e atirou-se na cama de Anne.

— Meninas queridas, estou morta de cansaço! Sinto-me como um homem sem país... ou era sem sombra? Não me lembro qual. De qualquer maneira, estive fazendo as malas.

— E eu suponho que esteja exausta porque não conseguia decidir quais coisas empacotar primeiro, ou onde colocá-las — disse Priscilla, rindo.

— E-xa-ta-men-te! E, quando já tinha enfiado tudo dentro do baú, e a dona da pensão e sua empregada tinham sentado em cima para eu conseguir fechá-lo, descobri que tinha guardado *bem no fundo* todas as coisas que queria usar na cerimônia de graduação! Tive que abrir o velho baú outra vez e mergulhar nele para conseguir pescar todas as coisas de que precisava. Eu pegava algo que parecia com o que estava procurando, mas, quando via, era outra coisa. Não, Anne, eu *não* praguejei!

— Eu não disse que você praguejou.

— Bem, mas pensou que eu tivesse praguejado. Contudo, admito que meus pensamentos se aproximaram do profano. Ainda por cima, peguei um resfriado! Não consigo fazer nada além de fungar, suspirar e espirrar. Não é uma agonia horrível para vocês? Rainha Anne, diga algo para me animar.

— Lembre-se de que na próxima quinta-feira à noite você estará de volta à terra de Alec e Alonzo — sugeriu Anne.

Phil balançou a cabeça tristemente.

— E o horror continua. Não, não quero saber de Alec e Alonzo quando estou resfriada. Mas o que aconteceu com vocês duas? Agora que as vejo melhor, parecem estar iluminadas com uma iridescência interior. Ora, vocês estão *brilhando*! O que houve?

— Vamos morar na Casa da Patty no próximo inverno! — anunciou Anne, triunfante. — *Morar*, entende? E não ficar hospedadas como pensionistas! Nós a alugamos, e Stella Maynard está vindo para Redmond, e a tia dela virá cuidar da casa para nós.

Phil deu um salto, limpou o nariz e caiu de joelhos no chão diante de Anne.

— Meninas! Meninas! Deixem-me ir também! Oh, eu serei tão boazinha! Se não tiver nenhum quarto para mim, dormirei na casinha do cachorro no pomar, já vi que há uma. Apenas me deixem ir!

— Levante-se, bobinha!

— Arrastarei meus pobres ossos até me dizerem que posso ir morar com vocês no próximo inverno!

Anne e Priscilla entreolharam-se. Então Anne disse, lentamente:

— Phil querida, adoraríamos tê-la conosco. Mas devemos também ser francas. Eu sou pobre, Pris é pobre e Stella Maynard é pobre. Nosso modo de vida é muito simples e nossa mesa, muito modesta. Você teria que viver como nós. Agora, você é *rica* e a hospedaria onde mora atesta esse fato.

— Oh, e o que me importa? — demandou Phil, tragicamente. — Melhor uma refeição de plantas com amigas queridas do que comer um boi numa pensão solitária. Não pensem que sou *toda* estômago, meninas. Estarei disposta a viver de pão e água, com apenas *um pouquinho* de geleia, se me deixarem morar com vocês.

— E, além disso — continuou Anne —, haverá muito trabalho a ser feito. A tia de Stella não conseguirá dar conta de tudo. Cada uma de nós terá tarefas a fazer. Ora, você...

— Não sei trabalhar pesado, nem costurar — concluiu Philippa. — Mas posso aprender a fazer essas coisas! Basta que me mostrem só uma vez. Eu sei arrumar minha cama, para começar. E lembrem-se de que, apesar de não saber cozinhar, meu temperamento é sempre no ponto. Isso já é um começo! E jamais reclamo por causa do clima. Oh, por favor, por favor! Nunca quis tanto uma coisa em minha vida... e esse piso é extremamente duro.

— Só mais uma coisa — acrescentou Priscilla, decidida. — Você, Phil, como toda Redmond sabe, recebe visitantes quase todas as noites. Sabe, na Casa da Patty não podemos fazer isso. Decidimos que nossa casa estará aberta para receber nossos amigos somente nas noites de sexta-feira. Se você vier morar conosco, terá que aceitar e se adequar a essa regra.

— Bem, vocês não acham que me importarei com isso, acham? Ora, estou até contente! Sabia que deveria estabelecer regras como essa por conta própria, mas não tinha força de vontade suficiente para fazer isso. Quando eu puder encarregá-las dessa responsabilidade, será um verdadeiro alívio. Se não me deixarem juntar meus trapos aos de vocês, vou morrer de desapontamento, e então meu espírito voltará para assombrá-las eternamente. Acamparei nos degraus da varanda da Casa da Patty, e vocês não conseguirão entrar ou sair sem tropeçar em meu espectro.

Anne e Priscilla trocaram olhares eloquentes mais uma vez.

— Bem — disse Anne —, é claro que não podemos prometer aceitá-la até consultarmos Stella, mas não acho que ela fará nenhuma objeção e, de nossa parte, nós a aceitamos e lhe damos as boas-vindas com alegria!

— E se você se cansar da nossa vida simples, pode sair, sem questionamentos — acrescentou Priscilla.

Phil levantou-se, em júbilo, abraçou-as e partiu com grande satisfação.

— Espero que as coisas deem certo — comentou Priscilla, seriamente.

— Devemos *fazer* com que deem certo — reconheceu Anne. — Creio que Phil se adaptará muito bem à nossa alegre casinha.

— Oh, Phil é um encanto como camarada e companheira de diversões. E, é claro, quanto maior o número de moradoras para dividir o aluguel, mais fácil será para nossos escassos cofrinhos. Mas como será viver com ela? Você tem que passar verões e invernos, bons e maus momentos com uma pessoa antes de saber se ela é alguém com quem se pode conviver ou não.

— Oh, veja, todas nós seremos testadas nesse quesito, à medida que formos convivendo. E, como pessoas sensatas, devemos cuidar da própria vida e deixar a dos outros em paz. Phil não é egoísta, apesar de ser um pouco descuidada, e creio que todas nós vamos nos dar maravilhosamente bem na Casa da Patty.

XI
E o tempo passa...

Anne estava de volta a Avonlea com o brilho da bolsa Thorburn em seu semblante. As pessoas lhe diziam que ela não havia mudado muito, em um tom que indicava surpresa e um pouco de desapontamento. Avonlea também não mudara — ao menos era o que parecia, à primeira vista. Mas depois de se sentar no banco da igreja que pertencia aos Cuthbert, no primeiro domingo após seu retorno, Anne olhou para a congregação e notou uma série de pequenas mudanças que, vistas todas de uma vez, fizeram-na perceber que o tempo não para, nem mesmo em Avonlea. Havia um novo pastor no púlpito. Nos demais bancos, faltavam alguns rostos familiares que jamais seriam vistos outra vez. O velho tio Abe e suas previsões do tempo já não estava mais; a sra. Peter Sloane também tinha ido para os braços do Criador; Timothy Cotton, que, como dizia a sra. Lynde, "tinha finalmente conseguido morrer, depois de ensaiar durante vinte anos" e o velho Josiah Sloane, que não foi reconhecido no caixão, pois o bigode e as suíças haviam sido cuidadosamente aparados — todos eles repousavam para sempre no pequeno cemitério atrás da igreja. E Billy Andrews se casara com Nettie Blewett! O casal fez sua primeira aparição na igreja naquele domingo. Quando

Billy, radiante de orgulho e felicidade, acompanhou a esposa, que usava um vestido de seda enfeitado com plumas, até o banco dos Harmon Andrews, Anne baixou as pálpebras para ninguém notar seu olhar travesso. Lembrou-se da tempestuosa noite de inverno nas férias de fim de ano, quando Jane pedira sua mão em nome do irmão, Billy. O coração dele certamente não tinha se partido por causa da rejeição. Anne se questionava se Jane também havia pedido a mão de Nettie por ele, ou se o rapaz reunira coragem suficiente para a fatídica pergunta. Toda a família Andrews parecia partilhar daquele orgulho e satisfação, desde a mãe, sentada no banco, até Jane, no coral. Ela renunciara ao cargo na escola de Avonlea e pretendia ir para o oeste no outono seguinte.

— Não conseguiu um pretendente em Avonlea, isso sim! — disse a sra. Rachel Lynde, com desprezo. — Falou que a saúde vai melhorar no oeste. Mas nunca ouvi falar que ela tinha a saúde debilitada.

— Jane é uma boa moça — replicou Anne, com lealdade. — Nunca tentou chamar atenção, como fazem algumas.

— Oh, ela nunca correu atrás dos rapazes, se é o que você quer dizer. Mas ela gostaria de se casar, como as outras moças, isso sim! Que outro motivo a levaria para o oeste? Um lugar deserto que, como se sabe, tem muito mais homens que mulheres. Não é mesmo?

Mas não foi para Jane que Anne olhou fixamente naquele dia, com consternação e surpresa. Seu olhar foi para Ruby Gillis, sentada ao lado dela, no coral. O que teria acontecido com Ruby? Estava ainda mais bonita do que o habitual, mas seus olhos azuis possuíam um brilho excessivo e, a julgar pela cor das bochechas, estava intensamente febril. Além disso, havia emagrecido muito; as mãos que seguravam o hinário estavam quase transparentes em sua delicadeza.

— Ruby Gillis está doente? — Anne perguntou à sra. Lynde, quando retornavam para casa.

— Ruby está morrendo de tuberculose galopante — foi a resposta brusca da sra. Lynde. — *Todos* sabem disso, exceto ela e a família. *Eles* não dão o braço a torcer. Se perguntar, dirão que ela está perfeitamente bem. A menina não tem conseguido lecionar desde que teve uma crise de congestão pulmonar no inverno, mas ela diz que vai voltar a trabalhar no outono e que quer a escola de White Sands. A pobre vai estar é no túmulo quando começarem as aulas em White Sands, isso sim!

Anne ouviu tudo aquilo em comovido silêncio. Ruby Gillis, sua antiga companheira de escola, *morrendo*? Isso seria possível? Nos últimos anos, elas tinham se distanciado, mas o antigo laço de intimidade juvenil ainda existia, e isso fez Anne sentir duramente o golpe que as novidades lhe trouxeram ao coração. Ruby, a magnífica, a risonha, a coquete! Era impossível associá-la a algo como a morte. Após o culto, ela saudara Anne com alegre cordialidade, convidando-a para visitá-la ao anoitecer do dia seguinte.

— Vou estar fora na terça e na quarta-feira à noite — sussurrou, triunfantemente. — Há um concerto em Carmody e uma recepção em White Sands. Herb Spencer irá me acompanhar. Ele é meu mais recente pretendente. Venha amanhã, mas venha mesmo! Estou morrendo de vontade de conversar com você! Quero saber sobre todas as suas andanças em Redmond.

Anne sabia que Ruby desejava contar a respeito de todas as suas recentes conquistas, mas prometeu ir, e Diana se ofereceu para acompanhá-la.

— Faz muito tempo que eu queria ver Ruby — disse ela, quando saíram de Green Gables na tarde seguinte. —, mas, de certo, não queria ir sozinha. É horrível ouvi-la tagarelar daquele jeito, fingindo que está tudo bem, mesmo quando mal consegue falar por causa da tosse. Está lutando desesperadamente pela vida... e, pelo que dizem, não lhe resta muito tempo.

As jovens caminharam em silêncio pela estrada vermelha, à luz do crepúsculo. Nas altas copas das árvores, os pintarroxos cantavam ao cair da tarde, enchendo o ar dourado com seus trinados jubilosos. Ao redor dos pântanos e das lagoas, vinha o eloquente coaxar das rãs, onde as sementes começavam a brotar com vida e vigor na direção do sol e da chuva que os banhava. O ar estava perfumado com o doce cheiro silvestre vindo do matagal de framboesas. Nos vales silenciosos, pairava uma branca neblina, onde estrelas violetas melancolicamente cintilavam acima dos córregos.

— Que lindo pôr do sol! — exclamou Diana. — Veja, Anne, é como se fosse uma terra própria, não parece? Aquele banco comprido de nuvens em tom de púrpura é a praia, e o céu claro acima é como um mar dourado.

— Se pudéssemos navegar até lá com o barco de luz do luar que Paul escreveu em sua antiga redação, lembra-se?, que maravilha seria! — disse Anne, despertando do devaneio. — Acha que poderíamos encontrar lá todos os nossos dias já vividos, Diana? Todas as antigas primaveras e florescências de antigamente? Será que os canteiros de flores que Paul viu por lá são as rosas que brotaram para nós no passado?

— Não! Você me faz sentir como se já fossemos velhas, com a vida toda para trás.

— Creio que tenho me sentido um pouco assim desde que fiquei sabendo da pobre Ruby. Se é verdade que ela está morrendo, então qualquer outra coisa triste pode ser verdade também.

— Você não se importa se eu passar na casa da Elisha Wright por um momento? Mamãe pediu que eu entregasse este potinho de geleia para a tia Atossa.

— Quem é tia Atossa?

— Oh, você não sabe? Ela é esposa do sr. Samson Coates, de Spencervale. É a tia da sra. Elisha Wright. E ela é tia do papai também. O marido morreu no inverno passado, e ela ficou muito pobre e solitária, então os Wrights a trouxeram para morar com eles. Mamãe pensou em cuidar dela, mas meu pai bateu o pé. Viver com tia Atossa? Jamais!

— Ela é tão terrível assim? — perguntou Anne, distraída.

— Você provavelmente irá ver antes de irmos embora — disse Diana, com segurança — Papai diz que ela tem a cara igual a uma machadinha, capaz de cortar o ar, mas que sua língua é ainda mais afiada.

Apesar da hora avançada, tia Atossa estava cortando batatas na cozinha dos Wright. Usava na cabeça um lenço desbotado e o cabelo grisalho estava definitivamente desgrenhado. Tia Atossa não gostava de ser "pega desprevenida", de modo que seu comportamento foi desagradável ao extremo.

— Oh, então *você* é a Anne Shirley? — disse, quando Diana a apresentou. — Ouvi falar de você — e o tom indicava que não tinham sido bons comentários. — A sra. Andrews contou-me que você estava em casa. Disse-me também que você mudou muito.

Sem dúvida, tia Atossa pensava que Anne ainda precisava melhorar muito. E continuou cortando as batatas com muita vontade.

— Será que vale de alguma coisa pedir para se sentarem? — perguntou, com sarcasmo. — É óbvio que não há nada aqui que possa interessá-las. Todos da família saíram.

— Mamãe mandou este potinho de geleia de ruibarbo para a senhora. Foi preparada hoje, e ela pensou que a senhora gostaria de experimentar — ofereceu Diana, com amabilidade.

— Oh, obrigada — respondeu, com azedume. — Nunca gostei muito das geleias de sua mãe, sempre ficam doces demais. Mas vou provar um pouco. Meu apetite tem estado terrível nessa primavera. Estou longe de me sentir bem — prosseguiu, solenemente —, mas eu não paro de trabalhar. Pessoas que não conseguem fazer nada são descartáveis. Se não for pedir muito, você seria gentil o bastante para guardar a geleia na despensa? Estou com pressa para deixar estas batatas prontas hoje à noite. Presumo que duas *damas* como vocês nunca façam nada assim. Ficariam com medo de estragar as delicadas mãozinhas.

— Eu costumava cortar batatas antes de arrendarmos a fazenda — sorriu Anne.

— E eu ainda faço — riu Diana. — Cortei batatas três vezes na semana passada. E, é claro — acrescentou, com ironia —, que depois disso hidratei minhas mãos com suco de limão e coloquei luvas todas as noites.

Tia Atossa bufou.

— Presumo que tenha tirado essa ideia de uma daquelas revistas tolas que as mocinhas tanto gostam de ler. Creio que sua mãe permite. Mas ela sempre a mimou! Quando se casou com George, todos pensamos que não seria uma esposa adequada para ele.

Tia Atossa soltou um grande suspiro, como se todos os presságios sobre a ocasião do casamento de George Barry tivessem sido ampla e sombriamente cumpridos.

— Já vão? — perguntou, quando as duas se levantaram. — Bem, suponho que não seja muito divertido ficar conversando com uma velha como eu. É uma pena que os rapazes não estejam em casa.

— Queremos visitar Ruby Gillis — explicou Diana.

— Oh, qualquer coisa serve como desculpa, é claro! O importante é entrar e sair às pressas, antes que tenham tempo de contar calmamente como estão. Acredito que sejam os ares da faculdade. Vocês seriam mais sábias se ficassem longe de Ruby Gillis. Os médicos dizem que tuberculose é contagiosa. Sempre soube que Ruby iria contrair alguma coisa, perambulando em Boston no último outono. As pessoas que nunca estão contentes em ficar em casa sempre pegam alguma coisa.

— As pessoas que ficam em casa também pegam. Algumas vezes até morrem — respondeu Diana, em tom sério.

— Nesse caso, não podem culpar a ninguém por isso — retorquiu tia Atossa, triunfante. — Soube que vai se casar em junho, Diana.

— Isso não é verdade — disse Diana, corando.

— Bem, não adie por muito tempo. Você vai murchar em breve; você é toda pele e cabelos. E os Wrights são terrivelmente inconstantes. Deveria usar um chapéu, srta. Shirley, pois seu nariz está escandalosamente sardento. Santo Deus, mas como é *ruiva*! Bem, presumo que todos somos como Deus nos fez! Dê lembranças minhas a Marilla Cuthbert. Ela nunca veio aqui me ver desde que cheguei a Avonlea, mas acho que eu não deveria reclamar. Os Cuthberts sempre se consideraram feitos de uma matéria superior à de todos nós por aqui.

— Oh, ela não é insuportável? — arfou Diana, enquanto escapavam pela alameda.

— Ela é pior do que a srta. Eliza Andrews! — exclamou Anne. — Mas pense como seria viver a vida inteira com esse nome, *Atossa*! Isso iria amargar praticamente qualquer um, não acha? Ela precisaria ter imaginado que seu nome era Cordelia. Poderia tê-la ajudado bastante. De fato, me ajudou quando eu não gostava de me chamar Anne.

— Josie Pye vai ser igualzinha a ela quando envelhecer. A mãe de Josie e a tia Atossa são primas, sabia? Oh, Deus, estou contente que a visita acabou. Ela é tão maldosa! Parece encontrar algo ruim em tudo. Papai conta uma história engraçada sobre ela. Certa vez, havia um ministro da igreja em Spencervale, um homem muito bondoso e espiritualizado, mas também quase totalmente surdo. Não conseguia entender uma conversa simples falada em tom normal. Bem, eles costumavam reunir-se em oração nos domingos à tarde, e todos os membros da igreja que ali estivessem deveriam levantar-se e orar, ou ler alguns versículos da Bíblia. Entretanto, numa tarde, tia Atossa ergueu-se num salto. Ela não leu nada ou rezou. Ao invés disso, aproximou-se de todos os presentes e deu-lhes um sermão assustador. Chamou cada um pelo nome, dizendo como tinham se comportado, e enumerou todas as discussões e os escândalos dos últimos dez anos. Por fim, terminou dizendo que não gostava da igreja de Spencervale e que nunca mais colocaria os pés ali, e que esperava que algo terrível acontecesse naquela congregação. Dito isso, sentou-se sem fôlego, e o ministro, que não compreendera nenhuma de suas palavras, imediatamente afirmou, em voz muito devota: "Amém! Que o Senhor aceite a oração de nossa estimada irmã!". Precisa ouvir papai contando-a!

— Falando em histórias, Diana — comentou Anne, de forma significativa e confidencial — sabia que nos últimos tempos tenho me questionado se eu conseguiria escrever um conto? Uma história que fosse boa o suficiente para ser publicada?

— Ora, é claro que conseguiria — respondeu Diana, depois de entender a incrível sugestão. — Você costumava escrever histórias perfeitamente emocionantes, anos atrás, em nosso antigo Clube de Histórias.

— Bem, não me referia àquele tipo de história. Venho pensando nisso, mas tenho um pouco de medo de tentar... porque se eu falhar, seria muito humilhante.

— Ouvi Priscilla dizer uma vez que todas as primeiras histórias da sra. Charlotte E. Morgan foram rejeitadas. Mas estou certa de que as suas não seriam, Anne, pois creio que os editores sejam mais sensatos hoje em dia.

— Margaret Burton, uma das veteranas de Redmond, escreveu uma história no inverno passado que foi publicada na revista *Mulher Canadense*. Acho de verdade que conseguiria escrever alguma coisa que fosse, pelo menos, tão boa quanto a dela.

— E essa revista irá publicá-la?

— Preciso tentar primeiro nas revistas mais conhecidas. Tudo depende do tipo de história que eu escrever.

— Sobre o que vai ser?

— Ainda não sei. Quero ter um bom enredo. Creio que, sob o ponto de vista de um editor, isso deve ser indispensável. A única coisa que já decidi é o nome da heroína. Ela irá se chamar Averil Lester. É um bonito nome, não acha? Não conte isso para ninguém, Diana. Não contei a ninguém, só a você e ao sr. Harrison. Ele não se mostrou muito encorajador; disse que há muito lixo escrito hoje em dia e que esperava algo melhor de mim, depois de um ano na faculdade.

— E o que o sr. Harrison entende do assunto? — perguntou Diana, incomodada.

Encontraram a casa dos Gillis alegre, iluminada e cheia de visitantes. Leonard Kimball, de Spencervale, e Morgan Bell, de Carmody, se encaravam sentados nos lados opostos da sala de visitas. Várias moças animadas haviam chegado. Ruby usava um vestido branco, e seus olhos e suas bochechas estavam muito brilhantes. Ela ria e conversava sem parar; e, após a partida das outras jovens, subiu as escadas com Anne para mostrar-lhe suas novas roupas de verão.

— Ainda tenho uma seda azul que preciso mandar costurar, mas é um pouco pesada para usar no verão. Acho que vou deixá-la para o outono. Sabia que vou lecionar em White Sands? Gostou do meu chapéu? Aquele que você estava usando ontem na igreja era muito gracioso. Mas, para mim, gosto de cores mais vivas. Você notou aqueles dois garotos ridículos lá embaixo? Ambos chegaram determinados a tomar o lugar um do outro. Não me importo nem um pouquinho com nenhum deles, você sabe. Gosto mesmo é do Herb Spencer. Às vezes, acho que ele é o sr. Certo. No Natal, pensei que fosse o professor de Spencervale, mas descobri uma coisa a respeito dele que me fez mudar de ideia. Quase enlouqueceu quando o rejeitei! Desejava que aqueles dois não tivessem vindo essa noite. Queria ter uma boa conversa com você, Anne, e contar-lhe um monte de coisas. Você e eu sempre fomos grandes amigas, não fomos?

Passou o braço pela cintura de Anne, com uma risadinha frívola. Mas, por um instante, quando seus olhos se encontraram, Anne viu algo por trás de todo o esplendor de Ruby, que fez seu coração doer.

— Venha com frequência, Anne, sim? Venha sozinha. Preciso de você — sussurrou.

— Está se sentindo bem, Ruby?

— Eu? Ora, estou muito bem. Nunca me senti tão bem em toda a minha vida! É claro, aquela congestão no inverno passado me abateu um pouco, mas veja só a minha cor! Tenho certeza de que não pareço uma inválida.

A voz de Ruby soava quase aguda. Retirou o braço da cintura de Anne, como se estivesse ressentida, e desceu as escadas com rapidez. Na sala, esteve mais alegre do que nunca, aparentemente tão absorta em gracejar com seus dois adoradores, que Diana e Anne sentiram-se um pouco deslocadas, e logo resolveram ir para casa.

XII
"A reparação de Averil"

— Com o que está sonhando, Anne?

Estava anoitecendo, e Diana e Anne perambulavam pelo mágico vale próximo ao riacho. Samambaias pendiam sobre a margem, a relva estava verde e as peras silvestres pendiam ao redor com um aroma suave, formando brancas cortinas.

Anne despertou de seu devaneio com um alegre suspiro.

— Estava pensando na minha história, Diana.

— Oh, você já começou? — gritou Diana, animada e muito interessada.

— Sim, tenho só algumas páginas escritas, mas já está bem fechada em minha mente. Levei muito tempo para criar um enredo adequado. Nenhum dos que imaginava parecia apropriado para uma jovem chamada Averil.

— Você não poderia ter mudado o nome dela?

— Não, isso seria impossível. Eu tentei, mas não consegui mudá-lo, da mesma forma como não poderia mudar o seu. Averil era tão real para mim que não importava se eu tentasse lhe dar outro nome; eu sempre pensava nela como Averil por trás de tudo. Mas, por fim, encontrei um enredo que combinava com ela! Então veio a empolgação de escolher os nomes para todas as minhas personagens. Você não tem ideia de como é fascinante! Fiquei horas e horas acordada pensando nisso. O nome do herói é Perceval Dalrymple.

— Você já deu nome a *todas* as personagens? — perguntou Diana, ansiosa. — Se não, eu ia pedir que você me deixasse batizar uma delas. Só uma, alguém que não seja importante. Nesse caso, eu sentiria como se tivesse feito parte de sua história.

— Você pode dar nome ao jovem empregado que mora com os Lesters. Ele não é muito importante, mas é o único que ainda não tem nome.

— Chame-o de Raymond Fitzosborne — sugeriu Diana, que tinha uma boa coleção de nomes guardados na memória, relíquias do antigo Clube de Histórias, que ela, Anne, Jane Andrews e Ruby Gillis tinham fundado em seus tempos de escola.

Anne balançou a cabeça, em dúvida.

— Temo que seja um nome muito aristocrático para um empregado, Diana. Não consigo imaginar um Fitzosborne alimentando porcos e juntando gravetos, você consegue?

Diana não via por que não, se você tem uma boa imaginação, porque não a estender até esse ponto. Todavia, provavelmente Anne entendia melhor do assunto, e o garoto foi batizado de Robert Ray, para ser chamado de Bobby se fosse necessário.

— Quanto você pressupõe que irão lhe pagar pela história? — perguntou Diana.

Mas Anne nem sequer tinha pensado nisso. Estava em busca de fama e não de lucro mesquinho, e seus sonhos literários ainda não estavam contaminados por motivações mercenárias.

— Você vai me deixar ler, não vai?

— Sim, quando estiver pronta, vou ler para você e o sr. Harrison, e deixarei que a critiquem *com severidade*. Ninguém mais a verá até ser publicada.

— Como será o final? Feliz ou triste?

— Não tenho certeza. Gostaria de terminar com uma tragédia, pois seria muito mais romântico. Mas entendo que os editores tenham preconceito contra finais tristes. Certa vez, ouvi o professor Hamilton dizer que ninguém, exceto um gênio, deveria atrever-se a escrever um final trágico. E estou longe de ser um gênio — concluiu, com modéstia.

— Oh, eu gosto mais de finais felizes! É melhor que deixe os protagonistas se casarem — aconselhou Diana. Desde que ficara noiva de Fred, ela considerava ser assim como todas as histórias deveriam terminar.

— Mas você não gosta de chorar enquanto lê?

— Oh, sim, no meio da história! Mas gosto quando tudo termina bem.

— Preciso criar uma situação patética — meditou Anne. — Posso deixar Robert Ray ser ferido num acidente e escrever uma cena de morte.

— Não, você não pode matar Bobby! — declarou Diana, rindo. — Ele me pertence, e quero que fique vivo e seja importante. Mate qualquer outro, se tem mesmo de fazê-lo.

Nos quinze dias seguintes, Anne sofreu e se alegrou, de acordo com o humor, em suas buscas literárias. Ora se regozijava devido à uma ideia brilhante, ora se desesperava porque alguma personagem obstinada *não se comportava* como deveria. Diana não conseguia compreender.

— *Obrigue-os* a fazer aquilo que você quer que façam! — exclamou.

— Não consigo — murmurou Anne. — Averil é uma heroína tão incontrolável! Ela *faz* e *diz* coisas que nunca desejei. E, então, isso estraga o que eu havia escrito antes e tenho que escrever tudo de novo.

Mesmo assim, a história foi, enfim, terminada e Anne leu-a para Diana no refúgio de seu quartinho. Tinha concluído sua "cena patética" com êxito sem sacrificar Robert Ray, e manteve o olhar cuidadoso na amiga enquanto lia.

Diana apreciou o momento e chorou convenientemente; porém, quando terminada a história, pareceu um pouco desapontada.

— Por que você matou Maurice Lennox? — perguntou, acusadora.

— Ele era o vilão. Precisava ser punido — protestou Anne.

— Gostei mais dele do que de todos os outros! — replicou a irracional Diana.

— Bem, ele está morto e vai continuar assim — retrucou Anne, um pouco ressentida. — Se eu o deixasse viver, ele continuaria perseguindo Averil e Perceval.

— Sim, a menos que você modificasse seu caráter.

— Isso não seria romântico. E, além do mais, teria feito a história ficar muito longa.

— Bem, de qualquer maneira, é uma história muito elegante, Anne, e irá torná-la muito famosa. Tenho certeza disso. Já tem um título?

— Oh, decidi o título há muito tempo! Vou chamá-la *A reparação de Averil*. Não soa bem? Agora, Diana, diga-me com franqueza: você encontrou alguma falha na minha história?

— Bem — hesitou Diana —, aquela parte em que Averil faz o bolo não me parece romântica o suficiente para combinar com o restante. É algo que qualquer um faria. Heroínas não deveriam cozinhar, acho.

— Ora, é aí que entra o humor, e é uma das melhores partes de toda a história! — respondeu Anne. E deve ser declarado que nisso ela estava absolutamente correta.

Diana se conteve com prudência de qualquer outra observação, mas o sr. Harrison foi muito mais difícil de agradar. Começou dizendo que havia muitas descrições na história.

— Suprima todas aquelas passagens floreadas — disse, sem piedade.

Anne teve a incômoda convicção de que ele estava certo, e esforçou-se para eliminar a maioria de suas amadas descrições — embora tenham sido necessárias três novas revisões para o texto perder as frases supérfluas e pudesse, enfim, agradar ao rabugento sr. Harrison.

— Retirei *todas* as descrições, exceto a do entardecer. Simplesmente não pude tirá-la. Era a melhor de todas.

— Não tem nada a ver com a história. E você não deveria ter inventado um cenário para as pessoas ricas da cidade. O que você sabe a respeito delas? Por que não estabeleceu a trama aqui em Avonlea? Alterando os nomes, é claro, ou então a sra. Rachel Lynde provavelmente pensaria que a heroína fosse ela.

— Oh, isso nunca daria certo! Avonlea é o lugar mais amado do mundo, mas não é romântico o bastante para ser o cenário de uma história.

— Atrevo-me a dizer que existe muito romance em Avonlea, e muita tragédia também. Mas suas personagens não são iguais às pessoas reais de qualquer lugar. Elas falam demais e usam uma linguagem muito extravagante. Há uma parte em que esse camarada Dalrymple fala por, no mínimo, duas páginas, sem jamais deixar a moça dizer nada! Se ele tivesse feito isso na vida real, ela o teria mandado para o inferno.

— Não acredito nisso! — ela negou, com ênfase. No secreto recôndito de sua alma, Anne achava que as belíssimas e poéticas palavras ditas a Averil conquistariam completamente o coração de qualquer moça. Além disso, era inadmissível que Averil, a majestosa e sublime Averil, pudesse mandar qualquer um para o inferno. Averil "declinava seus pretendentes".

— De qualquer maneira, não entendo por que Maurice Lennox não ficou com ela — continuou o inclemente sr. Harrison. — Ele era muito mais homem do que o outro. Fez coisas ruins, mas foi no passado. Perceval só tinha tempo para ficar devaneando.

"Ficar devaneando!" Isso era ainda pior do que mandar para o inferno!

— Maurice Lennox era o vilão! — exclamou a indignada Anne. — Não entendo como é que todos gostam mais dele do que de Perceval!

— Perceval é bonzinho demais. É irritante. Na próxima vez que criar um herói, coloque um pouco de tempero de natureza humana nele.

— Averil não poderia ter se casado com Maurice. Ele era muito mau.

— Ela o teria feito mudar. Você pode corrigir um homem, mas não uma água-viva, é claro. Sua história não é ruim; é bem interessante, vou admitir. Mas você ainda é jovem para escrever um conto que valha a pena. Espere dez anos.

Anne prometeu a si mesma que, na próxima vez que escrevesse uma história, não pediria a ninguém para criticá-la. Era muito desencorajador. Apesar de ter mencionado a Gilbert sobre o conto, não o leu para ele.

— Se for um sucesso, quando for publicado, você o lerá, Gilbert. Mas, se for um fracasso, ninguém jamais saberá a respeito.

Marilla não tomou conhecimento de nada sobre essa iniciativa. Em sua imaginação, Anne viu-se lendo uma história de revista para ela, enlaçando-a em elogios sobre o enredo — porque tudo é possível na imaginação — e então, triunfantemente, anunciando a si mesma como a autora.

Um dia, Anne levou um envelope comprido e volumoso ao posto dos correios, com a deliciosa confiança e inexperiência da juventude, endereçado à "maior das maiores" revistas. Diana estava tão empolgada quanto a própria Anne.

— Quanto tempo você acha que levará até receber a resposta?

— Não deve demorar mais de quinze dias. Oh, como vou ficar feliz e orgulhosa se for aceito!

— É claro que será aceito, e provavelmente pedirão que você envie mais contos. Um dia, você vai ser tão famosa quanto a sra. Morgan, Anne, e então eu ficarei muito orgulhosa por ser sua amiga — disse Diana, que possuía, ao menos, o surpreendente mérito de professar uma altruísta admiração pelos dons e talentos de suas amigas.

Uma semana de deliciosos sonhos se passou, depois da qual veio o amargo despertar. Certa tarde, Diana encontrou Anne em seu quartinho com uma estranha expressão nos olhos. Na mesa, havia um envelope comprido e um manuscrito amassado.

— Anne, sua história não foi devolvida, foi? — exclamou Diana, incrédula.

— Sim, foi — admitiu Anne.

— Bem, esse editor deve ser louco! Que motivo ele deu?

— Nenhum. Só uma nota impressa dizendo que não foi considerada satisfatória.

— Nunca achei essa revista grande coisa, de qualquer forma — prosseguiu Diana, com ardor. — As histórias que eles publicam não chegam nem aos pés das que saem na *Mulher Canadense*, apesar de custar muito mais. Suponho que o editor tenha preconceito contra qualquer um que não seja ianque. Não desanime, Anne! Lembre-se de que as histórias da sra. Morgan também foram devolvidas. Envie a sua para a *Mulher Canadense*.

— É, acho que vou fazer isso — respondeu Anne, animando-se. — E, se for publicada, enviarei uma cópia para esse editor americano. Mas vou cortar a parte sobre o pôr do sol. Acho que o sr. Harrison tinha razão.

E assim, foi sacrificado o crepúsculo. Contudo, apesar da heroica mutilação, o editor da *Mulher Canadense* devolveu *A reparação de Averil* tão rápido que Diana, indignada, afirmou que teria sido impossível que alguém a tivesse lido, e prometeu cancelar sua assinatura imediatamente. Anne suportou a segunda rejeição com a calma própria do desespero. Enfiou o conto no velho baú do sótão onde repousavam os manuscritos do antigo Clube de Histórias, não sem antes ceder às súplicas de Diana e dar uma cópia a ela.

— Aqui jazem minhas ambições literárias — afirmou, com amargura.

Nunca mais tocou no assunto com o sr. Harrison, mas, numa tarde, ele lhe perguntou, de repente, se a história havia sido aceita.

— Não, o editor não a aceitou — foi a breve resposta.

O sr. Harrison olhou de soslaio para o ruborizado e delicado perfil.

— Bem, suponho que você continuará escrevendo — comentou, em tom animador.

— Não, nunca mais tentarei escrever outra história — declarou, com a desesperançada fatalidade dos dezenove anos, quando uma porta é fechada em sua cara.

— Eu não desistiria de escrever tão rapidamente. Escreveria contos de vez em quando, mas não os enviaria a nenhum editor. Escreveria sobre pessoas e lugares que conheço, e faria minhas personagens falarem o idioma do dia a dia. E deixaria o sol nascer e se pôr em sua trajetória normal, sem dar muita importância ao fato. Se tivesse que introduzir vilões na história, eu lhes daria uma chance, Anne. Acredito que existam homens terríveis no mundo, mas você teria que caminhar muito para encontrá-los, apesar de a sra. Lynde acreditar sermos todos péssimos. Mas a maioria de nós tem um pouco de decência em algum lugar aqui dentro. Continue escrevendo, Anne.

— Não. Foi uma grande tolice tentar fazer isso. Quando terminar de estudar em Redmond, vou me concentrar em ensinar. Eu sou capaz de lecionar. Mas não de escrever histórias.

— Quando terminar os estudos em Redmond, estará na hora de você arranjar um marido. Não me parece bom adiar o casamento por tanto tempo, como eu fiz.

Anne se levantou e foi para casa. Havia momentos em que o sr. Harrison era realmente intolerável. "Mandar para o inferno", "ficar devaneando" e "arranjar um marido"! Oras!

XIII
O caminho da transgressão

Davy e Dora estavam prontos para a Escola Dominical. Iriam sozinhos dessa vez, o que não acontecia com frequência porque a sra. Lynde assistia aos cultos com regularidade. Mas ela torcera o tornozelo e estava mancando e, por isso, permaneceria em casa naquela manhã. Os gêmeos deveriam representar a família na igreja, pois Anne tinha ido a Carmody na véspera a fim de passar o domingo com algumas amigas, e Marilla tivera mais uma de suas crises de enxaqueca.

Davy desceu as escadas devagar. Dora esperava por ele no corredor, depois de a sra. Lynde tê-la vestido. O garoto se arrumara sozinho. Trazia um centavo no bolso para a coleta da Escola Dominical e cinco centavos para a coleta da igreja. Carregava a Bíblia em uma mão e o jornalzinho da Escola Dominical na outra. Sabia perfeitamente a lição, o Texto Áureo e a pergunta do catecismo. Não tinha ele estudado — à força — na cozinha da sra. Lynde, durante toda a tarde do domingo anterior? Considerando tudo isso, Davy deveria estar em um plácido estado de ânimo. No entanto, apesar do Texto Áureo e do catecismo, por dentro, se sentia mais como um lobo feroz.

A sra. Lynde saiu mancando da cozinha quando ele se juntou a Dora.

— Você se lavou? — perguntou com austeridade.

— Sim, lavei todas as partes que aparecem — ele respondeu, com olhar desafiador.

A sra. Lynde suspirou. Suspeitava que as orelhas e o pescoço do garoto não tivessem sido devidamente limpos. Mas sabia que, se tentasse inspecioná-lo, ele sairia correndo e hoje ela não seria capaz de persegui-lo.

— Bem, comportem-se direitinho — advertiu-os. — Não andem pela poeira. Não parem na entrada para conversar com as outras crianças. Não fiquem se contorcendo ou se sacudindo no banco. Não se esqueçam do Texto Áureo. Não vão perder o dinheiro das ofertas nem se esqueçam de colocá-las na bandeja. Não cochichem na hora da oração e não se esqueçam de prestar atenção no sermão.

Davy não disse nada. Começou a caminhar pela alameda, seguido pela meiga Dora. Mas, por dentro, sua alma borbulhava. Davy tinha sofrido, ou pensava ter sofrido, muitas coisas nas mãos e na língua da sra. Rachel Lynde desde que ela se mudara para Green Gables, pois a boa senhora não conseguia viver com ninguém, tendo nove ou noventa anos, sem tentar instruí-lo de maneira apropriada. E, justo na tarde anterior, havia interferido para influenciar Marilla a não permitir que o menino fosse pescar com os filhos de Timothy Cotton. Davy ainda estava fervendo por causa disso.

Assim que saíram da alameda, Davy deteve-se e mudou o semblante, torcendo-o numa careta tão sinistra e medonha que Dora, apesar de conhecer o talento do irmão nesse quesito, ficou honestamente alarmada de que o rosto dele nunca mais pudesse voltar ao normal.

— Maldita velha! — explodiu Davy.

— Oh, Davy, não xingue — murmurou Dora, espantada.

— "Maldita" não é xingamento, não um de verdade. E também, não me importa que seja! — retorquiu, com imprudência.

— Bem, se você *tem* que dizer palavras horríveis, pelo menos não as diga no domingo.

Davy ainda estava longe do arrependimento, porém, em seu íntimo, sentiu que talvez tivesse ido longe demais.

— Vou inventar meu próprio palavrão!

— Se você inventar, Deus irá castigá-lo por isso — advertiu Dora, em tom solene.

— Se é assim, então eu acho que Deus é um velhaco malandro e malvado! Por acaso Ele *num* sabe que um homem precisa botar pra fora o que está sentindo?

— Davy!!! — ela gritou, achando que o irmão fosse cair morto ali mesmo. Mas nada aconteceu.

— De qualquer jeito, não vou mais aturar as ordens da sra. Lynde — prosseguiu, balbuciando. — Anne e Marilla até podem ter o direito de mandar em mim, mas *ela* não! Vou fazer tudinho que ela me proibiu de fazer. Você vai ver!

Enquanto Dora o observava fascinada em horror, Davy, num silêncio rígido e deliberado, saiu do caminho coberto de relva, enfiou os tornozelos profundamente na fina poeira — resultado de quatro semanas sem chuva — e andou arrastando os pés com vontade, até estar envolto numa obscura nuvem de pó.

— Isso é só o começo! — anunciou o menino, triunfante.

— E eu vou parar na entrada e conversar com todo mundo, até não ter mais ninguém para conversar. Vou me contorcer, me sacudir no banco e cochichar, e vou falar que não sei o Texto Áureo. E vou jogar fora as minhas duas moedas para a oferta *agora mesmo*!

E assim ele fez, lançando-as sobre a cerca do sr. Barry, com veemente prazer.

— Satanás o forçou a fazer isso — disse Dora, censurando-o.

— Não forçou! — gritou Davy, indignado. — Tive essa ideia sozinho! E tive mais uma ideia. Não vou para a Escola Dominical e nem para a igreja. Vou brincar com os Cottons!

Eles me falaram ontem que não iriam para a Escola Dominical hoje, porque a mãe deles ia sair e não tinha mais ninguém para *obrigar eles* a ir. Ora, vamos, Dora, vamos nos divertir muito!

— Não quero ir — protestou a menina.

— Você tem que ir! Se não vier, vou contar para Marilla que Frank Bell beijou você na escola, na segunda passada.

— Eu não pude fazer nada! Não tinha ideia de que ele fosse fazer isso! — ela gritou, ficando vermelha escarlate.

— Bom, você não deu uma bofetada nele nem pareceu irritada — retorquiu Davy. — Vou contar *isso* também, se você não vier. Vamos cortar caminho pelo pasto aqui.

— Tenho medo daquelas vacas — protestou a pobre Dora, percebendo ali uma perspectiva de escapar.

— Que ridículo ter medo de vacas! Ora, elas são ainda mais novinhas que você!

— Mas são maiores.

— Elas não vão machucar você. Agora, vamos indo. Ah, que ótimo! Quando eu crescer, não vou me incomodar em ir para a igreja, não vou mesmo. Acho que consigo chegar ao céu por minha conta.

— Você vai parar é naquele outro lugar, se não guardar o Dia do Senhor — avisou a infeliz Dora, seguindo-o contra sua vontade.

Mas Davy não estava assustado — *ainda*. O inferno estava muito distante, e as delícias de uma expedição de pesca com os Cottons, muito próximas. Davy queria que a irmã fosse mais corajosa. Ela continuava olhando para trás, quase chorando, e isso acabava com a diversão de qualquer um. Ora, ela podia ir às favas! Dessa vez, Davy não disse "malditas" nem mesmo em pensamento. Ele *ainda* não lamentava ter pronunciado essa expressão antes, mas era melhor não provocar a Ira Divina tantas vezes num só dia.

Os jovens Cottons brincavam no pátio dos fundos e saudaram a presença de Davy com gritos de alegria. Pete,

Tommy, Adolphus e Mirabel Cotton estavam sozinhos. A mãe e as irmãs mais velhas tinham saído. Dora sentiu-se grata porque ao menos Mirabel estava ali. Temia ficar sozinha com um bando de garotos. Mirabel era quase tão levada quanto os meninos — era barulhenta, imprudente, vermelha de sol, mas ao menos usava vestidos.

— Viemos para pescar! — anunciou Davy.

— Viva! — gritaram os Cottons. Eles se apressaram para cavar buracos em busca de minhocas, e Mirabel liderava a turma com uma lata de estanho na mão. Dora tinha vontade de se sentar no chão e chorar. Oh, se aquele chato do Frank Bell não a tivesse beijado! Poderia ter desafiado Davy e ido para sua querida Escola Dominical.

Eles não ousaram, é claro, pescar na lagoa, onde correriam o risco de serem vistos pelas pessoas indo para a igreja. Tiveram que recorrer ao riacho no bosque atrás da casa dos Cottons que, de qualquer modo, estava cheio de trutas. As crianças tiveram uma manhã gloriosa — ao menos os Cottons certamente tiveram, e Davy pareceu partilhar da mesma alegria. Não sendo de todo desprovido de prudência, o menino havia tirado as botas e meias e pegara emprestado um macacão de Tommy Cotton.

Estando devidamente equipado, pântanos, brejos e matagais não representavam nenhum impedimento para ele. Dora sentia-se total e evidentemente miserável. A menina seguia os outros em suas peregrinações de ponta a ponta do riacho, segurando a Bíblia e o jornalzinho da igreja junto ao corpo e pensando, amargurada, na querida aula na Escola Dominical, onde deveria estar sentada naquele momento, diante da professora que adorava. Ao invés disso, estava perambulando pelo bosque com os selvagens Cottons, tentando manter as botas limpas e o lindo vestido branco livre de rasgos e manchas. Mirabel oferecera um avental emprestado, que Dora recusara com desprezo.

As trutas mordiam as iscas naquele dia como só faziam aos domingos. No intervalo de uma hora, os pequenos transgressores já haviam pescado tudo o que queriam, e então retornaram à casa, para completo alívio de Dora, que sentou-se muito empertigada sobre uma gaiola no pátio enquanto os outros se dedicavam a um barulhenta brincadeira de pega-pega. Depois, todos subiram no telhado do chiqueiro e entalharam suas iniciais na cumeeira. O teto em declive do galinheiro e um amontoado de palha que havia logo abaixo serviram de inspiração para Davy. Passaram uma esplêndida meia hora subindo no telhado e mergulhando na palha, com vivas e muita gritaria.

No entanto, até mesmo os prazeres ilícitos terminam. Quando o rodar das charretes na ponte sobre a lagoa anunciou que as pessoas estavam saindo da igreja, Davy soube que chegara o momento de partir. Tirou o macacão emprestado de Tommy, tornou a vestir a própria roupa e separou-se de suas trutas com um suspiro. Era inútil pensar em levá-las para casa.

— E então, não foi uma farra esplêndida? — questionou, desafiadoramente, enquanto desciam a colina.

— Para mim, não! — foi a resposta categórica dela. — E não acho que você tenha se divertido de verdade também — completou, com uma perspicácia que não lhe era usual.

— Eu me diverti muito, sim! — bradou Davy, embora seu tom de voz indicasse que não queria mais discutir. — Não é de se estranhar que você não tenha aproveitado o dia... ficou o tempo todo sentada lá, igual a uma... igual a uma mula.

— Eu não vou me juntar aos Cottons — ela replicou, com altivez.

— Os Cottons são ótimos! E eles se divertem muito mais que nós. Fazem só o que querem fazer, e falam do jeito que querem falar na frente de todo mundo. A partir de agora, vou começar a fazer isso também.

— Tem um monte de coisas que você não se atreveria a dizer na frente das pessoas.

— Não tem, não.

— Aposto que tem. Você ousaria... — exigiu Dora, com seriedade — Ousaria dizer a palavra "mulherengo" na frente do ministro?

Foi um golpe que o abalou. Davy não estava preparado para um exemplo tão concreto de liberdade de discurso. Mas não era preciso ser coerente com Dora.

— É claro que não! — admitiu, amuado. — "Mulherengo" não é uma palavra sagrada. Eu não falaria uma coisa dessas na frente do ministro.

— Mas e se tivesse que falar?

— Diria que se trata de um "rapaz namorador".

— Penso que "rapaz galanteador" seria mais educado — refletiu Dora.

— *Você* pensando! — retorquiu Davy, com um fulminante olhar de desdém.

O menino não se sentia confortável, apesar de preferir morrer a admitir alguma coisa para a irmã. Agora que a euforia dos prazeres gazeteiros terminara, sua consciência começava a dar salutares ferroadas. Talvez tivesse sido melhor ter ido à Escola Dominical e à missa, afinal. A sra. Lynde podia ser mandona, mas sempre havia uma caixa de biscoitos no guarda-louça de sua cozinha e ela não era mesquinha. Nesse exato momento inconveniente, Davy se lembrou do dia em que rasgou sua calça nova de ir à escola, na semana anterior — e foi a sra. Lynde quem a remendara maravilhosamente bem, sem ter dito uma só palavra a Marilla a respeito.

Porém, a taça de iniquidade de Davy ainda não estava cheia. O garotinho estava para descobrir que um pecado exige outro para encobri-lo. Almoçaram com a sra. Lynde naquele dia, e a primeira coisa que ela lhes perguntou foi:

— Seus colegas estavam todos lá na Escola Dominical hoje?

— Sim, senhora — ele respondeu, engolindo em seco. — Todos, menos um.

— Recitou seu Texto Áureo e o catecismo?
— Sim, senhora.
— Entregou sua oferta?
— Sim, senhora.
— A sra. Malcolm MacPherson estava na igreja?
— Eu não sei — "Ao menos isso é verdade", pensou o pobre Davy.
— Anunciaram a reunião da Sociedade Assistencial na semana que vem?
— Sim, senhora — disse, com a voz trêmula.
— E a reunião de oração?
— Eu... eu não sei.
— Pois *deveria* saber! Tinha que ter prestado mais atenção aos avisos. Qual foi o sermão que o sr. Harvey fez?

Davy bebeu um gole d'água freneticamente, engolindo-o junto com o último protesto de sua consciência. Sem hesitar, recitou um versículo que aprendera algumas semanas antes. A sra. Lynde agora terminara com as perguntas, ainda bem, mas Davy não desfrutou do almoço. Conseguiu comer apenas um prato de pudim.

— O que há de errado com você? — questionou a sra. Lynde, justificadamente surpresa. — Está doente?
— Não — murmurou Davy.
— Você está pálido. É melhor que fique longe do sol essa tarde — ela aconselhou.
— Você sabe quantas mentiras contou à sra. Lynde? — perguntou Dora, em tom de acusação, assim que ficaram sozinhos depois do almoço.

Davy, aguilhoado pelo desespero, voltou-se muito feroz.
— Não sei e não quero saber! E você fique calada, Dora Keith!

E então o atormentado garoto buscou um refúgio isolado atrás da pilha de lenha, para pensar a respeito sobre a trilha dos transgressores.

Green Gables estava envolta em escuridão e silêncio quando Anne chegou. Ela não perdeu tempo e foi logo para a cama, devido ao cansaço e sono. A semana havia transcorrido com inúmeras celebrações, que se prolongaram até altas horas. Mal aconchegara a cabeça no travesseiro e quase adormecia, quando, justo nesse momento, a porta de seu quarto se abriu suavemente e uma voz suplicante chamou-a pelo nome.

— Anne?

Anne sentou-se, sonolenta.

— Davy, é você? O que foi?

Uma pequena criatura de branco cruzou correndo o aposento e pulou em sua cama.

— Anne! — soluçou o menino, atirando os braços em torno do pescoço dela. — Estou tão feliz que você esteja em casa. Eu não ia conseguir dormir até contar pra alguém.

— Até contar o quê?

— Como eu sou *miserávi*.

— Por que você é miserável, querido?

— Porque eu fui muito, muito mau hoje, Anne. Oh, fui *mauvadaço*... mais *pior* do que jamais fui.

— O que você fez?

— Tô com medo de contar! Você nunca mais vai gostar de mim, Anne. Não consegui rezar essa noite. Não consegui contar a Deus o que eu fiz. Tinha vergonha de *deixar Ele* saber.

— Mas Ele já sabe de qualquer maneira, Davy.

— Foi o que Dora me falou. Mas eu pensei que, talvez, Ele pudesse não ter se dado conta na hora. Não importa, eu preferia contar para você primeiro.

— *O que* é que você fez?

E assim veio uma avalanche.

— Fugi da Escola Dominical e fui pescar com os Cottons, e contei tantas, mas tantas mentiras deslavadas para a sra. Lynde, oh, mais de meia dúzia!, e... e eu... eu falei um palavrão, Anne, ou um *quase* palavrão... e falei coisas feias sobre Deus.

Então, houve um profundo silêncio. Davy não sabia o que fazer com isso. Estaria Anne tão chocada a ponto de nunca mais falar com ele?

— Anne, o que você vai fazer comigo? — perguntou, num sussurro.

— Nada, querido. Creio que você já foi castigado o suficiente.

— Não, não fui. Não me fizeram nada.

— Mas você ficou bem triste por ter feito tudo isso, não é mesmo?

— Pode apostar! — confirmou, com ênfase.

— Pois saiba que isso era a sua consciência castigando você, Davy.

— O que é essa "minha consciência"? Quero saber.

— É algo que existe dentro de você, Davy, que sempre avisa quando você está fazendo coisas erradas e o torna infeliz quando persiste no erro. Já percebeu isso?

— Já, mas não sabia o que era. Não queria ter isso. Eu iria me divertir muitíssimo mais! Onde está a minha consciência, Anne? Quero saber. Está no meu estômago?

— Não, está na sua alma — respondeu Anne, agradecida pela escuridão, pois a seriedade precisava ser preservada nas questões mais graves.

— Acho que não vou poder me livrar dela, então — concluiu, com um suspiro. — Você vai contar para Marilla e para a sra. Lynde tudo o que eu fiz, Anne?

— Não, querido, não vou contar para ninguém. Você está triste por ter sido tão travesso, não está?

— Pode apostar!

— E nunca mais vai ser danado desse jeito, não é?

— Não, mas — acrescentou, com cautela — pode ser que eu seja danado de outra maneira.

— Não vai mais falar palavrão, nem fugir aos domingos ou contar mentiras para encobrir seus pecados?

— Não. Não vale a pena.

— Bem, Davy, apenas diga a Deus que lamenta muito e peça a Ele que o perdoe.

— *Você* me perdoa, Anne?

— Sim, querido.

— Então não me importa se Deus perdoa ou não! — exclamou, com alegria.

— Davy!

— Oh! Vou pedir a Ele... vou pedir a Ele... — balbuciou rápido, descendo da cama, convencido pelo tom de Anne que devia ter dito algo *terrível*. — Não me importo de pedir perdão a Ele, Anne. Por favor, Deus, estou terrivelmente arrependido por ter me comportado mal hoje, e vou tentar ser sempre bonzinho aos domingos, e, por favor, me perdoe. Aí está, Anne!

— Bem, agora corra para a cama como um bom menino.

— Está bem. Ora, não estou mais me sentindo tão *miserávi*! Tô até me sentindo bem. Boa noite.

— Boa noite.

Anne se recostou no travesseiro com um suspiro de alívio. Oh, como estava exausta! E no mesmo instante...

— Anne! — Davy estava de volta à sua cama. Anne entreabriu os olhos outra vez.

— O que foi agora, querido? — perguntou, esforçando-se para não deixar transparecer a impaciência na voz.

— Anne, você já viu como o sr. Harrison cospe? Você acha que, se eu praticar bastante, posso aprender a cuspir que nem ele?

Anne sentou-se.

— Davy Keith, vá direto para a sua cama e não me deixe pegá-lo acordado de novo essa noite! Vá agora!

E Davy saiu correndo, sem questionar as razões.

XIV
O chamado

Anne estava sentada com Ruby no jardim dos Gillis, após o lento cair da tarde, e elas contemplavam o sol se pôr atrás das árvores. Fora uma tarde de verão quente e cheia de brumas. O mundo resplendia com as flores desabrochando. Os vales tranquilos repousavam sob a névoa; as trilhas do bosque, decoradas com as sombras e os ásteres, coloriam os prados com sua cor púrpura.

Anne havia desistido de um passeio ao luar até a praia de White Sands para passar a tarde com Ruby. Naquele verão, passara muitas tardes na companhia dela, embora se questionasse com frequência se essas visitas realmente faziam bem a qualquer uma das duas, e várias vezes tivesse saído de lá decidida a não voltar.

A palidez de Ruby aumentava à medida que a estação passava. A intenção de lecionar na escola de White Sands ficara para trás — seu pai achou que seria melhor ela não dar aulas até o Ano Novo — e os trabalhos de crochê que ela tanto amava caíam com cada vez mais recorrência de suas mãos, já fracas demais para segurar a agulha. Mas a garota parecia sempre alegre, sempre esperançosa enquanto falava e cochichava sobre seus pretendentes, suas rivalidades e suas angústias. E era exatamente isso que tornava as visitas de Anne tão difíceis. O que antes havia sido tolo ou divertido, agora tornara-se trágico: era como se a morte estivesse espiando através de uma teimosa máscara de vida. Ainda assim, Ruby parecia agarrar-se à amiga, nunca a deixando ir embora sem a promessa de uma próxima visita em breve. A sra. Lynde resmungava por causa das constantes visitas de Anne, declarando que a jovem acabaria por se contaminar também, e até mesmo Marilla parecia querer acreditar nisso.

— Você volta para casa com um ar cansado todas as vezes que vai visitar Ruby — ela comentou, um dia.

— É tão triste e assustador — disse Anne, em voz baixa. — Ruby não parece ter a mínima ideia da gravidade de seu estado. E, ainda assim, sinto que ela precisa de ajuda e implora por isso; e eu quero ajudá-la, mas não consigo. Durante todo o tempo que estou com ela, sinto como se observasse sua luta contra um inimigo invisível... tentando derrotá-lo com a pouca energia que lhe resta. É por isso que volto para casa tão exausta.

Contudo, naquela noite, Anne não a viu lutar com tanta intensidade. Ruby estava estranhamente calada. Não pronunciara uma só palavra sobre festas, passeios, vestidos e rapazes. Estava reclinada na rede, com o crochê intocado ao seu lado e um xale branco em torno dos ombros magros. As longas tranças de cabelo loiro — como Anne invejara aquelas lindíssimas tranças nos longínquos tempos de escola! — caíam dos dois lados, sobre o peito. Havia tirado os grampos, dizendo que lhe davam dores de cabeça. O rubor febril desaparecera por ora, tornando seu rosto pálido e infantil.

A lua prateada surgiu no céu, dando um brilho perolado às nuvens ao redor. Logo abaixo, a lagoa refletia sua luz trêmula com esplendor indefinido. Um pouco além da fazenda dos Gillis ficava a igreja, com o velho cemitério atrás. As lápides brancas eram destacadas pelo luar, salientando seus contornos da escuridão das árvores atrás delas.

— Que estranho fica o cemitério sob a luz da lua! — exclamou Ruby, de repente. — Que fantasmagórico! — acrescentou, estremecendo. — Anne, agora não falta muito para que eu esteja lá também. Você, Diana e os demais seguirão pelo mundo, cheios de vida... e eu estarei lá, no velho cemitério... morta e enterrada!

A súbita declaração deixou Anne completamente confusa. Por alguns instantes, ela não conseguiu falar.

— Você sabe disso, não sabe? — perguntou Ruby, com insistência.

— Sim, eu sei — respondeu Anne, em voz baixa. — Querida Ruby, eu sei.

— Todos sabem — prosseguiu, amargurada. — Eu sei... soube nesse verão, mas não queria admitir. E, oh, Anne — ela estendeu o braço e agarrou suplicante a mão da amiga, impulsivamente — eu não quero morrer. Tenho *medo* de morrer.

— E por que você deveria ter medo, Ruby? — perguntou Anne, com calma.

— Porque... porque... oh, não tenho medo de morrer, mas de ir para o céu, Anne. Sou membro da igreja, mas tudo será tão diferente! Eu penso... e penso, e fico tão assustada... e... fico nostálgica. O céu deve ser muito bonito, é claro, a Bíblia assim o diz; mas, Anne, não será igual ao que estou acostumada!

Na mente de Anne cruzou a lembrança intrusa de uma história engraçada que ouvira Philippa Gordon contar: a de um velho homem que disse exatamente a mesma coisa sobre a vida após a morte. Naquele momento, parecera engraçada — lembrou-se de como ela e Priscilla riram disso. Mas não parecia nada divertida agora, vinda dos lábios trêmulos e pálidos de Ruby. Era triste, trágica e real! O céu não poderia ser igual ao que Ruby estava acostumada. Não houvera nada em sua vida alegre e leviana, em seus vazios ideais e suas aspirações que a tivesse preparado para aquela grande mudança ou que lhe permitisse imaginar a próxima vida de outro modo que não fosse estranho, irreal e indesejável. Anne buscava desesperadamente algo que pudesse dizer para ajudá-la. Conseguiria dizer alguma coisa?

— Eu acho, Ruby — ela começou, hesitante, porque era difícil para Anne revelar a alguém os mais profundos pensamentos de seu coração, ou novas ideias ainda vagas formando-se em sua mente a respeito dos grandes mistérios dessa e da próxima vida, substituindo os conceitos infantis. E era ainda mais difícil falar sobre isso com alguém como Ruby Gillis —, eu acho que talvez tenhamos conceitos bastante equivocados no que diz respeito ao céu e ao que está reservado para nós. Não acredito que possa ser uma vida tão diferente da que vivemos aqui, como a maioria parece acreditar. Creio que só seguiremos vivendo, quase como aqui, e que continuaremos a ser *nós mesmos*... apenas será mais fácil sermos bondosos e buscarmos o melhor. Todas as dificuldades e perplexidades desaparecerão, e conseguiremos ver de forma mais clara. Não tenha medo, Ruby.

— Não posso evitar — contestou, tristemente. — Mesmo que seja verdade o que você diz sobre o céu, e você não pode ter certeza disso, talvez seja só por causa dessa imaginação que você tem, não será *exatamente* igual. Não pode ser! Eu quero continuar vivendo *aqui*! Sou tão jovem, Anne. Ainda não vivi minha vida. Lutei tanto para viver, e foi tudo em vão... tenho que morrer... e deixar tudo aquilo que me é querido.

Anne entristeceu-se num pesar quase impossível de suportar. Não conseguia dizer mentiras reconfortantes e todo o desabafo de Ruby era uma horrível verdade. Ela *estava* deixando para trás tudo o que lhe era querido. Havia guardado seus tesouros somente na Terra e vivera apenas para os pequenos prazeres mundanos — as coisas passageiras —, esquecendo-se das grandes coisas que seguem junto até a eternidade, e que constroem uma ponte sobre o abismo que há entre as duas vidas, fazendo da morte uma mera passagem de uma morada à outra, como do anoitecer ao amanhecer. Deus tomaria conta dela lá, assim Anne acreditava, e Ruby aprenderia. Porém, agora, não era de se admirar que sua alma se aferrasse, em cego desespero, aos únicos tesouros que ela conhecia e amava.

Ruby apoiou-se num braço e ergueu seus belos e brilhantes olhos azuis para o céu enluarado.

— Eu quero viver — disse, com a voz trêmula. — Quero viver como as outras garotas. E... e eu quero me casar, Anne... e... e ter filhos. Você sabe que eu sempre adorei bebês, Anne. Eu não poderia dizer isso a qualquer pessoa. Sei que você entende. E o pobre Herb... ele... ele me ama, e eu a ele, Anne! Os outros não significavam nada para mim, mas *ele* significa... e, se eu pudesse viver, eu seria a esposa dele, e seria tão feliz! Oh, Anne, é tão difícil...

Ruby afundou no travesseiro e chorou convulsivamente. Anne apertou sua mão com agonia e silenciosa compaixão, o que pareceu tê-la ajudado mais do que débeis e imperfeitas palavras teriam — porque, pouco a pouco, ela se acalmou e cessaram os soluços.

— Estou contente por ter dito isso a você, Anne — sussurrou. — Falar em voz alta já me ajudou. Quis conversar sobre esse assunto durante o verão inteiro, todas as vezes que você veio. Quis conversar, mas não *conseguia*. Parecia que ia tornar a morte tão certa se eu dissesse que iria morrer, ou se qualquer outra pessoa falasse ou desse a entender. Não me atrevia a falar ou sequer pensar no assunto. Durante o dia, quando havia pessoas à minha volta e tudo estava alegre, não era tão difícil evitar pensar nisso. Mas à noite, quando não conseguia dormir, tudo ficava tão assustador, Anne! Nesses momentos, não havia escapatória. A morte vinha e me encarava, olhando direto nos meus olhos, até eu ficar tão apavorada que tinha vontade de gritar.

— Mas você não vai mais ter medo, não é, Ruby? Vai ser corajosa e vai acreditar que tudo ficará bem...?

— Vou tentar. Vou pensar em tudo o que você me disse e tentarei acreditar. E você virá me ver sempre que puder, não é, Anne?

— Sim, querida.

— Não... agora não vai demorar muito, Anne. Estou certa disso. E eu gostaria de ter você ao meu lado, mais do que qualquer outra pessoa. Sempre gostei mais de você do que de todas as outras colegas da escola. Você nunca foi invejosa ou cruel como algumas das outras eram. A pobre Emma White veio me ver ontem. Você se lembra de que Emma e eu fomos amigas inseparáveis durante três anos, quando estudávamos juntas? E, então, brigamos na época do concerto na escola, e nunca mais nos falamos desde então. Não foi uma tolice? Todas essas coisas me parecem tolas *agora*. Mas Emma e eu resolvemos a velha disputa ontem. Emma me disse que teria voltado a falar comigo anos atrás, mas achava que eu não falaria com ela. E eu nunca falei com ela porque estava certa de que não falaria comigo. Não é estranho como existem esses mal-entendidos entre as pessoas, Anne?

— A maioria das confusões na vida surge de mal-entendidos, eu acho. Preciso ir agora, Ruby. Está ficando tarde, e você não deveria ficar exposta ao sereno.

— Você virá me ver logo, não é?

— Sim, logo, logo. E se houver qualquer coisa que eu possa fazer para ajudá-la, farei com muito gosto.

— Eu sei. Você já me ajudou. Nada me parece tão assustador agora. Boa noite, Anne.

— Boa noite, querida.

Anne foi para casa caminhando lentamente sob o luar. Aquele anoitecer havia provocado uma grande mudança nela. A vida possuía agora um outro sentido, um propósito mais intenso. Na superfície, tudo continuaria igual, mas as bases tinham sido remexidas. Com ela, as coisas não deveriam acontecer como com a pobre borboleta Ruby. Quando chegasse ao fim da vida, não contemplaria o futuro com o medo paralisante de algo completamente diferente — algo para o qual os pensamentos, os ideais e as aspirações cotidianos não a houvessem preparado. As pequenas coisas da vida, os doces momentos deveriam ser a finalidade de toda a existência. Os objetivos mais elevados deveriam ser buscados e seguidos; a vida celestial deveria começar aqui, na Terra.

Aquele adeus no jardim foi definitivo. Anne nunca mais viu Ruby viva. Na noite seguinte, a Sociedade de Melhorias de Avonlea se reuniu para uma festa de despedida em homenagem a Jane Andrews, antes de ela ir para o oeste. E, enquanto todos dançavam, sorriam e se divertiam, aconteceu o chamado de uma alma em Avonlea, um chamado que não pode ser ignorado e do qual não se consegue escapar.

Na manhã seguinte, espalhou-se de casa em casa a notícia de que Ruby Gillis havia morrido. Faleceu dormindo, sem dor, tranquila, e em seu rosto havia um sorriso — como se a morte, afinal, tivesse vindo como uma boa amiga para guiá-la pelos portões, e não como o apavorante espectro que ela tanto temera.

Após o funeral, a sra. Rachel Lynde foi enfática ao declarar que Ruby Gillis era a falecida mais bonita que ela já havia contemplado. Sua beleza, enquanto jazia vestida de branco entre as delicadas flores que Anne dispusera contornando a mortalha, fora lembrada e comentada por muitos anos em Avonlea. Ruby sempre fora linda. Mas sua beleza era terrena, mundana; sempre possuíra uma qualidade insolente, como se a ostentasse diante dos olhos que a observavam. O espírito jamais brilhara através de toda aquela formosura, nem o intelecto a havia refinado. Mas a morte havia tocado e consagrado aquela beleza, destacando os delicados matizes e a pureza dos contornos nunca antes percebidos, fazendo o que a vida, o amor, as grandes tristezas e as profundas alegrias da feminilidade nunca tinham feito por ela enquanto viva. Anne, contemplando a amiga de infância em meio às lágrimas, pensou ter visto em seu rosto o semblante que Deus lhe destinara, e assim se lembrou de Ruby para todo o sempre.

A sra. Gillis chamou Anne à parte para um quarto vazio, antes do cortejo fúnebre deixar a casa, e entregou-lhe um pequeno pacote.

— Quero que você fique com isto — soluçou ela. — Ruby teria gostado que ficasse com você. É o centro de mesa que ela estava bordando. Não está terminado... a agulha está enfiada exatamente onde seus pobres dedinhos a colocaram na última vez em que trabalhou nele, na tarde anterior à sua morte.

— Alguma coisa sempre fica por terminar — comentou a sra. Lynde, com lágrimas nos olhos. — Mas suponho que sempre exista alguém para terminá-lo.

— Como é difícil compreender que alguém que você sempre conheceu pode estar morto de verdade — disse Anne, enquanto caminhava para casa com Diana. — Ruby é a primeira de nossas amigas a partir. Uma a uma, cedo ou tarde, todas nós a seguiremos.

— Sim, acredito que sim — concordou Diana, inquieta. Não queria conversar sobre isso. Teria preferido discutir os detalhes do funeral: o esplêndido caixão forrado de veludo branco que o sr. Gillis insistira em comprar para a filha — "os Gillis precisam ostentar sempre, até mesmo nos funerais", disse a sra. Lynde —, o semblante triste de Herb Spencer, o pranto histérico e incontrolável de uma das irmãs de Ruby. Mas Anne não queria falar dessas coisas. Parecia envolta em um devaneio, o qual dava a Diana a solitária sensação de não ter nada a ver com isso.

— Ruby Gillis era uma moça que ria muito! — exclamou Davy, de repente. — Ela vai rir tanto no céu quanto ria aqui em Avonlea, Anne? Quero saber.

— Sim, creio que vai — respondeu Anne.

— Oh, Anne! — protestou Diana, com um sorriso chocado.

— Ora, e por que não, Diana? Você acha que nunca sorriremos no céu? — perguntou Anne, seriamente.

— Oh... eu... eu não sei — balbuciou, atrapalhada. — É que, de certo modo, não me parece o mais correto. Ora, você sabe que é muito feio rir na igreja.

— Mas o céu não será como a igreja... não o tempo inteiro — replicou Anne.

— Tomara que não seja! — disse Davy, enfático. — Se for, eu não quero ir para lá. A igreja é muito chata. De qualquer maneira, eu não quero ir pra lá tão cedo. Quero chegar aos cem anos, que nem o sr. Thomas Blewett de White Sands. Ele falou que vive tanto assim porque sempre fumou e o tabaco mata todos os germes. Posso fumar logo, Anne?

— Não, Davy, e eu espero que você nunca fume — respondeu, distraída.

— Então, como você vai se sentir se os germes me matarem? — exigiu o garoto.

XV
Um sonho virado do avesso

— Só mais uma semana e estaremos de volta a Redmond — disse Anne. Estava feliz com a ideia de voltar às aulas e aos amigos de Redmond. A Casa da Patty também lhe trazia alegria. Ao se imaginar lá, experimentava uma deliciosa sensação de aconchego e lar, embora nunca tivesse morado ali.

Mas o verão também tinha sido muito bom — um tempo de alegria e felicidade pelos dias quentes, ensolarados, de se deliciar com as coisas saudáveis da vida. Tinha sido um período de renovação, de aprofundamento de antigas amizades, em que Anne aprendera a viver de maneira mais magnânima, a trabalhar com mais paciência e a se divertir com mais entusiasmo.

"Nem todas as lições se aprendem na faculdade", pensou. "A vida pode ensiná-las onde quer que se esteja."

Porém, infelizmente, a última semana daquelas esplêndidas férias fora arruinada para Anne por um daqueles acontecimentos turbulentos que mais parecem um sonho virado do avesso.

— Você tem escrito mais histórias nos últimos tempos? — indagou o sr. Harrison, cordialmente, numa tarde em que Anne fora tomar chá com ele e a esposa.

— Não — respondeu, um pouco ríspida.

— Oh, não me leve a mal. Dia desses, a sra. Hiram Sloane me falou que um grande envelope, endereçado à Companhia de Fermentos Rollings Reliable, de Montreal, tinha sido entregue no posto dos correios um mês atrás, e ela suspeitava que alguém estivesse concorrendo ao prêmio oferecido pela empresa para a melhor história que citasse o nome do produto. Ela disse que não parecia com a sua caligrafia, mas pensei que talvez fosse seu.

— É claro que não! Vi o anúncio do prêmio, mas nunca sonharia em concorrer. Acredito que seria patético escrever uma história para fazer propaganda de um fermento em pó. Seria quase tão idiota quanto a propaganda da companhia farmacêutica na cerca da fazenda de Judson Parker.

Anne respondeu de uma forma um pouco altiva, sem imaginar o vale de humilhações aguardando por ela. Naquela mesma tarde, Diana apareceu no seu quartinho no sótão, com o rosto iluminado e as bochechas vermelhas de empolgação, com uma carta nas mãos.

— Oh, Anne, eis aqui uma carta para você! Como eu estava no posto dos correios, pensei em trazê-la. Abra, rápido! Se for o que estou pensando, vou ficar louca de alegria!

Confusa, Anne, abriu a carta e leu o conteúdo datilografado.

Srta. Anne Shirley,
Green Gables,
Avonlea, Ilha do Príncipe Edward,

PREZADA SENHORITA: Temos o imenso prazer de informar-lhe que sua adorável história intitulada "A Reparação de Averil" ganhou o prêmio de vinte e cinco dólares oferecido em nosso último concurso. Incluímos nesta carta o cheque no referido valor. Estamos preparando a publicação em vários jornais importantes do Canadá e temos a intenção de imprimi-la em folhetins para a distribuição entre nossos clientes. Agradecemos o interesse demonstrado por nossa empresa e ficamos à sua disposição.

Atenciosamente,
ROLLINGS RELIABLE
COMPANHIA DE FERMENTOS

— Eu não estou entendendo — balbuciou Anne, atordoada. Diana aplaudiu.

— Oh, *eu sabia* que você ganharia o prêmio! Tinha certeza disso! Fui eu quem mandou sua história para o concurso, Anne!

— Diana... Barry!

— Sim, eu mandei — prosseguiu, muito contente, sentando-se na cama. — Quando vi o anúncio, lembrei do seu conto no mesmo instante e, à princípio, pensei em sugerir que você enviasse. Mas tive receio de que não quisesse mandar, você não acreditava nele! Então, decidi enviar a cópia que tinha guardada comigo, sem te contar nada. Se não ganhasse o prêmio, você nunca ficaria sabendo e não se sentiria mal por isso, porque os contos recusados não são devolvidos; e, se ganhasse, teria uma surpresa maravilhosa!

Diana não era a mais perspicaz dos mortais, mas justo nesse momento teve a sensação de que Anne não parecia exatamente feliz. Estava, de fato, surpresa, mas e a alegria?

— Ora, Anne, você não parece nem um pouco alegre!

No mesmo instante, Anne forjou um sorriso e o estampou no rosto.

— É claro que estou! Não poderia estar sentindo nada além de alegria pelo seu generoso desejo de me agradar — respondeu, lentamente. — Mas, sabe... estou tão confusa... não faço ideia... e não entendo. Não havia uma só palavra na minha história sobre... sobre — Anne titubeou um pouco para dizer — sobre *fermento em pó*.

— Oh, essa parte fui eu que escrevi! — explicou Diana, tranquilizando-a. — Foi tão fácil quanto um piscar de olhos, e obviamente minha experiência em nosso velho Clube de Histórias me ajudou. Você se lembra da cena em que Averil faz o bolo? Bem, só afirmei que ela usou o fermento Rollings Reliable no preparo, e que era esse o motivo de ter ficado tão gostoso. E então, no último parágrafo, quando Perceval toma Averil nos braços e diz: "Querida, os maravilhosos anos vindouros nos trarão a concretização de nossa casa dos sonhos", eu acrescentei: ", na qual só usaremos o fermento em pó Rollings Reliable."

— Oh! — suspirou a pobre Anne, como se alguém lhe tivesse jogado um balde de água fria.

— E você ganhou vinte e cinco dólares! — continuou Diana, em júbilo. — Ora, ouvi Priscilla dizer uma vez que a *Mulher Canadense* paga somente cinco dólares por cada conto!

Anne segurava o odioso cheque nos dedos trêmulos.

— Não posso ficar com isto. É seu por direito, Diana. Você mandou o conto e fez as alterações. Eu... eu certamente nunca teria enviado. Então, você deve ficar com o cheque.

— Ora, eu não fiz nada! — exclamou Diana, com desprendimento. — A honra de ser amiga da vencedora é o suficiente para mim. Bem, tenho que ir. Devia ter ido direto do correio para casa, pois estamos com visitas. Mas eu simplesmente tinha que vir e saber das novidades. Estou muito feliz por você, Anne.

De repente, Anne deu um passo à frente, abraçou Diana e a beijou no rosto.

— Você é a amiga mais doce e verdadeira do mundo, Diana — disse, com um leve tremor na voz —, e garanto a você que compreendo o motivo de ter feito o que fez.

Sentindo uma mistura de satisfação e embaraço, Diana foi para casa e a pobre Anne, depois de largar o inocente cheque na gaveta da escrivaninha como se fosse um dinheiro amaldiçoado, atirou-se na cama e chorou lágrimas de vergonha e sensibilidade ultrajada. Oh, ela nunca conseguiria sobreviver a isso!

Gilbert chegou ao entardecer com a intenção de felicitá-la, pois soube das novidades ao passar pela Ladeira do Pomar. Mas sua empolgação desvaneceu ao ver o rosto de Anne.

— Ora, Anne, qual o problema? Esperava encontrá-la radiante por ter conquistado o prêmio do Rollings Reliable. Foi bom para você!

— Oh, Gilbert, por favor, você não! — implorou Anne, num tom de "Até tu, Brutus?". — Pensei que *você* entenderia! Não percebe como isso é terrível?

— Confesso que não. O que há de tão errado?

— Tudo! — lamentou Anne. — Sinto como se tivesse sido condenada para sempre! O que você acha que uma mãe sentiria se descobrisse que o filho tatuou um anúncio de fermento em pó no corpo? É exatamente assim que me sinto. Eu amava minha singela historiazinha, e escrevi com tudo o que havia de melhor em mim. A meu ver, é um *sacrilégio* degradá-la ao nível de uma propaganda de fermento! Não se lembra do que o professor Hamilton costumava nos dizer nas aulas de Literatura na Queen's Academy? Ele vivia dizendo que nunca deveríamos escrever uma palavra sequer com um propósito inferior ou um motivo desprezível, e que sempre precisávamos nos ater aos ideais mais elevados. O que ele vai pensar quando souber que eu escrevi um conto para fazer propaganda do fermento Rollings Reliable? E, oh! Quando souberem disso em Redmond! Imagine o quanto irão me provocar e rir de mim!

— Isso não — respondeu Gilbert, perguntando-se, incomodado, se o que tanto preocupava Anne seria a opinião de um maldito aluno do terceiro ano em particular. — Os Reds pensarão exatamente o que eu pensei: que você, como nove em cada dez de nós, não está nadando em dinheiro e escolheu esse meio para ganhar uns tostões honestos que irão ajudá-la durante o ano. Não vejo nada de degradante ou indigno nisso, nem de ridículo também. Todos gostariam de escrever obras-primas da literatura, sem dúvida; mas, enquanto isso, a hospedagem e as mensalidades precisam ser pagas.

Essa visão sensata e pragmática do caso animou Anne um pouco. Ao menos serviu para afastar o temor de ser considerada uma piada, embora seus ultrajados ideais tenham permanecido profundamente feridos.

XVI
No fim, todos se entendem

— É o lugar mais aconchegante que já vi! É ainda mais aconchegante que a minha casa — declarou Philippa Gordon, olhando ao redor com satisfação.

Naquele fim de tarde, estavam todos reunidos na espaçosa sala de estar da Casa da Patty — Anne e Priscilla, Phil e Stella, tia Jamesina, Rusty, Joseph, a Gata-Sarah, e Gog e Magog. As sombras produzidas pelo fogo da lareira dançavam nas paredes; os gatos ronronavam e os crisântemos de estufa, enviados num enorme vaso por uma das vítimas de Phil, brilhavam na penumbra dourada como se fossem luas cor de creme.

Passaram-se três semanas desde que se consideraram definitivamente instaladas, e todas já acreditavam que a ideia era um sucesso. Os primeiros quinze dias após o retorno a Kingsport foram de agradável empolgação. Estiveram bastante atarefadas arrumando seus pertences no lugar, organizando a casa e ajustando diferentes opiniões.

Anne não se lamentou por deixar Avonlea quando chegou a hora de voltar à faculdade. Os últimos dias de férias não foram muito bons. Sua história premiada havia sido publicada nos jornais da Ilha e o sr. William Blair tinha, sobre o balcão de seu armazém, uma enorme pilha de folhetins cor-de-rosa, verde e amarelos do conto, que ele entregava a cada um de seus fregueses. Enviou um fardo de cortesia à Anne, ao qual ela imediatamente ateou fogo. Sua humilhação era a mera consequência de seus próprios ideais, visto que toda Avonlea concordava que era esplêndido ela ser a vencedora do prêmio. Os inúmeros amigos a olhavam com sincera admiração, e os poucos inimigos com inveja desdenhosa. Josie Pye alegou acreditar que Anne Shirley copiara a história, pois tinha certeza de já tê-la lido num jornal, alguns anos antes. A família Sloane, que havia descoberto ou desconfiava que Charlie fora *rejeitado*, considerava que não existia nada demais para Avonlea se orgulhar, porque praticamente qualquer pessoa poderia escrever um conto, se tentasse. Tia Atossa disse a Anne que lamentava muito em saber que ela se dedicava a escrever romances, que ninguém nascido e sido criado em Avonlea faria uma coisa assim, e que "era nisso que dava adotar órfãos de Deus sabe onde, com só Deus sabe que tipo de genitores". Até mesmo a sra. Rachel Lynde tinha sérias dúvidas sobre a decência de escrever histórias, embora ela pudesse se conciliar com o fato pelo cheque de vinte e cinco dólares.

— É surpreendente o preço que pagam por tais fábulas, isso sim! — disse ela, em parte orgulhosa e em parte crítica.

Consideradas todas essas coisas, foi um alívio quando chegou o momento de ir embora. E era muito bom estar de volta a Redmond, transformada em uma aluna do segundo ano, sábia e experiente, com um bando de amigos para encontrar no alegre primeiro dia de aula. Pris, Stella e Gilbert estavam lá; Charlie Sloane, com um ar de importância maior do que o de qualquer outro aluno veterano; Phil, com a questão sobre Alec e Alonzo ainda não resolvida; e Moody Spurgeon MacPherson. Moody Spurgeon estivera lecionando numa escola desde que saíra da Queen's Academy, mas sua mãe concluiu que já era tempo de ele largar isso e voltar sua atenção aos estudos para ser pastor. O pobre rapaz tivera muita má sorte no começo de sua vida universitária. Meia dúzia de impiedosos veteranos, seus colegas de quarto na hospedaria, certa noite lançaram-se sobre ele e lhe rasparam metade da cabeça. E assim o desafortunado Moody teve que andar, até seus cabelos crescerem. Contou com amargura a Anne que havia momentos em que duvidava de ter realmente recebido o chamado para seguir a vida religiosa.

Tia Jamesina só veio para a Casa da Patty depois de as meninas terem arrumado tudo para sua chegada. A srta. Patty enviara a chave para Anne com uma carta, na qual dizia que Gog e Magog estavam embalados em uma caixa embaixo da cama do quarto de hóspedes, mas que poderiam ser retirados quando elas quisessem. Acrescentou um *postscriptum* dizendo esperar que as moças tomassem cuidado ao pendurar quadros. Fazia cinco anos que o papel de parede fora trocado, e ela e a srta. Maria não queriam mais furos no papel novo além dos que fossem absolutamente necessários. Para todo o resto, confiava em Anne.

Como as meninas se divertiram colocando seu ninho em ordem! Conforme disse Phil, foi quase tão bom quanto se casar. Podiam desfrutar de toda a alegria de preparar o lar sem se aborrecer com um marido. Todas levaram algo consigo para decorar a casinha ou torná-la mais confortável. Pris, Phil e Stella possuíam bibelôs e quadros em abundância, que mais tarde foram pendurados de acordo com o gosto de cada uma, em descuidada negligência com o novo papel de parede da srta. Patty.

— Vamos cobrir os furos quando formos embora, querida! Ela nunca saberá — elas diziam, diante dos protestos de Anne.

Diana havia dado a Anne um porta-alfinetes cuja base era feita de madeira de pinheiro, e a srta. Ada presenteou ela e Priscilla com outro porta-alfinetes maravilhosamente bordado. Marilla havia lhe enviado uma grande caixa repleta de compotas, insinuando misteriosamente sobre outra cesta no dia de Ação de Graças, e a sra. Lynde presenteou Anne com uma colcha de patchwork, além de emprestar outras cinco.

— Você precisa levá-las — disse, de forma autoritária. — É muito melhor usá-las do que deixá-las empacotadas no baú para serem roídas pelas traças.

Nenhum desses bichinhos jamais se atreveria a chegar perto das colchas, pois exalavam um cheiro tão forte de naftalina que precisaram ficar penduradas no pomar da Casa da Patty por quinze dias antes de serem levadas para dentro. Para falar a verdade, a aristocrática avenida Spofford raramente contemplara uma exposição como aquela. O velho e rabugento milionário que vivia na propriedade ao lado aproximou-se da casa e propôs comprar a belíssima colcha amarela e vermelha com estampa de tulipas que a sra. Lynde havia dado de presente a Anne. Disse que sua mãe costumava fazer colchas como aquela e, por Deus, desejava comprar uma para lembrar-se dela. Anne não a venderia, muito para o desapontamento do vizinho, mas escreveu para a sra. Lynde e relatou o episódio em detalhes. A satisfeitíssima senhora enviou uma resposta dizendo possuir outra igual àquela, de maneira que o rei do tabaco, enfim, conseguiu sua colcha e insistiu em colocá-la sobre a cama, para desgosto de sua requintada esposa.

As colchas da sra. Lynde foram muito úteis naquele inverno. A Casa da Patty, apesar de todas as virtudes, tinha também seus defeitos. Era uma casa, de fato, muito fria, e quando chegaram as noites geladas, as jovens ficaram muito contentes em poder se aconchegar debaixo das colchas, e esperavam que esse empréstimo pudesse ser incluído, por justiça, na conta da sra. Lynde quando ela subisse aos céus. Anne ficou com o quarto azul que cobiçara desde a primeira visita. Priscilla e Stella dividiam o maior. Phil estava felicíssima com o seu pequenino quarto acima da cozinha, e tia Jamesina ficou com o do andar térreo, contíguo à sala de visitas. Rusty, a princípio, dormia na soleira da porta.

Alguns dias após sua chegada, Anne regressava de Redmond e percebeu que as pessoas com quem cruzava na rua a encaravam com um dissimulado sorriso indulgente. Incomodada, questionou o que havia de errado consigo. O chapéu estava torto? Seu cinto estava solto? Virando a cabeça para investigar, Anne viu Rusty pela primeira vez.

Trotando logo atrás dela, colado em seus calcanhares, estava o espécime mais lastimável de felino que ela jamais tinha visto. O animal estava longe de ser jovem e estava fraco, magro e com um aspecto horrível. Faltavam-lhe pedaços das duas orelhas, um olho estava temporariamente em mau estado e um lado da face apresentava-se terrivelmente inchado. Com relação à cor, se alguma vez um gato preto tivesse sido total e completamente chamuscado, o resultado se pareceria com a tonalidade daquela pelagem maltrapilha, rala, sem graça e imunda.

Anne quis espantá-lo, mas o gato ignorou os seus gritos de "xô!". Enquanto estava parada, o bicho se sentou e a encarou com reprovação com seu único olho bom, mas quando ela retomou o passo, ele a seguiu. Anne resignou-se com sua companhia até chegar ao portão da Casa da Patty, o qual fechou com frieza na cara do felino, esperando ingenuamente não ter mais notícias dele. Porém, quando Phil abriu a porta quinze minutos mais tarde, lá estava o gato cor de ferrugem no degrau! E mais: ele, de imediato, entrou na casa e saltou para o colo de Anne, com um miado meio suplicante, meio triunfante.

— Anne, esse animal é seu? — indagou Stella, com severidade.

— Não, *não é*! — protestou, indignada. — Esta criatura me seguiu até aqui, vinda só Deus sabe de onde! Não consegui me livrar dele. Ugh, desça, desça! Gosto muito de gatos decentes, mas não me agradam os que têm essa aparência.

O bichano, entretanto, recusou-se a descer. Aninhou-se tranquilo no colo de Anne e começou a ronronar.

— Ele evidentemente adotou você — sorriu Priscilla.

— Eu *não serei* adotada — respondeu, obstinada.

— A pobre criatura está faminta — observou Phil, cheia de compaixão. — Ora, ele está quase pele e osso!

— Bem, vou dar a ele um pote de comida reforçado, e depois ele terá que voltar para onde veio — disse Anne, decidida.

O gato foi alimentado e posto para fora. Pela manhã, ainda estava no degrau da porta. E no degrau ele continuava, saltando para dentro da casa todas as vezes que a porta era aberta. Nenhuma fria recepção surtia qualquer efeito no animal, nem ele prestava atenção em ninguém, exceto em Anne. As moças piedosas o alimentaram durante uma semana; mas, ao final dela, decidiram que algo deveria ser feito. O aspecto do gato tinha melhorado. O olho e a face voltaram ao normal, já não estava mais tão magro e elas o viram limpando o focinho.

— Mas, ainda assim, não podemos ficar com ele — afirmou Stella. — Tia Jimsie está chegando na próxima semana e ela trará junto a Gata-Sarah. Não podemos ter dois gatos, pois esse Rusty[1] brigaria o tempo todo com a Gata-Sarah. É um brigão por natureza! Ontem à noite, ele lutou uma batalha ferrenha contra o gato do rei do tabaco e o derrotou, cavalaria, infantaria e artilharia!

— Precisamos nos livrar dele — concordou Anne, enquanto olhava sombriamente para o objeto da discussão, que ronronava sobre o tapete diante da lareira com ar de mansidão, como um cordeiro. — Mas a questão é: *como*? Como quatro donzelas desprotegidas podem se livrar de um gato que não quer ir embora?

— Poderíamos *dar um fim nele* — sugeriu Phil, com brusquidão. — É a maneira mais humana.

— Mas, qual de nós sabe alguma coisa sobre *dar fim a* um gato de maneira *humana*? — perguntou Anne, com tristeza.

— Eu sei, querida. É uma das minhas poucas, infelizmente poucas, habilidades úteis. Já me desfiz de alguns lá em casa

---

[1] *Rusty*, em português, significa enferrujado. O gato recebeu este nome devido à sua cor de ferrugem.

dessa maneira, e garanto que não há dor nem luta — e Phil explicou-lhes o procedimento em detalhes.

— Parece fácil — disse Anne, um pouco em dúvida.

— É *fácil*! Deixe comigo. Darei um jeito — assegurou Phil.

Conforme o combinado, fizeram os preparativos e, na manhã seguinte, Rusty foi atraído para o seu destino. O animal comeu seu desjejum, lambeu os bigodes e subiu no colo de Anne. O coração dela ficou apertado. A pobre criatura a amava e confiava nela. Como poderia tomar parte no seu sumiço?

— Aqui, leve-o — disse, rapidamente. — Estou me sentindo uma assassina.

— Ele não vai sofrer, você sabe — confortou Phil. Mas Anne já tinha fugido dali.

O ato fatal foi realizado na varanda dos fundos. Ninguém se aproximou dali naquele dia. Mas, ao entardecer, Phil declarou que Rusty deveria ser enterrado.

— Pris e Stella precisam cavar o túmulo no pomar, e Anne tem que vir comigo para erguer a caixa. Essa é a parte que eu mais odeio.

As duas conspiradoras se aproximaram da varanda na ponta dos pés. No chão, havia uma caixa de madeira com uma pedra em cima. Phil ergueu a pedra cautelosamente. De súbito, um miado fraco, mas distinto, soou debaixo da caixa.

— Ele... não está morto — gaguejou Anne, sentando-se estupidamente nos degraus da porta da cozinha.

— Tem que estar! — exclamou Phil, incrédula.

Outro pequeno miado provou que não estava. As duas moças se entreolharam.

— O que faremos? — questionou Anne.

— Por que, em nome de Deus, vocês não vieram? — reclamou Stella, aparecendo na soleira. — O túmulo já está pronto. "O quê? Ainda calados? Todos calados?"[2] — citou, zombando.

---

[2] Citação da primeira linha do oitavo verso do poema "The Isles of Greece", de Lord Byron.

— "Ah, não, as vozes dos mortos soam como longínqua queda d'água"³ — contra-atacou Anne na hora, apontando para a caixa com seriedade. A gargalhada geral quebrou a tensão.

— Temos que deixá-lo aqui até amanhã de manhã — disse Phil, recolocando a pedra. — Faz cinco minutos que ele não mia. Talvez estivesse agonizando. Ou, quem sabe, nós só imaginamos os miados porque estamos sob a tensão de nossas consciências culpadas.

Todavia, quando a caixa foi erguida pela manhã, Rusty saltou alegremente no ombro de Anne e começou a lamber seu rosto com afeto. Nunca houve um gato tão decididamente vivo.

— Há um buraco na caixa — murmurou Phil. — Não tinha visto. Foi por isso que ele não morreu. Agora vamos ter que fazer tudo de novo.

— Não, não vamos! — declarou Anne, de repente. — Rusty não vai ser assassinado outra vez! Ele é meu gato... e vocês terão que aceitar isso.

— Oh, bem, se você se acertar com a tia Jimsie e a Gata-Sarah — disse Stella, com um ar de quem lavava as mãos sobre toda a questão.

Daquele momento em diante, Rusty tornou-se um membro da família. À noite, dormia no tapete da porta da varanda dos fundos e comia do bom e do melhor. Quando tia Jamesina chegou, ele estava gordo, com o pelo lustroso e toleravelmente respeitável. Mas, assim como o gato de Kipling, Rusty "andava sozinho".⁴ Suas garras estavam contra todos os outros gatos, e as de todos os outros gatos estavam contra ele. Um por um, ele derrotou todos os felinos aristocratas da avenida Spofford. Quanto aos humanos, ele amava Anne e somente Anne. Ninguém mais se atrevia a sequer acariciá-lo, pois quem

---

³ Segunda e terceira linhas da mesma estrofe do poema.
⁴ Referência ao conto "The Cat that Walked by Himself", publicado em 1902 no livro *Just so Stories*, de autoria do poeta e escritor britânico Rudyard Kipling (1865-1936).

ousasse fazê-lo era recebido com sibilos ferozes que mais pareciam insultos.

— A empáfia desse gato é simplesmente insuportável — comentou Stella.

— Ele é um gatinho velho e bonzinho, ele é sim — entoou Anne, abraçando em desafio seu bicho de estimação.

— Bem, não sei como ele e a Gata-Sarah vão fazer para conviver juntos — prosseguiu Stella, com pessimismo. — Brigas de gatos no jardim, a noite inteira, já são ruins normalmente, mas aqui dentro, na sala de estar, é apenas impensável.

No devido momento, tia Jamesina chegou. Anne, Priscilla e Phil a aguardavam com algumas reservas, mas quando ela veio e foi entronizada na cadeira de balanço diante do fogo da lareira, as jovens figurativamente se curvaram a ela e a adoraram.

Tia Jamesina era uma pequena senhorinha idosa, com um rosto suavemente triangular e grandes e ternos olhos azuis, que possuíam o brilho de uma inextinguível juventude, tão cheios de esperança quanto os de uma menina. Tinha bochechas rosadas e o cabelo branco como a neve, preso num curioso penteado com cachinhos por cima das orelhas.

— É um penteado bem antiquado — ela disse, enquanto tricotava diligentemente algo tão delicado e rosado quanto uma nuvem no ocaso. — Mas eu sou antiquada. Minhas roupas e minhas opiniões também são. Não digo que sejam melhores por isso, não me levem a mal. Na verdade, ouso dizer que são muito piores. Mas são bem ajustadas. Sapatos novos são mais elegantes, mas os velhos são mais confortáveis. Sou velha o bastante para fazer minhas vontades a respeito de sapatos e opiniões. Tenho a intenção de relaxar aqui. Sei que esperam que eu cuide de vocês e que as mantenha no bom caminho, mas não farei isso. Vocês são bem grandinhas para terem juízo, se é que algum dia vão ter. Portanto, até onde me diz respeito, vocês podem se prejudicar como bem entenderem — concluiu tia Jamesina, com uma piscadela de olho.

— Oh, alguém consegue separar esses gatos? — implorou Stella, estremecendo.

Tia Jamesina trouxera consigo não só a Gata-Sarah, mas também Joseph. Este, explicava ela, pertencera a uma querida amiga sua que fora viver em Vancouver.

— Ela não pôde levá-lo, então implorou-me para que o trouxesse comigo. Realmente não pude recusar. Ele é um gato bonito; quero dizer, seu *temperamento* é muito bonito. Ela o chamou de Joseph porque sua pelagem tem várias cores.[5]

E era verdade. Joseph, como dizia a desgostosa Stella, parecia uma colcha de retalhos ambulante. Impossível dizer qual era sua cor predominante. As pernas eram brancas com pintas pretas. O dorso, cinza, com uma grande mancha amarela de um lado e preta do outro. A cauda amarela tinha a ponta cinzenta. Uma orelha era preta, a outra, amarela. Uma mancha preta sobre um dos olhos lhe conferia um semblante pavorosamente malicioso. Porém, na realidade, ele era manso, inofensivo e de caráter sociável. A esse respeito, pelo menos, Joseph era como um lírio-do-campo. Não se esforçava, nem corria ou caçava ratos. Ainda assim, nem mesmo o rei Salomão em toda sua glória dormira em almofadas mais macias ou desfrutara de banquetes mais saborosos.

Joseph e a Gata-Sarah chegaram de trem, em caixas separadas. Depois de serem soltos e alimentados, Joseph elegeu a almofada e o canto que mais gostou, e a Gata-Sarah sentou-se com solenidade diante do fogo e começou a lamber o focinho. Era uma gata grande, elegante, de pelagem cinza e branca, com toda a dignidade que não era, de modo algum, prejudicada pela consciência de sua origem plebeia. Fora dada de presente à tia Jamesina por sua lavadeira.

---

[5] Referência a José, do Antigo Testamento (Gênesis 37,3). José ganha uma túnica de muitas cores de seu pai, Jacó.

— O nome dela era Sarah, então meu marido sempre chamou a felina de Gata-Sarah — explicou tia Jamesina. — Ela tem oito anos e é uma excelente caçadora de ratos. Não se preocupe, Stella. A Gata-Sarah *nunca* briga e Joseph raramente o faz.

— Vão ter que brigar para se defender aqui — avisou Stella.

Nesse exato momento, Rusty entrou em cena. Vinha pulando animadamente pela sala, até pôr os olhos nos intrusos. Parou, então, de chofre; seu rabo se eriçou até ficar tão largo quanto três rabos juntos. O pelo no dorso se transformou num arco desafiador. Rusty baixou a cabeça, soltou um medonho guincho de ódio e desafio e se atirou sobre a Gata-Sarah.

O majestoso animal havia parado de lamber o focinho e o encarava com curiosidade. Ela recebeu sua investida com um depreciativo golpe de sua forte pata. Rusty rodopiou sem controle pelo tapete e se levantou, aturdido. Que tipo de gato era aquele que golpeara suas orelhas? Olhou para a Gata-Sarah em dúvida. Atacaria outra vez ou não? Deliberadamente, ela virou as costas para ele e retomou sua tarefa de *toalete*. Rusty decidiu que era melhor não atacar. Nunca mais o fez. Daquele dia em diante, a Gata-Sarah dominou a casa. Rusty jamais tornou a cruzar seu caminho.

Porém, Joseph sentou-se levianamente e bocejou. Rusty, no ardor para vingar sua desgraça, saltou para cima dele. Joseph, pacífico por natureza, sabia lutar se fosse necessário, e lutava bem. O resultado foi uma série de batalhas indecisas. Todos os dias, Rusty e Joseph brigavam quando se viam. Anne tomava o partido de Rusty e detestava Joseph. Stella estava desesperada. Mas tia Jamesina apenas ria.

— Deixe que briguem — disse, com tolerância. — Os dois serão amigos depois de um tempo. Joseph precisa de um pouco de exercício, porque está ficando muito gordo. E Rusty deve aprender que não é o único gato no mundo.

Por fim, Joseph e Rusty chegaram a um acordo e, de inimigos declarados, tornaram-se amigos inseparáveis. Dormiam na mesma almofada com as patas um sobre o outro, e lambiam o focinho um do outro com afinco.

— Todos nós nos adaptamos aos outros — disse Phil. — E eu tenho aprendido a lavar a louça e varrer o chão.

— Mas não precisa tentar nos fazer acreditar que consegue *dar sumiço* em gatos — brincou Anne.

— Foi tudo culpa do buraco na caixa — protestou Phil.

— Foi uma grande sorte que a caixa tivesse um buraco — disse tia Jamesina, com certa severidade. — Admito que, às vezes, os gatinhos recém-nascidos *precisam* ser afogados, pois, do contrário, o mundo seria invadido por eles. Mas nenhum gato crescido e decente deve ser sacrificado... a não ser que roube ovos.

— A senhora não consideraria Rusty muito decente se o tivesse visto quando apareceu aqui. Com certeza ele se parecia mais com o tinhoso — comentou Stella.

— Não creio que o tinhoso seja tão feio — respondeu tia Jamesina, meditativa. — Ele não conseguiria fazer tanto mal se fosse. Sempre o imagino como um elegante cavalheiro.

XVII
Uma carta de Davy

— Está começando a nevar, meninas — anunciou Phil, ao chegar em casa num anoitecer de novembro —, e a trilha do jardim está toda coberta de adoráveis estrelinhas e cristais. Nunca tinha percebido o quão delicados e lindos são os flocos de neve. Quando a gente vive com simplicidade, tem tempo de perceber essas coisas. Deus as abençoe por terem aberto as portas desse mundo para mim! É realmente fascinante se preocupar porque o preço da manteiga subiu cinco centavos.

— Subiu? — perguntou Stella, que era quem cuidava das contas da casa.

— Subiu, e aqui está a manteiga. Estou ficando muito boa na arte da negociação. É mais divertido do que flertar — concluiu, muito séria.

— O preço de tudo está aumentando escandalosamente — suspirou Stella.

— Não tem importância. Graças a Deus, o ar e a salvação ainda são de graça — comentou tia Jamesina.

— E as risadas também! — acrescentou Anne. — Ainda não existe imposto sobre o riso, o que é uma sorte, porque agora vocês vão rir um bocado. Vou ler uma carta que recebi do Davy. A ortografia dele melhorou muitíssimo desde o ano passado, e apesar de ainda apanhar muito da gramática, ele certamente tem talento para escrever cartas interessantes. Ouçam e riam, antes de mergulharmos na seriedade de nossos estudos noturnos.

Querida Anne, escreveu Davy, *peguei o meu lápis para contar a você que estamos todos muito bem, e que eu espero que esta carta a encontre bem tambeim. Está nevando um pouco hoje, e a Marilla falou que a Senhora do Céu está sacudindo os colchões de penas. A Senhora do Céu é a esposa de Deus, Anne? Quero saber.*
A sra. Lynde estava muito doente mas agora está melhor. Na semana passada ela caiu na escada do porão. Quando caiu, ela se agarrou na prateleira onde estavam todas os vasilhas de leite e as cassarolas que se quebraram e cairam com ela e isso fez um enorme barulho. A primeira coisa que a Marilla pensou é que era um terremoto. Uma das cassarolas ficou toda amassada e a sra. Lynde machucou as costelas. O médico veio e deu para ela um remédio para esfregar nas costelas, mas ela entendeu errado e tomou o remédio. O médico disse que foi um milagre que ela não tenha morrido mas ela não morreu e ficou curada das costelas, e a sra. Lynde falou que os médicos não sabem de nada. Mas nós não conseguimos consertar a cassarola. Marilla teve que jogar fora. Foi Ação de Graças na semana passada. Não teve aula e a gente teve um grande banquete. Comi torta de carne, e peru assado, bolo de fruta e rosquinhas, e queijo com geleia, e bolo de xocolate. Marilla falou que eu ia morrer mas eu não morri. Dora teve dor de uvido, só que não era no uvido era no istomago. Eu não tive dor em nenhum lugar.
Nosso novo professor é um homem. Tudo pra ele é piada. Na semana passada ele fez os meninos do terceiro ano escreverem uma redassao sobre que tipo de esposa a gente queria ter, e as meninas sobre que tipo de marido elas gostariam. Ele quase morreu de rir quando leu elas. Esta foi a minha. Achei que você ia gostar de ler.
'Que tipo de esposa eu gostaria de Ter.
Ela tem que ter boas maneiras e preparar as minhas refeissões na hora certa, e tem que fazer o que eu digo, e ser muito educada

comigo. Ela tem que ter quinze anos. Ela tem que ser boa para os pobres, e manter a casa arrumada, ter bom temperamento, e ir para a igreja regularmente. Ela tem que ser muito bonita, e ter cabelos cacheados. Se eu conseguir uma esposa que for do jeito que eu quero, eu vou ser um marido muito bom para ela. Eu acho que uma mulher tem que ser muito boa pro marido. Algumas pobres mulheres não tem marido.

FIM'

Fui no funeral da sra. Isaac Wrights, em White Sands na semana passada. O marido da defunta estava triste de verdade. A sra. Lynde falou que o avô da sra. Wrights roubou uma ovelha, mas a Marilla falou que não devemos falar mal dos mortos. Por que não devemos, Anne? Quero saber. Não tem perigo em fazer isso, né?

A sra. Lynde ficou terrivelmente furiosa outro dia porque eu perguntei se ela estava viva no tempo de Noé. Eu num queria magoar ela. Eu só queria saber. Ela estava, Anne?

O sr. Harrison queria se livrar do cachorro dele. Então ele enforcou o cachorro, mas ele ressucitou e saiu correndo para o celeiro, enquanto o sr. Harrison estava cavando o buraco. Daí ele enforcou o cachorro de novo, mas dessa vez ele ficou morto. O sr. Harrison tem outro homem trabalhando para ele. É um homem muito estranho. O sr. Harrison disse que ele tem dois pés esquerdos. O ajudante do sr. Barry é preguiçoso. Foi a sra. Barry que falou isso, mas o sr. Barry disse que ele não é exatamente preguiçoso, ele só pensa que é mais fácil rezar pelas coisas do que trabalhar por elas.

O porco premiado da sra. Harmon Andrews, aquele que ela se orgulhava tanto, teve um ataque e morreu. A sra. Lynde falou que isso foi castigo por causa do orgulho dela. Mas eu acho que foi pior para o porco. O Milty Boulter ficou doente. O médico então passou um remédio para ele que tinha o gosto horrível. Me ofereci para tomar o remédio no lugar dele por um centavo, mas os Boulters são muito pão duros. O Milty disse que preferia tomar ele mesmo, e economizar o dinheiro. Perguntei para a sra. Boulter como é que uma mulher faz para fisgar um homem, e ela ficou furiosa e falou que não sabia, porque ela nunca tinha pescado nenhum homem.

A SMA vai pintar o salão de Avonlea de novo. Acho que eles se cansaram de ver o salão sempre azul.

O novo pastor veio aqui para o chá ontem de noite. Ele comeu treis pedaço de torta. Se eu tivesse feito isso, a sra. Lynde ia me chamar de esganado. E ele comeu rápido, e engolia pedaços enormes, e a Marilla sempre me fala para não fazer isso. Por que os pastores podem fazer aquilo que os meninos não podem? Quero saber.

Não tenho mais novidades. Tô te mandando seis beijos. bjbjbjbj. A Dora manda um. Tá aqui o dela. X.

Seu amoroso amigo
DAVID KEITH

P.S. Anne, quem era o pai do diabo? Quero saber.

XVIII
A srta. Josephine se lembra da menina Anne

Quando as férias do Natal chegaram, as meninas da Casa da Patty partiram para seus respectivos lares, mas tia Jamesina preferiu ficar por lá mesmo.

— Não poderia ir a nenhum dos lugares para onde fui convidada e carregar os três gatos comigo — disse ela. — E não vou deixar as pobres criaturas aqui, sozinhas, por quase três semanas. Se tivéssemos algum vizinho decente que os alimentassem, eu até poderia ir, mas nessa rua só vivem milionários. Então ficarei aqui e manterei a Casa da Patty limpa e aquecida para vocês.

Anne foi para casa com as alegres e costumeiras esperanças — que não seriam plenamente satisfeitas. Encontrou Avonlea castigada por um inverno prematuro, frio e tempestuoso, como nem mesmo os mais velhos habitantes conseguiam se lembrar de um igual. Green Gables estava literalmente cercada por fortes nevascas. Em quase todos os dias daquelas desafortunadas férias o temporal rugiu muito, e mesmo nos dias bons o vento soprava sem cessar. Tão logo as estradas secassem, a chuva tornava a enchê-las. Era quase impossível sair. A SMA tentou, em três noites diferentes, organizar uma festa em honra aos colegas estudantes; no entanto, em cada uma dessas noites a tempestade foi tão intensa que ninguém conseguiu comparecer, e assim os desanimados Melhoradores desistiram da tentativa.

Anne, apesar do amor e da lealdade devotados a Green Gables, não conseguia deixar de sentir saudade da Casa da Patty, com sua lareira acolhedora, o olhar jovial da tia Jamesina, os três gatos, a alegre tagarelice das meninas e as prazerosas noites de sexta-feira, quando os amigos da faculdade as visitavam para conversar sobre assuntos sérios ou divertidos.

Anne sentia-se solitária. Diana estivera presa em casa durante toda a época das festas com uma forte crise de bronquite. Ela não podia ir até Green Gables, e Anne raramente conseguia chegar até a Ladeira do Pomar, pois a antiga trilha pela Floresta Mal-Assombrada estava intransitável devido à nevasca, e o caminho mais longo, sobre o congelado Lago das Águas Cintilantes, estava arruinado da mesma forma. Ruby Gillis repousava no cemitério de lápides brancas, e Jane Andrews estava lecionando numa escola nas pradarias do oeste. Gilbert, na verdade, permanecia fiel em suas visitas, e chegava a Green Gables com dificuldade, em todas as tardes que podia. Mas tais visitas não eram mais como antes. Anne praticamente as temia. Era muito desconcertante erguer o olhar num silêncio repentino e encontrar os olhos castanhos de Gilbert fixos em si, com uma inequívoca expressão em suas profundezas. E era ainda mais desconcertante surpreender a si mesma enrubescendo com intensidade e ficando desconfortável diante desse olhar contemplativo, como se... como se... bem, era tudo demasiadamente constrangedor. Anne desejava voltar para a Casa da Patty, onde sempre havia alguém para minimizar essas situações delicadas. Em Green Gables, Marilla corria prontamente para os domínios da sra. Lynde quando Gilbert chegava, e insistia em levar os gêmeos consigo. O significado de tal atitude era inconfundível e provocava em Anne uma sensação de fúria impotente.

Davy, porém, estava muito contente. Divertia-se saindo pela manhã para limpar com a pá o caminho até o poço e o galinheiro. Exultava com os quitutes natalinos que Marilla e a sra. Lynde rivalizavam em preparar para Anne, e estava lendo um livro fascinante, emprestado da biblioteca da escola, sobre um maravilhoso herói que possuía a milagrosa capacidade de se envolver em confusões, das quais sempre conseguia sair em meio a terremotos ou explosões vulcânicas que o lançavam para longe de seus problemas, conduziam-no até a fortuna e terminavam a história com um *grand finale*.

— Vou te contar, Anne, essa história é muito boa — disse, com empolgação. — Prefiro muito mais ler este livro do que a Bíblia.

— Ah, é? Prefere? — sorriu Anne.

Davy a encarou com curiosidade.

— Você não parece nem um pouco surpresa, Anne. A sra. Lynde ficou horrorizada quando eu falei isso para ela.

— Não, não estou chocada, Davy. Penso que é bastante natural que um menino de nove anos prefira ler um livro de aventuras do que a Bíblia. Mas, quando for mais velho, estou certa de que você compreenderá que a Bíblia é um livro maravilhoso.

— Oh, eu já acho que algumas partes são ótimas! — concordou Davy. — Aquela história sobre José e seus irmãos é fantástica. Mas, se eu fosse ele, não teria perdoado meus irmãos. De jeito nenhum, Anne! Eu teria mandado cortar a cabeça de todos deles! A sra. Lynde ficou furiosa quando eu falei isso e fechou a Bíblia, e falou que nunca mais ia ler para mim se eu continuasse falando daquele jeito. Então, eu não falo mais quando ela lê nos domingos à tarde; fico só imaginando as coisas e conto para o Milty Boulter no dia seguinte, na escola. Contei para ele a história sobre Elias e as ursas, e ele ficou tão assustado que nunca mais fez gozação da careca do sr. Harrison.[1] Existem ursos na Ilha do Príncipe Edward, Anne? Quero saber.

— Não, hoje em dia não — respondeu Anne, com ar ausente, enquanto o vento soprava a neve contra a janela. — Oh, céus, será que essa tempestade vai terminar algum dia?

— Só Deus sabe — redarguiu Davy, alegremente, enquanto retomava a leitura.

Dessa vez, Anne *ficou* chocada.

— Davy! — exclamou, em tom de reprovação.

— Foi a sra. Lynde que disse isso! — protestou Davy. — Numa noite, semana passada, a Marilla falou: "Será que Ludovic Speed e Theodora Dix vão se casar algum dia?" e a sra. Lynde respondeu: "Só Deus sabe", assim mesmo.

— Bem, não foi correto da parte dela falar dessa forma — replicou Anne, decidindo rápido qual partido tomar nesse dilema. — Não é certo ninguém tomar o nome de Deus em vão, ou mencioná-Lo tão levianamente, Davy! Nunca mais faça isso.

— Nem se eu falar devagar e com solenidade, igual ao pastor? — questionou, sério.

— Não, nem assim.

— Bom, não vou fazer mais isso. Ludovic Speed e Theodora Dix vivem em Middle Grafton, e a sra. Lynde falou que faz cem anos que ele está paquerando ela. Eles não vão estar muito velhos para se casar, Anne? Eu espero que o Gilbert não paquere *você* por tanto tempo assim. Quando é que você vai se casar, Anne? A sra. Lynde falou que isso é coisa certa.

— A sra. Lynde é uma... — Anne começou a dizer, irritada, mas parou de súbito.

---

[1] Referência à uma passagem do Antigo Testamento (2 Reis 2,23-25), em que algumas crianças zombam de Elias por ser calvo. Ele as amaldiçoa e, da floresta, surgem duas ursas, que matam 42 dessas crianças.

— Velha fofoqueira danada! — completou Davy, com tranquilidade. — É assim que todos chamam ela. Mas o seu casamento *é* uma coisa certa, Anne? Quero saber.

— Você é um menininho muito tolo, Davy! — exclamou, saindo indignada da sala.

A cozinha estava vazia e ela se sentou junto à janela na luz do frio entardecer que se esvanecia rápido. O sol já havia se posto e o vento tinha cessado. Uma pálida lua de inverno se erguia por trás das nuvens púrpuras a oeste. O céu diurno já se despedia, mas a faixa amarela que se estendia por todo o horizonte brilhou com mais intensidade, como se todos os raios de luz remanescentes estivessem concentrados num só lugar. As colinas distantes, ladeadas pelos escuros pinheiros cujas silhuetas se assemelhavam às de padres, destacavam-se nitidamente contra o céu. Anne contemplou os campos brancos e inertes, frios e sem vida diante da desagradável luminosidade daquele crepúsculo sombrio, e suspirou. Sentia-se muito solitária e estava profundamente triste, perguntando-se como conseguiria retornar a Redmond no ano seguinte. Era pouco provável que conseguisse, porque a única bolsa possível de se obter no segundo ano era de baixo valor pecuniário. Ela não usaria o dinheiro de Marilla, de modo algum; e havia poucas esperanças de ganhar dinheiro suficiente durante as férias de verão.

"Imagino que terei de trancar a matrícula no ano que vem", pensou com tristeza, "e voltar a lecionar em uma escola municipal até economizar o bastante para finalizar meu curso. E, até lá, toda a minha turma já terá se formado e a Casa da Patty estará fora do meu alcance. Mas tudo bem! Não posso me acovardar. Estou grata por poder ganhar dinheiro para pagar meus estudos, se for necessário."

— Aí vem o sr. Harrison caminhando pela alameda — anunciou Davy, antes de sair correndo. — Tomara que ele tenha trazido a correspondência. Já faz três dias que as cartas não chegam, e eu quero saber o que aqueles irritantes Liberais estão fazendo. Eu sou Conservador, Anne! E ouça bem, Anne: temos que ficar de olho nos Liberais!

O sr. Harrison trouxe a correspondência, e as alegres cartas de Stella, Priscilla e Phil logo dissiparam a tristeza de Anne. Tia Jamesina também escreveu dizendo que estava mantendo a lareira acesa, que todos os gatos estavam bem e que as plantas da casa estavam bem cuidados.

O clima tem estado bem frio, escreveu ela, *então deixo os gatos dormirem dentro de casa — Rusty e Joseph no sofá da sala e a Gata--Sarah ao pé da minha cama. É um consolo ouvir seu ronronar quando desperto no meio da noite e penso na minha pobre filha que está no exterior. Não me preocuparia tanto se ela não estivesse na Índia, mas dizem que as cobras são terríveis por lá. Preciso de todo o ronronar da Gata-Sarah para afugentar esses pensamentos. Tenho confiança em tudo, menos nas serpentes. Não consigo entender por que Deus as criou, pois não parecem obra divina. Sinto-me inclinada a acreditar que são obra de Satanás.*

Anne deixou por último uma carta breve, datilografada, supondo ser de pouca importância. Quando a leu, permaneceu imóvel e com lágrimas nos olhos.

— O que aconteceu, Anne? — perguntou Marilla.

— A srta. Josephine Barry morreu — respondeu, em voz baixa.

— Então ela se foi, afinal. Bem, ela esteve doente por mais de um ano, e os Barry estavam esperando receber a notícia de sua morte a qualquer momento. Que bom que ela descansou, Anne, pois sofreu demais. Ela sempre gostou muito de você.

— E parece que ela gostou de mim até o fim, Marilla. Esta carta é do advogado dela. Ela deixou mil dólares para mim em seu testamento.

— Deus do céu, é um montão de dinheiro! — exclamou Davy. — Essa era aquela senhora que estava na cama do quarto de hóspedes quando você e Diana pularam em cima, não é?

Diana me contou a história. Foi por isso que ela deixou tanto dinheiro para você?

— Fique quieto, Davy — pediu Anne, suavemente. Ela subiu para o quarto com o coração apertado, deixando Marilla e a sra. Lynde conversarem sobre o assunto o quanto quisessem.

— Vocês acham que a Anne vai se casar algum dia, depois disso? — especulou Davy, com curiosidade. — Quando a Dorcas Sloane se casou no verão passado, ela falou que nunca se preocuparia com um marido se tivesse dinheiro suficiente para se sustentar, mas viver com um viúvo e os oito filhos dele era ainda melhor que morar com uma cunhada.

— Davy Keith, segure essa sua língua! — ralhou a sra. Lynde, severa. — Você fala de uma maneira desrespeitosa para um garotinho da sua idade, isso sim!

XIX
Um interlúdio

— E pensar que esse é meu vigésimo aniversário e que deixei minha adolescência eternamente para trás — comentou Anne para tia Jamesina. Estava aconchegada no tapete em frente à lareira com Rusty no colo, e a querida senhora lia em sua cadeira favorita. Estavam sozinhas na sala. Stella e Priscilla tinham ido a uma reunião do comitê e Phil estava no quarto, arrumando-se para um baile.

— Suponho que você se sentirá um pouco triste — disse tia Jamesina. — Com a chegada dos vinte anos, uma fase muito encantadora da vida chega ao fim. De minha parte, estou contente por não ter saído totalmente dessa idade.

Anne sorriu.

— A senhora nunca sairá, tia. Ainda terá dezoito anos quando completar cem. Sim, me sinto triste e um pouco insatisfeita também. A srta. Stacy me disse, muito tempo atrás, que aos vinte o meu caráter estaria formado, para o bem ou para o mal. Mas sinto que isso ainda não aconteceu. Meu caráter está cheio de falhas.

— Assim como o de todo mundo — replicou tia Jamesina, animada. — O meu está quebrado em uma centena de lugares. Essa srta. Stacy provavelmente quis dizer que, aos vinte anos, o seu caráter já teria se inclinado em uma ou outra direção, e que seguiria se desenvolvendo nessa linha para sempre. Não se preocupe com isso, Anne. Cumpra o seu dever para com Deus, seu próximo e consigo mesma, e divirta-se! Essa é minha filosofia e sempre funcionou muito bem. Aonde Phil irá hoje à noite?

— A um baile, e ela irá usar um lindíssimo vestido de seda amarelo-creme, com rendas muito finas. Combina bem com os matizes castanhos de seu tipo físico.

— Existe magia nas palavras *seda* e *renda*, não? Até a sonoridade me faz sentir como se estivesse me preparando para um baile. E seda *amarela*. Faz com que pensemos em um vestido feito de raios de sol. Sempre sonhei em ter um vestido de seda amarelo; mas, primeiro minha mãe, e depois meu marido não queriam me ouvir falar nisso. A primeiríssima coisa que vou fazer quando chegar ao céu é arranjar um vestido de seda amarelo.

Entre as risadas de Anne, Phil desceu as escadas caminhando sobre nuvens de glória e contemplou sua imagem no grande espelho oval na parede.

— Um espelho gentil é o promotor da fineza — ela disse. — Aquele do meu quarto certamente me faz parecer esverdeada. Estou bem, Anne?

— Você tem noção do quão bonita é, Phil? — perguntou Anne, com honesta admiração.

— É claro que sei. Para que servem os espelhos e os homens, se não para isso? Se bem que não é ao que me refiro agora. Meus cachos estão bem penteados? Minha saia está com o caimento reto? Esta rosa ficaria melhor mais aqui embaixo? Receio que esteja muito alta, o que me fará parecer assimétrica. Mas odeio quando alguma coisa fica causando comichão nas minhas orelhas.

— Está tudo perfeito, e essa sua covinha é adorável.

— Anne, existe algo em particular que eu gosto em você: sua generosidade. Não há nenhuma partícula de inveja em você.

— Por que ela deveria sentir inveja? — questionou tia Jamesina. — Pode ser que Anne não seja tão bela quanto você, mas ela tem o nariz muito mais bonito.

— Eu sei disso — concordou Phil.

— Meu nariz sempre foi um grande consolo para mim — confessou Anne.

— E eu gosto da maneira como o seu cabelo cai na testa, Anne. E esse pequeno cachinho rebelde, que parece estar sempre a ponto de cair, mas nunca cai, é uma graça. Porém, no que se refere ao nariz, o meu será sempre uma incômoda preocupação para mim. Sei que, quando tiver quarenta anos, ele terá se tornado um nariz dos Byrne. Como você acha que serei aos quarenta, Anne?

— Como uma velha matrona casada — provocou Anne.

— Eu, não! — discordou, sentando-se confortavelmente para esperar seu acompanhante. — Joseph, sua besta malhada, não se atreva a subir no meu colo! Eu não irei para o baile cheia de pelos de gato! Não, Anne, eu não vou parecer uma matrona. Mas sem dúvida estarei casada.

— Com Alec ou Alonzo?

— Com um dos dois, eu acho, se um dia conseguir me decidir com qual — suspirou Phil.

— Não deveria ser difícil de decidir — censurou tia Jamesina.

— Sou como uma gangorra, tia, e nada pode me impedir de balançar.

— Você deveria ser mais sensata, Philippa.

— Sim, é melhor ser sensata, é óbvio — concordou Philippa —, mas os sensatos não se divertem muito. Com relação a Alec ou Alonzo, se a senhora os conhecesse entenderia a razão de ser tão difícil escolher entre eles. Os dois são igualmente adoráveis.

— Então encontre alguém que seja ainda mais adorável — sugeriu tia Jamesina. — Tem aquele estudante do terceiro ano que é devotado a você: Will Leslie. Ele tem grandes olhos doces.

— De fato, são muito grandes e muito doces, como os de uma vaca — disse Phil, com crueldade.

— O que acha de George Parker?

— Não há nada a dizer a respeito dele, exceto que ele sempre parece ter sido recém-passado e engomado.

— Marr Holworthy, então. Você não pode apontar um defeito nele.

— Não, ele serviria se não fosse pobre. Tenho que me casar com um homem rico, tia Jamesina. O dinheiro e uma boa aparência são requisitos indispensáveis. Eu me casaria com Gilbert Blythe se ele fosse rico.

— Oh, casaria, é? — perguntou Anne, com certa ferocidade na voz.

— Não gostamos nada dessa ideia, apesar de não querermos o Gilbert para nós mesmas, oh não, não! — zombou Phil. — Mas não vamos falar de assuntos desagradáveis. Presumo que terei de me casar algum dia, mas adiarei esse dia fatal o máximo que conseguir.

— Quando chegar o momento, Phil, você não deve se casar com alguém que não ama — aconselhou tia Jamesina.

— "Oh, os corações que amam à maneira antiga estão, hoje em dia, fora de moda." — cantarolou Phil, em tom zombeteiro. — Aí está o coche. Estou indo agora. Tchauzinho, minhas queridas antiquadas!

Quando Phil partiu, tia Jamesina olhou solenemente para Anne.

— Essa menina é linda, doce e tem bom coração; mas não parece, às vezes, que ela não bate bem da cabeça, Anne?

— Oh, não creio que exista algum problema com a cabeça de Phil. É só o seu modo de falar — respondeu, escondendo um sorriso.

Tia Jamesina balançou a cabeça.

— Bem, assim espero, Anne. De verdade, porque eu a adoro! Mas não a compreendo, ela é um enigma para mim. Não se parece com nenhuma mocinha que eu tenha conhecido, ou com nenhuma das moças que eu mesma fui.

— Quantas moças a senhora foi, tia Jimsie?

— Pelo menos meia dúzia, minha querida.

XX
Gilbert toma uma atitude

— Que dia enfadonho e tedioso — bocejou Phil, espreguiçando-se languidamente no sofá, depois de ter desalojado dali dois gatos indignados.

Anne deixou de lado *As aventuras do sr. Pickwick*.[1] Agora que as avaliações do semestre de primavera de Redmond estavam concluídas, a jovem voltara a dedicar-se à leitura de Dickens.

— Pode estar sendo tedioso para nós, mas para algumas pessoas é um dia maravilhoso — ela disse, pensativa. — Alguns podem estar extremamente felizes. Talvez uma façanha magnífica tenha acontecido hoje, em algum lugar; ou um grande poema tenha sido escrito; ou um grande homem tenha nascido. E, quem sabe, algum coração tenha se partido.

— Por que você estragou sua bela reflexão com essa última frase, querida? — resmungou Phil. — Não gosto de pensar em corações partidos, nem em qualquer coisa desagradável.

---

[1] Primeiro romance do escritor inglês Charles Dickens (1812-70), publicado em 1836. Dickens é autor de livros consagrados como *David Copperfield, Oliver Twist, Um cântico de Natal*, entre outros. Foi um dos mais populares romancistas ingleses da era vitoriana.

— Você acha que vai conseguir ignorar todas as coisas desagradáveis da vida, Phil?

— Meu Deus, não! Não estou encarando algumas delas agora? Você não chamaria Alec e Alonzo de agradáveis, chamaria? A única coisa que eles fazem é complicar minha vida!

— Você nunca leva nada a sério, Phil.

— Por que eu deveria? Existem muitas pessoas que o fazem. O mundo precisa de pessoas como eu, Anne, apenas para diverti-lo. Seria um lugar terrível se *todos* fossem intelectuais, profundos e mortalmente sérios. *Minha* missão é, como diria Josiah Allen, "encantar e seduzir".[2] Confesse agora: a vida na Casa da Patty não tem sido realmente muito mais brilhante e agradável nesse inverno só porque vim para cá animar todas vocês?

— Sim, tem sido, sim — admitiu Anne.

— E vocês todas me amam; até mesmo a tia Jamesina, que pensa que sou completamente doida. Então, por que eu deveria tentar ser diferente? Oh, querida, estou com tanto sono! Fiquei acordada até uma hora da madrugada lendo uma perturbadora história de fantasmas. Estava lendo na cama e, depois de terminar, você acha que consegui levantar-me para apagar a luz? Não! E se, por sorte, Stella não tivesse chegado mais tarde, a lamparina teria queimado inteira até de manhã. Quando ouvi os passos dela, expliquei minha aflição e pedi-lhe para apagar a lamparina. Se eu mesma tivesse ido apagar, tinha certeza de que algo iria agarrar meus pés quando voltasse para a cama. A propósito, Anne, a tia Jamesina já decidiu o que vai fazer nesse verão?

— Sim, ela vai ficar aqui. Sei que está fazendo isso pelo bem desses abençoados gatos, embora diga que é para evitar o trabalho de ter que abrir a própria casa e também porque detesta fazer visitas.

---

[2] Referência à peça *Josiah's secret — a play in three acts by Josiah Allen's wife*, da escritora satírica Marietta Holley, publicada em 1910.

— O que você está lendo?

— *Pickwick*.

— Eis um livro que sempre me dá fome. Fala muito sobre boa comida. As personagens parecem estar sempre se deliciando com presuntos, ovos e ponche de leite.[3] Eu geralmente faço uma peregrinação até o armário da cozinha depois de ler *Pickwick*. Só de pensar na história já me lembro que estou com fome. Tem algum petisco para beliscar na despensa, Rainha Anne?

— Fiz uma torta de limão essa manhã. Pode comer uma fatia.

Phil correu até a despensa e Anne foi até o pomar, acompanhada por Rusty. Era um anoitecer úmido e agradavelmente perfumado de início da primavera. A neve ainda não tinha desaparecido por completo do parque. Havia pequenos montes brancos e sujos debaixo dos pinheiros, protegidos da influência dos raios do sol de abril, deixando lamacento o caminho que conduzia ao porto e esfriando o ar da noite. Mas a relva crescia verde em lugares abrigados, e Gilbert havia encontrado alguns pálidos arbustos de lichia, escondidos em um recanto. Chegou do parque com as mãos cheias.

Anne estava sentada na grande pedra cinza do pomar, admirando um descascado galho de bétula, que se recortava com perfeita graça contra o rosa pálido do final do pôr do sol, e que constituía todo um poema. Ela construía um castelo no ar: uma mansão extraordinária, em cujos pátios iluminados e salões majestosos permeavam aromas árabes, e onde ela reinava como soberana castelã. Quando viu Gilbert se aproximar pelo pomar, teve um sobressalto e franziu o cenho. Ultimamente, tinha conseguido dar um jeito de não ficar a sós com ele; mas o rapaz a pegara de surpresa agora, e até mesmo Rusty a tinha abandonado.

---

[3] Bebida conhecida com *eggnog*: feito com leite morno, açúcar, uma gema de ovo e rum.

Gilbert sentou-se ao lado de Anne e entregou-lhe um buquê de flores de maio.

— Essas flores não fazem você lembrar de casa e dos nossos antigos passeios escolares, Anne?

Ela segurou o buquê e enterrou o rosto nas flores.

— Estou nos campos de sr. Silas Sloane neste exato minuto! — exclamou, entusiasmada.

— Imagino que logo você estará lá, pessoalmente, daqui a alguns dias...?

— Não, só daqui a quinze dias. Vou visitar Bolingbroke com Phil antes de ir para casa. Você estará em Avonlea antes de mim.

— Não, eu não irei para Avonlea nesse verão, Anne. Ofereceram-me um emprego no escritório do Daily News e eu vou aceitar.

— Oh — ela murmurou, vagamente. Questionava-se como seria um verão inteiro em Avonlea sem Gilbert. De alguma forma, essa perspectiva não lhe agradava muito. — Bem, é claro que será uma coisa muito boa para você — concluiu depressa.

— Sim, eu estava esperando conseguir. Vai me ajudar bastante no ano que vem.

— Você não deveria trabalhar *demais* — disse Anne, sem ter uma ideia clara do que dizia. Desejava desesperadamente que Phil aparecesse ali. — Você estudou com muito afinco nesse inverno. Esta não é uma noite adorável? Sabia que hoje encontrei um tapete de violetas brancas debaixo daquela velha árvore retorcida ali? Senti como se tivesse descoberto uma mina de ouro.

— Você está sempre descobrindo minas de ouro — respondeu Gilbert, com ar ausente.

— Vamos caminhar e ver se encontramos mais algumas — ela sugeriu, com ansiedade. — Vou chamar Phil e...

— Esqueça Phil e as violetas por um instante, Anne — pediu, com voz suave, tomando a mão da jovem nas suas, de modo que ela não conseguiu se soltar. — Tem algo que eu quero lhe dizer.

— Oh, não, não diga — suplicou Anne. — Não faça isso, Gilbert, *por favor*!

— Eu preciso. As coisas não podem continuar como estão por mais tempo. Anne, eu amo você. Sabe que eu a amo. Eu... eu nem consigo expressar em palavras o quanto. Você promete que, um dia, vai se casar comigo?

— Eu... eu não posso — ela disse, com imensa tristeza. — Oh, Gilbert, você... você estragou tudo.

— Mas, você não gosta nem um pouco de mim? — perguntou ele, após uma pausa terrível, durante a qual Anne não se atrevera a erguer os olhos.

— Não... não desse jeito. Eu gosto muitíssimo de você, mas apenas como amigo. Mas eu não te amo, Gilbert.

— E você não pode me dar alguma esperança de que no futuro...?

— Não, não posso! — exclamou, desesperada. — Eu nunca, nunca poderei amá-lo desse jeito, Gilbert. Você nunca mais deve voltar a falar desse assunto comigo.

Houve outra pausa, tão longa e assustadora que Anne foi compelida, enfim, a olhar para ele. O rosto de Gilbert estava totalmente pálido. E seus olhos! Anne estremeceu e desviou o olhar de novo. Não havia nada romântico em tudo isso. Será que os pedidos de casamento deveriam ser sempre grotescos ou horríveis? Será que um dia se esqueceria do semblante de Gilbert?

— Existe outra pessoa? — perguntou ele, em voz baixa.

— Não... não — respondeu, com veemência. — Não há nenhum outro de quem eu goste assim, desse jeito, e eu *gosto mais de você* do que de qualquer outro no mundo, Gilbert. E nós devemos... devemos continuar sendo amigos.

Gilbert deu uma risadinha amarga.

— Amigos! Sua amizade não me satisfaz mais, Anne. Quero seu amor... e você afirma que nunca o terei.

— Sinto muito. Perdoe-me, Gilbert — era tudo o que Anne conseguia dizer. Onde, oh, *onde* estavam todos os graciosos e polidos discursos que, em sua imaginação, ela havia criado para dispensar os pretendentes rejeitados?

Gilbert soltou sua mão lentamente.

— Não há nada para perdoar. Houve momentos em que pensei que você me amava. Eu me enganei, e isso é tudo. Adeus, Anne.

Anne correu para seu quarto, sentou-se no assento sob a janela que dava para os pinheiros, e chorou com amargura. Sentia como se algo incalculavelmente precioso tivesse saído de sua vida. Era a amizade de Gilbert, é claro. Oh, por que deveria perdê-la dessa maneira?

— Qual o problema, querida? — perguntou Phil, aparecendo através da escuridão, iluminada pela tênue luz da lua.

Anne não respondeu. Naquele momento, queria que Phil estivesse a centenas de quilômetros de distância dali.

— Suponho que você tenha rejeitado Gilbert Blythe. Você é uma tola, Anne Shirley!

— Você chama de tolice recusar o casamento com um homem a quem não amo? — respondeu, com frieza, impelida a responder.

— Você não sabe reconhecer o amor quando o vê. Criou alguma coisa fantasiosa na cabeça com essa sua imaginação, alguma coisa que você *pensa* que é amor, e espera que na vida real seja assim. Aí está, essa é a primeira coisa sensata que eu disse em toda a minha vida! Não sei como consegui fazer isso.

— Phil, por favor, saia e me deixe sozinha um pouco — implorou Anne. — Meu mundo se partiu em pedaços e eu preciso reconstruí-lo.

— Um mundo sem Gilbert? — ela questionou, enquanto saía.

"Um mundo sem Gilbert!", Anne repetiu estas palavras melancólicas. Não seria esse um lugar completamente solitário e desamparado? Bem, foi tudo culpa de Gilbert. Ele havia arruinado o belo companheirismo que os unia. E ela, agora, teria que aprender a viver sem ele.

XXI
Rosas do passado

Os quinze dias que Anne passou em Bolingbroke foram bastante agradáveis, com exceção das pequenas crises de dor e insatisfação vindas sempre que ela pensava em Gilbert. Entretanto, não havia muito tempo para pensar nele. Mount Holly, a bela e antiga propriedade da família Gordon, era um lugar alegre, sempre repleto de amigos e amigas de Phil. Houve uma desorientadora sucessão de passeios, festas, piqueniques e excursões de barco, todos organizados por Phil sob o pretexto de "comemorar". Alec e Alonzo estavam presentes com tanta frequência que Anne se perguntava se não tinham outra ocupação na vida, além de ficar à disposição da evasiva Phil e escoltá-la em alguma celebração. Eram educados e amáveis, mas Anne não conseguia formar uma opinião sobre qual deles seria o melhor.

— E eu dependia tanto de você para me ajudar a decidir com qual deles deveria prometer me casar! — resmungou Phil.

— Você deve decidir por si mesma. É uma expert em decidir com quem as outras pessoas devem se casar — retorquiu Anne, um pouco sarcástica.

— Oh, isso é totalmente diferente — respondeu, com sinceridade.

Mas o acontecimento mais doce da estadia de Anne em Bolingbroke foi a visita até o local de seu nascimento: a precária casinha amarela localizada em uma rua no subúrbio, com a qual tantas vezes sonhara. Contemplou-a com um olhar embevecido enquanto entrava pelo portão, acompanhada de Phil.

— É quase idêntica ao que eu imaginava. Não há madressilvas acima das janelas, mas há uma árvore de lilás ao lado do portão e... sim, tem cortinas de musselina na janela! Como estou contente por ainda ser pintada de amarelo!

Uma senhora muito alta e magra abriu a porta.

— Sim, a família Shirley viveu aqui, vinte anos atrás — ela disse, em resposta à pergunta de Anne. — Eles alugavam essa casa, lembro-me muito bem. Os dois morreram de febre, quase ao mesmo tempo. Foi terrivelmente triste! Deixaram um bebê, que deve ter morrido há anos. Era uma criaturinha fraca e doente. O velho Thomas e sua esposa ficaram com ela... como se já não tivessem crianças o suficiente.

— O bebê não morreu — disse Anne, sorrindo. — Eu sou aquele bebê.

— Ora, não me diga! Veja só como cresceu! — exclamou a mulher, como se estivesse surpresa pelo fato de Anne não ser mais um bebê. — Olhando bem para você, consigo ver a semelhança. Tem a mesma compleição de seu pai, que era ruivo. Mas os olhos e a boca parecem os de sua mãe. Ela era muito bonita e boazinha. Minha filha foi aluna dela e gostava muito dela. Os dois foram enterrados no mesmo túmulo, e o Conselho Escolar ergueu uma lápide para eles, em reconhecimento pelos serviços prestados. Vamos entrar?

— A senhora vai me deixar ver a casa? — perguntou Anne, ansiosa.

— É claro que sim, se você quiser. Não vai levar muito tempo, pois não há muito para ver. Fico insistindo para o meu marido construir uma nova cozinha, mas ele não se mexe. Ali fica a sala, e tem dois quartos no andar de cima. Podem andar pela casa, tenho que dar uma olhada no bebê. Você nasceu no quarto que fica do lado direito. Lembro-me de sua mãe comentando que amava ver o sol nascer, e eu também a ouvi dizer que você nasceu justo ao amanhecer, e que a luz do sol no seu rosto foi a primeira coisa que ela viu.

Anne subiu pela escadaria estreita e entrou no pequeno quarto com o coração palpitando. Sentia como se estivesse em um santuário. Aqui, sua mãe tinha vivenciado os doces e alegres sonhos da maternidade precoce; aqui, a luz avermelhada dos raios de sol caíram sobre ambas no sagrado instante de seu nascimento e, aqui, a mãe tinha morrido. Anne olhou ao redor em total reverência, com os olhos marejados. Para ela, aquele foi um dos momentos preciosos da vida, que iria brilhar radiantemente em sua memória para sempre.

— Parece mentira... quando nasci, mamãe era mais jovem do que eu sou hoje — sussurrou.

Quando desceu as escadas, a moradora da casa a encontrou no corredor. Segurava um pacotinho empoeirado, atado com um laço de fita azul desbotada.

— Aqui tem um maço de cartas antigas que encontrei no roupeiro lá de cima, quando me mudei para cá. Não sei do que se tratam; nunca tive curiosidade em ler, mas foram dirigidas à srta. Bertha Willis, que era o nome de solteira de sua mãe. Pode ficar com elas, se quiser.

— Oh, obrigada, obrigada! — exclamou Anne, agarrando o pacotinho com entusiasmo.

— Isso era tudo o que havia na casa. O mobiliário foi vendido para pagar os médicos, e a sra. Thomas ficou com as roupas de sua mãe e os objetos menores. Acho que não devem ter durado muito tempo na mão daquela turba de crianças dos Thomas. Eram animaizinhos destruidores, como bem me lembro.

— Não possuo absolutamente nada que tenha pertencido à minha mãe — respondeu Anne, ofegante. — Eu... eu nunca vou conseguir lhe agradecer o suficiente por essas cartas.

— Oh, por nada! Meu Deus, mas seus olhos são idênticos aos de sua mãe! Ela conseguia falar tudo com o olhar. Seu pai tinha a aparência mais tranquila, mas era muito agradável. Lembro-me das pessoas comentando, quando eles se casaram, que nunca viram um casal mais apaixonado! Pobres criaturas, não viveram muito tempo, mas foram muito felizes juntos e eu acho que isso já conta bastante.

Anne ansiava chegar à casa de Phil e ler as preciosas cartas, mas antes fez uma última peregrinação. Foi sozinha até o canto esverdeado do antigo cemitério de Bolingbroke, onde os pais estavam enterrados, e deixou sobre o túmulo as flores brancas que carregava. Então dirigiu-se com pressa para Mount Holly, trancou-se no quarto e leu as cartas. Algumas tinham sido escritas pelo pai, outras pela mãe. Não havia muitas, apenas uma dúzia no total, pois Walter e Bertha Shirley não ficaram separados por muito tempo durante o noivado. As cartas estavam amareladas, desbotadas e apagadas, manchadas com o toque dos tempos passados. Naquelas amassadas páginas amarelas não havia pensamentos profundos ou palavras de sabedoria, mas estavam cheias de amor e confiança. Emanavam a doçura das coisas esquecidas e traziam as longínquas e afetuosas esperanças daqueles amantes desventurados, que há tanto tempo tinham deixado esse mundo. Bertha Shirley possuíra o talento de escrever cartas que refletiam a encantadora personalidade da autora em palavras e pensamentos que ainda conservavam sua beleza e fragrância, mesmo com a passagem do tempo. As cartas eram ternas, íntimas, sagradas. Para Anne, a mais doce de todas era uma que a mãe tinha escrito após seu nascimento, durante uma curta ausência do pai. Estava repleta de "registros" de seu bebê: sua inteligência, seu brilhantismo, suas mil façanhas, todos narrados com orgulho pela jovem mãe. *Amo nossa filha quando está adormecida, e a amo ainda mais quando está acordada*, expressou Bertha Shirley ao final. Esta, provavelmente, havia sido a última frase que escrevera. Naquele momento, o fim estava próximo para ela.

— Este foi o dia mais lindo da minha vida — Anne contou a Phil, naquela noite. — *Encontrei* meu pai e minha mãe! Aquelas cartas os tornaram *reais* para mim. Não sou mais uma órfã. Sinto como se tivesse aberto um livro e encontrado entre suas páginas as doces e amadas rosas do passado.

XXII
Anne e a primavera voltam para Green Gables

As sombras produzidas pelas chamas da lareira dançavam nas paredes da cozinha de Green Gables, pois as tardes de primavera ainda eram frias. As doces vozes do início da noite podiam ser ouvidas sutilmente através da janela aberta, à direita da casa. Marilla estava sentada ao lado do fogo — ao menos fisicamente. Em espírito, ela vagava por antigos caminhos, quando seus pés eram mais jovens. Nos últimos tempos, vinha passando muitas horas assim, embora achasse que deveria usar mais desse tempo para tricotar agasalhos para os gêmeos.

— Acho que estou ficando velha — disse ela. Ainda assim, Marilla tinha mudado pouco nos últimos nove anos. Estava mais magra e com os traços mais angulosos, e havia uma quantidade maior de cabelos grisalhos, sempre penteados no mesmo coque firme, preso com dois grampos — seriam ainda os *mesmos* grampos? Mas a expressão estava bem diferente. Havia *algo* ao redor da boca insinuando que o seu senso de humor havia se desenvolvido muito bem; seu olhar era mais gentil e mais brando, e seu sorriso mais constante e terno.

Marilla recordava toda sua vida passada: sua infância rígida, mas não infeliz; os sonhos cuidadosamente escondidos e as arruinadas esperanças da juventude; os longos, cinzentos, restritos e minguados anos de uma aborrecida idade madura que passaram. E a chegada de Anne — criança cheia de imaginação e ímpeto, transbordando alegria de viver, com o coração repleto de amor — e seu mundo de fantasia, que trouxe com ela cor, calor e brilho, até que, de uma existência deserta, floresceu uma rosa. Marilla sentia que, de seus sessenta anos de idade, tinha vivido apenas os nove que se seguiram à vinda de Anne. E a jovem estaria em casa na noite seguinte.

A porta da cozinha se abriu. Marilla ergueu o olhar, esperando ver a sra. Lynde. Mas quem estava em pé diante dela era Anne, alta, com os olhos iluminados e as mãos cheias de violetas e flores-de-maio.

— Anne Shirley! — exclamou Marilla. Pela primeira vez na vida, abandonou a reserva diante da surpresa. Abraçou sua menina, apertando também as flores contra o peito, e beijou com carinho os cabelos brilhantes de Anne e seu rosto doce.

— Não esperava sua chegada até amanhã à noite. Como veio de Carmody?

— Vim caminhando, minha mais querida entre todas as Marillas! Por acaso não fiz isso tantas vezes nos meus tempos da Queen's Academy? O carteiro trará meu baú amanhã. Senti, de repente, tanta saudade de casa, que vim um dia antes. E, oh! Dei um passeio tão adorável pelo crepúsculo de maio! Passei pelos campos e colhi estas flores; cruzei o Vale das Violetas, que agora está parecendo uma grande tigela florida com estas queridas coisinhas tingidas no matiz do céu. Sinta o perfume, Marilla, absorva este perfume!

Marilla obrigou-se a atender o pedido e cheirou as flores, mas estava mais interessada em Anne do que em cheirar violetas.

— Sente-se, menina. Deve estar muito cansada. Vou trazer algo para você comer.

— Há uma lua graciosa erguendo-se detrás das colinas, Marilla, e oh, como as rãs cantaram ao longo do meu caminho para casa vindo de Carmody! Eu amo a música das rãs. Parece estar relacionada às minhas mais alegres recordações das noites primaveris que se passaram. E sempre me faz lembrar da noite em que cheguei aqui pela primeira vez. Você se lembra, Marilla?

— Ora, mas é claro! — respondeu Marilla, enfática. — Não creio que possa esquecê-la jamais.

— Elas costumavam cantar incessantemente no pântano e no riacho naquele ano. Podia ouvi-las da minha janela ao anoitecer e pensava como poderiam estar tão contentes e tão tristes ao mesmo tempo. Oh, mas como é bom estar em casa novamente! Redmond foi esplêndida e Bolingbroke, adorável, mas Green Gables é meu *lar*.

— Ouvi dizer que Gilbert não virá para casa nesse verão — comentou Marilla.

— Não.

Algo no tom da voz de Anne fez com que Marilla a encarasse de súbito, mas ela, aparentemente, estava absorta arrumando as violetas em um jarro.

— Veja, não são delicadas? — continuou, apressadamente. — O ano é como um livro, não é, Marilla? As páginas da primavera são escritas com flores-de-maio e violetas; o verão, com rosas; o outono, com folhas vermelhas de bordo; e o inverno, com azevinhos e sempre-vivas.

— Gilbert se saiu bem nos exames? — persistiu Marilla.

— Extremamente bem, foi o primeiro de sua turma. Mas onde estão os gêmeos e a sra. Lynde?

— Rachel e Dora foram até a casa do sr. Harrison. Davy está nos Boulters. Acho que está chegando.

Davy entrou, viu Anne, parou, e então se atirou sobre a jovem com um grito de alegria.

— Oh, Anne, como estou contente em ver você! Veja, Anne, eu cresci cinco centímetros desde o outono! A sra. Lynde mediu minha altura com a fita métrica hoje; e veja, Anne, meu dente da frente: caiu! A sra. Lynde amarrou a ponta de um fio no dente e a outra ponta na porta, e então bateu ela. Vendi ele para o Milty por dois centavos. Ele coleciona dentes.

— Para que aquele menino quer dentes? — perguntou Marilla.

— Para fazer um colar, para brincar de Chefe Índio — explicou Davy, subindo no colo de Anne. — Ele já tem quinze e todos os outros meninos prometeram vender os dentes a ele, então não vale a pena nenhum de nós começar a colecionar também. É o que eu digo, os Boulters são ótimos negociantes!

— Você foi um bom menino na casa da sra. Boulter? — indagou Marilla, severamente.

— Fui. Mas veja, Marilla, estou cansado de ser bom.

— Você se cansaria de ser mau muito mais rápido, querido — disse Anne.

— Bem, mas pelo menos eu ia me divertir primeiro, não é? — persistiu Davy. — E eu ia poder me arrepender depois, não é?

— O arrependimento não apaga as consequências de ser mau, Davy. Você se lembra daquele domingo, no verão passado, quando você fugiu da Escola Dominical? Na ocasião, você me disse que ser mau não valia a pena. O que você e Milty fizeram hoje?

— Oh, nós pescamos e perseguimos a gata, recolhemos ovos e gritamos no eco. Há um ótimo eco no matagal, atrás do celeiro dos Boulters. Mas, diz pra mim, o que é eco, Anne? Quero saber.

— Eco é uma linda ninfa, Davy, que vive muito longe, nos bosques, e ri do mundo por entre as colinas.

— Como ela é?

— Ela tem cabelos e olhos escuros, mas o pescoço e os braços são brancos como a neve. Nenhum mortal poderia ver o quanto ela é bonita. É mais rápida do que um cervo, e tudo o que podemos saber sobre ela é aquela voz zombeteira. À noite, você consegue ouvi-la chamando e rindo sob as estrelas. Mas nunca consegue vê-la. Se a seguir, ela foge para longe, voa até as colinas e ri de você.

— Isso é verdade, Anne? Ou é uma grande mentira? — Davy exigiu saber, encarando-a.

— Davy, você não tem sensibilidade o suficiente para distinguir entre um conto de fadas e uma mentira? — inquiriu Anne, sem esperanças.

— Então o que é que grita de volta no matagal dos Boulters? Quero saber! — insistiu.

— Quando você for um pouco maior, Davy, explicarei tudo a você.

A menção à sua idade pareceu dar um novo giro aos pensamentos do garoto, pois, após alguns instantes de reflexão, ele anunciou, com solenidade:

— Anne, eu vou me casar.

— Quando? — ela perguntou, com a mesma solenidade.

— Oh, não até eu crescer, é claro.

— Ora, que alívio, Davy! Quem é a escolhida?

— Stella Fletcher. Ela é minha colega na escola. Sabe, Anne, ela é a menina mais bonita que eu já vi. Se eu morrer antes de virar homem, você promete que vai ficar de olho nela?

— Davy Keith, pare de falar tanta bobagem! — exclamou Marilla, com severidade.

— Não é bobagem — ele protestou, em tom injuriado. — Ela é minha noiva prometida, e se eu morrer, ela vai ser minha viúva prometida, não vai? E ela não tem uma alma que cuide dela, a não ser a vó, que já está bem velhinha.

— Venha jantar, Anne — chamou Marilla —, e não dê trela às conversas absurdas dessa criança.

XXIII
Paul não encontra mais as pessoas de pedra

A vida foi muito agradável em Avonlea naquele verão, apesar de Anne, em meio a todas as alegrias das férias, sentir-se perseguida pela sensação de "algo faltando que deveria estar lá". A jovem não admitiria, nem mesmo em suas reflexões mais íntimas, que tal sentimento era causado pela ausência de Gilbert. Mas quando tinha que voltar para casa sozinha das reuniões de oração e dos encontros da SMA, enquanto Diana e Fred e outros alegres casais passeavam ao crepúsculo nas veredas iluminadas pelas estrelas, ela sentia no coração essa dor estranha e solitária, que não conseguia explicar. Gilbert nem mesmo havia escrito para ela, como Anne pensara que faria. Sabia que ele escrevia para Diana de vez em quando, mas não lhe perguntou nada; e Diana, supondo que a amiga recebia notícias diretamente, não revelou nenhuma informação. A mãe de Gilbert, uma alegre senhora, franca e jovial, embora desprovida de tato, tinha o embaraçoso hábito de perguntar a Anne — sempre com uma dolorosa distinção no tom de voz e sempre na presença de muita gente — se ela havia recebido notícias de Gilbert nos últimos tempos. A pobre Anne só conseguia corar profundamente, e murmurar "não, recentemente, não", frase que todos entendiam, inclusive a sra. Blythe, como uma mera esquiva feminina.

Apesar de tudo, Anne desfrutou do verão. Priscilla fez uma breve visita em junho, e quando foi embora, o sr. e a sra. Irving, Paul e Charlotta IV vieram para "casa", a fim de passar os meses de julho e agosto.

A Mansarda do Eco foi cenário de alegrias e risadas mais uma vez, e os ecos sobre o rio se mantiveram ocupados imitando as gargalhadas que soavam no velho jardim, atrás dos pinheiros vermelhos.

A "srta. Lavendar" não havia mudado, exceto para se tornar ainda mais meiga e bonita. Paul a adorava e o companheirismo que os unia era agradável de se ver.

— Mas não a chamo de "mãe", exatamente assim — ele explicou a Anne. — Veja bem, esse título pertence somente à minha mãezinha, e não posso dá-lo a mais ninguém. A senhorita *entende*, professora. Mas eu a chamo de "mamãe Lavendar" e ela é a pessoa que mais amo, logo depois do papai. Eu... eu até a amo um *pouquinho* mais que a senhorita, professora.

— E é assim mesmo que deve ser — respondeu Anne.

Paul estava com treze anos agora, e era muito alto para sua idade. O semblante e os olhos eram belos como sempre, e a imaginação continuava como um prisma, convertendo em raios multicoloridos tudo que nela refletia. Anne e o rapaz desfrutaram de deliciosos passeios sem rumo por bosques, campos e praias. Nunca existiu almas gêmeas mais profundamente unidas.

Charlotta IV havia florescido na mocidade. Usava os cabelos presos em um enorme penteado ao estilo pompadour e descartara os laços de fita azul dos bons tempos de outrora, mas o rosto ainda era sardento, o nariz, empinado, e a boca e o sorriso tão largos quanto antes.

— A senhorita não acha que eu falo com um sotaque ianque, acha, srta. Shirley, madame? — perguntou, ansiosa.

— Não percebi, Charlotta.

— Estou contente que não. Em casa, eles disseram que sim, mas acho que o fazem para me provocar. Não quero nenhum sotaque ianque. Não que eu tenha qualquer coisa a dizer contra eles, srta. Shirley, madame. Eles são gente muito civilizada. Mas sinto saudade da velha Ilha do Príncipe Edward todo o tempo.

Paul passou a primeira quinzena com sua avó Irving em Avonlea. Anne estava lá para recebê-lo quando chegou, e o menino a advertiu que estava ávido para ir até a praia, onde poderia encontrar Nora, a Dama Dourada e os Marinheiros Gêmeos. Mal podia esperar para terminar o jantar. Não conseguia ele ver o semblante élfico de Nora espiando do outro lado do cabo, esperando ansiosamente sua chegada? Mas foi um Paul muito sóbrio que voltou da praia naquele anoitecer.

— Não encontrou suas pessoas de pedra? — perguntou Anne.

Paul balançou seus cachos castanhos com tristeza.

— Os Marinheiros Gêmeos e a Dama Dourada nem apareceram — respondeu. — Nora estava lá, mas ela não é mais a mesma, professora. Está muito mudada.

— Oh, Paul, foi você quem mudou — disse Anne. — Já está muito crescido para as pessoas de pedra. Elas gostam apenas das crianças como companheiras de brincadeiras. Receio que os Marinheiros nunca mais virão buscá-lo no barco encantado de madrepérola, com a vela de luz do luar, e a Dama Dourada não tocará mais a harpa de ouro para você. Nem mesmo Nora continuará a aparecer por muito mais tempo. Você vai ter de pagar o preço por crescer, Paul. Deve deixar para trás o mundo da fantasia.

— Vocês dois estão falando mais bobagens do que de costume — disse a velha sra. Irving, de forma meio indulgente, meio severa.

— Oh, não, não estamos — retorquiu Anne, balançando a cabeça gravemente. — Estamos ficando muito, muito sensatos... o que é uma pena. Não somos mais tão interessantes quando aprendemos que a linguagem nos foi dada para que possamos esconder nossos pensamentos.

— Mas não é assim. A linguagem nos é dada para expressarmos os pensamentos — replicou a sra. Irving, com seriedade. Ela nunca tinha ouvido falar de Talleyrand[1] e não entendia epigramas.[2]

Anne passou quinze pacíficos e agradáveis dias na Mansarda do Eco, no dourado ápice de agosto. Enquanto estava lá, empenhou-se em apressar Ludovic Speed em seu preguiçoso noivado com Theodora Dix, como devidamente relatado em outra de suas histórias. Arnold Sherman, um velho amigo dos Irvings, também esteve hospedado na casinha de pedra, o que muito contribuiu para tornar a estadia ainda mais prazerosa.

— Que dias maravilhosos foram esses! — exclamou Anne. — Sinto-me imensamente renovada! E dentro de quinze dias, estarei de volta a Kingsport, a Redmond e à Casa da Patty. É o lugar mais delicioso que existe, srta. Lavendar. Sinto como se tivesse dois lares: um em Green Gables e outro na Casa da Patty. Mas onde foi parar o verão? Parece que foi ontem que cheguei em casa naquela noite de primavera, com os braços carregados de flores. Quando eu era menor, não conseguia ver de um extremo ao outro da estação. Ela se estendia diante de mim como um período interminável. Agora, "é como a medida de um palmo, é como uma fábula".[3]

---

[1] Charles-Maurice de Talleyrand-Périgord (1754-1838) foi um bispo, político e diplomata francês, conhecido pelo famoso epigrama *Speech has been given to man to conceal his thoughts* ("A linguagem foi dada ao homem para mascarar seus pensamentos").

[2] Epigrama é uma composição poética, breve e satírica que expressa um pensamento principal, de forma engenhosa.

[3] Primeiro verso do poema "On Time", de Francis Quarles (1592-1644).

— Anne, você e Gilbert Blythe continuam sendo tão amigos quanto costumavam ser? — perguntou a srta. Lavendar, em tom suave.

— Sou tão amiga de Gilbert quanto era antes, srta. Lavendar. Ela meneou a cabeça.

— Percebo que algo não anda bem, Anne. Vou ser impertinente e perguntar o que aconteceu. Vocês brigaram?

— Não. É que Gilbert quer mais do que a minha amizade, e eu não posso dar isso a ele.

— Você tem certeza, Anne?

— Tenho absoluta certeza.

— Eu lamento muito, muito mesmo.

— Pergunto-me o motivo de todos pensarem que devo me casar com Gilbert Blythe! — exclamou, com ar petulante.

— Porque vocês foram feitos um para o outro, Anne, eis o motivo! Não precisa menear essa sua cabecinha para trás. Isso é um fato.

XXIV
Jonas entra em cena

Prospect Point, 20 de agosto.

Estimada Anne — escrito com E, escreveu Phil, preciso manter minhas pálpebras abertas por tempo suficiente para lhe escrever. Negligenciei você vergonhosamente nesse verão, querida, assim como todos os meus outros correspondentes. Tenho uma enorme pilha de cartas para responder, então a minha mente precisa se preparar para esse trabalho árduo e seguir adiante. Perdoe-me pelas metáforas misturadas. Estou extremamente sonolenta. Ontem à noite, minha prima Emily e eu fomos visitar alguns vizinhos. Havia vários outros visitantes no local, e assim que as pobres criaturas partiram, nossa anfitriã e suas três filhas as criticaram até a exaustão. Sei que iriam fazer o mesmo comigo e com a prima Emily tão logo a porta se fechasse atrás de nós. Quando voltamos para casa, a sra. Lilly nos informou que o empregado da vizinha mencionada há pouco parecia estar acamado com febre escarlatina. Você sempre pode contar com a sra. Lilly para lhe relatar coisas animadoras como essa. Tenho horror a febre escarlatina! Fui me deitar pensando nisso e não consegui dormir. Fiquei me mexendo a noite inteira, tive pesadelos terríveis nos poucos momentos em que preguei os olhos e, às três da manhã, despertei com febre alta, dor de garganta e uma enxaqueca persistente. Sabia que tinha contraído febre escarlatina!

Levantei em pânico e fui buscar o livro de medicina caseira da prima Emily para ler os sintomas. Anne, comprovei ter todos! Então, voltei para a cama e, já sabendo do pior, dormi feito uma pedra o restante da noite — apesar de nunca ter entendido por que uma pedra deveria dormir mais profundamente do que qualquer outro ser vivo. Mas, esta manhã, eu estava me sentindo muito bem, então não creio que tenha contraído escarlatina. Suponho que, se tivesse sido contagiada na noite passada, a doença não poderia ter se desenvolvido com tamanha rapidez. É claro que só pude me lembrar disso à luz do dia, mas, às três da manhã, nunca consigo ser lógica.

Suponho que você esteja se perguntando o que estou fazendo em Prospect Point. Bem, eu sempre gostei de passar um mês do verão na praia, e papai insistiu para eu vir nessa "seleta hospedaria" de Emily, sua prima de segundo grau, em Prospect Point. Então, quinze dias atrás, eu vim para cá, como de costume. Como sempre, o velho "tio Mark Miller" me trouxe da estação em sua charrete obsoleta e seu cavalo "polivalente", como ele o chama. Ele é um ótimo velhinho, e me deu um punhado de balas de hortelã. Essas balas sempre me pareceram como um tipo sagrado de doce — creio que seja porque minha avó Gordon sempre me dava algumas na igreja, quando eu era garotinha. Certa vez, referindo-me ao aroma da hortelã, perguntei à vovó: "É esse o cheiro da santidade?". Não gostei de comer as balas do tio Mark porque ele as carregava soltas no bolso, e teve de separá-las de alguns pregos enferrujados e outras coisas, antes de entregá-las a mim. Mas eu não magoaria seus delicados sentimentos por nada nesse mundo, então fui deixando-as caírem pouco a pouco, com cuidado, durante o caminho. Quando joguei fora a última, tio Mark disse, em tom levemente reprovador: "A siorita num devia tê comido todas as bala duma veiz, srta. Phil. É bem capaiz da siorita tê uma dor de barriga!".

A prima Emily só tinha cinco hóspedes além de mim — quatro senhoras idosas e um rapaz. Minha vizinha à direita na mesa é a sra. Lilly. Ela é uma daquelas pessoas que parecem ter o medonho prazer de detalhar todas as suas incontáveis dores, seus males e suas enfermidades. Você não pode mencionar nenhuma indisposição sem ela dizer, balançando a cabeça: "Ah, sei muito bem o que é isso", e sem começar a enumerar todos os pormenores. Jonas contou que, uma vez, ele comentou sobre ataxia locomotora no ouvido, e ela falou que sabia muito bem o que era, que padecera desse mal durante dez anos e que um médico itinerante, por fim, a havia curado.

Quem é Jonas? Espere um pouco, Anne Shirley. Você vai saber tudo sobre Jonas em seu devido tempo e lugar. Não vou misturá-lo com essas estimáveis senhoras.

Minha vizinha à esquerda é a sra. Phinney. Ela sempre fala com uma voz dolorosa e pesarosa — ficamos constantemente nervosos esperando que ela comece a chorar a qualquer momento. Ela dá a impressão de que a vida é, de fato, um vale de lágrimas, e que um sorriso, sem mencionar uma gargalhada, é uma frivolidade verdadeiramente repreensível. Sua opinião a meu respeito é pior do que a de tia Jamesina, e ela não tem nem um pouco de afeto por mim para compensar isso, como tem a tia J.

A srta. Maria Grimsby senta-se à minha diagonal. No dia em que cheguei, comentei com ela que achava que ia chover — e ela riu. Disse-lhe que a estrada vinda da estação era muito bonita — e a srta. Maria riu. Disse-lhe que parecia haver ainda alguns mosquitos — e ela riu. Disse-lhe que Prospect Point estava bela como sempre — e ela riu. Se eu dissesse a ela: "Meu pai se enforcou, minha mãe tomou veneno, meu irmão está na penitenciária e eu estou nos últimos estágios da tuberculose", a srta. Maria riria. Não consegue evitar; nasceu assim, mas é algo lamentável e esquisito.

A quarta é sra. Grant. Ela é uma velhinha encantadora, mas como só fala coisas boas sobre todo mundo, os diálogos com ela são sempre desinteressantes.

E agora, sobre Jonas, Anne.

No dia em que cheguei, vi um rapaz sentado à mesa na minha frente, sorrindo como se me conhecesse desde o berço. Eu sabia quem era, pois tio Mark havia me contado que seu nome era Jonas Blake, que era um estudante de teologia de Santa Columbia e que fora encarregado da Igreja Missionária de Prospect Point durante o verão.

É um rapaz muito feio — de verdade, o rapaz mais feio que já vi. Tem uma silhueta desarticulada, com pernas absurdamente longas. Seu cabelo é loiro platinado e liso, os olhos são verdes, a boca é grande e as orelhas — bem, melhor não pensar em suas orelhas, se puder evitar.

Ele tem uma voz adorável — se você fechar os olhos, ele é adorável — e tenho certeza de que possui uma boa alma e um caráter amável.

Tornamo-nos amigos muito rápido. O fato de ele ter se formado em Redmond certamente contribuiu para nos unirmos. Fomos pescar e passear de barco juntos, e caminhamos pela areia sob o luar. Ele já não parecia tão feio sob a luz da lua, e oh, como era gentil! Exala gentileza. Com exceção da sra. Grant, as senhoras não gostam de Jonas porque ele ri e faz brincadeiras — e, claro, porque prefere estar na companhia de uma moça frívola como eu do que na delas.

Por alguma razão, Anne, não quero que ele pense que sou frívola. Isso é ridículo. Por que eu deveria me importar com o que pensa de mim um rapaz loiro chamado Jonas, que nunca vi antes?

No domingo passado, ele pregou na igreja do vilarejo. Fui ao culto, é claro, mas não conseguia convencer-me de que ele era o pregador. O fato de ser pastor — ou de que logo se tornaria um — continuava parecendo uma grande piada para mim.

Bem, Jonas pregou. E, após dez minutos de sermão, senti-me tão pequena e insignificante que pensei que ninguém conseguiria me ver a olho nu. Jonas não proferiu uma só palavra sobre mulheres e não olhou nenhuma vez para mim. Mas compreendi, naquele instante e local, que sou uma borboletinha frívola e patética, de alma vazia, digna de lástima, e quão terrivelmente diferente eu devo ser do ideal de mulher daquele rapaz. Ela deve ser sublime, forte e nobre. Ele é tão honesto, terno e genuíno! Tudo o que um pastor deveria ser. Perguntei-me como pude um dia considerá-lo feio — mas ele realmente é! — com aquele olhar inspirado e a fronte intelectual, que ficava oculta durante a semana pelo cabelo revolto.

Foi um sermão esplêndido, o qual teria gostado de continuar ouvindo para sempre, e isso me fez me sentir absolutamente miserável. Oh, eu queria ser como você, Anne!

Ele me alcançou no caminho para a hospedaria e sorriu tão alegre quanto de costume. Mas seu sorriso não me enganaria de novo. Eu tinha visto o VERDADEIRO Jonas. Pensei se um dia ele conseguiria ver a verdadeira Phil — aquela que ninguém, nem mesmo você, Anne, conseguiu ver até hoje.

"Jonas", eu disse, esquecendo-me de chamá-lo de sr. Blake. Não foi terrível? Mas há momentos em que coisas como essa não importam. "Jonas, você nasceu para ser pastor. Você não poderia ser qualquer outra coisa."

"Não, não poderia", ele respondeu, solenemente. "Tentei ser outra coisa durante muito tempo, pois não queria ser um pastor. Mas, enfim, me convenci de que essa é a missão que me foi dada e, com a ajuda de Deus, tentarei cumpri-la."

A voz dele era grave e reverente. Pensei que ele faria seu trabalho muito bem e com nobreza, e felizarda da mulher capaz pela natureza e pelo treino a ajudá-lo. Ela não seria nenhuma pluma levada por qualquer caprichoso vento de fantasia. Ela sempre saberia qual chapéu colocar. Provavelmente possuiria apenas um. Pastores nunca têm muito dinheiro. Mas ela não se importaria de ter um só chapéu, ou não ter nenhum, porque ela teria Jonas.

Anne Shirley, não se atreva a dizer, insinuar ou sequer pensar que eu me apaixonei pelo sr. Blake. Poderia eu me importar com um teólogo magro, pobre e feio chamado Jonas? Como diz o tio Mark: "É impossível! E, mais que isso, é improvável!".

Boa noite.

Phil.

P.S.: É impossível — mas tenho um medo pavoroso de ser verdade. Estou feliz, desolada e temerosa. Ele NUNCA se apaixonaria por mim, eu sei. Você acha que algum dia eu poderia me converter numa aceitável esposa de pastor, Anne? E se esperaria que eu dirigisse as orações? P.G."

XXV
O Príncipe Encantado entra em cena

— Estou ponderando sobre sair ou ficar em casa — disse Anne, enquanto fitava os distantes pinheiros do parque por uma das janelas da Casa da Patty. — Tenho uma tarde inteira disponível para o delicioso prazer de não fazer nada, tia Jimsie. Devo passá-la aqui, onde há uma lareira acolhedora, um prato cheio de maçãs, três gatos ronronantes e harmoniosos, e dois impecáveis cães de porcelana de nariz verde? Ou devo ir ao parque, onde existe a atração dos arvoredos cinzentos e da água prateada batendo contra as pedras do porto?

— Se eu fosse jovem como você, decidiria a favor do parque — respondeu tia Jamesina, cutucando a orelha amarela de Joseph com a agulha de tricô.

— Pensei que a senhora tivesse dito ser tão jovem quanto qualquer uma de nós, titia — provocou Anne.

— Sim, de espírito. Mas vou admitir que minhas pernas não são jovens como as de vocês. Vá e tome um pouco de ar fresco, Anne. Você está um pouco pálida ultimamente.

— Acho que seguirei seu conselho — concordou, inquieta. — Não estou com ânimo para os dóceis prazeres domésticos hoje. Quero sentir-me sozinha, livre e indomável. O parque estará vazio, pois todos foram à partida de futebol.

— Ora, e por que você não foi?

— "'Ninguém me convidou, senhor', disse ela".[1] Bem, ninguém além daquele detestável Dan Ranger. É claro que eu não iria a lugar algum com ele, mas para não ferir seus pobres sentimentos, aleguei não querer assistir à partida. Eu não me importo. De qualquer modo, não estou com ânimo para futebol hoje.

— Saia e tome um pouco de ar fresco — repetiu tia Jamesina —, mas leve o guarda-chuva, pois creio que vai chover. Estou atacada do reumatismo na minha perna.

— Somente as pessoas idosas deveriam ter reumatismo, tia.

— Qualquer um pode ter reumatismo nas pernas, Anne. Porém, só os idosos sofrem de reumatismo no espírito. Graças a Deus, esse eu nunca tive! Quando você tiver reumatismo no espírito, é melhor já ir escolhendo o seu caixão.

Era novembro — mês dos crepúsculos cor de carmesim, da despedida dos pássaros, dos tristes e profundos hinos do mar, das canções apaixonadas do vento entre os pinheiros. Anne vagueou pelas alamedas margeadas de pinheiros no parque e, como havia dito, deixou que os impetuosos ventos varressem a neblina de sua alma. Ela não estava habituada a se preocupar com neblinas na alma. Mas, de alguma maneira, desde que retornara a Redmond para o terceiro ano, a vida não havia refletido em seu espírito aquela clareza antiga, perfeita e cintilante.

Externamente, a vida na Casa da Patty seguia o mesmo ciclo de trabalho, estudo e recreação, como sempre. Nas noites de sexta-feira, a sala ampla e iluminada pela lareira ficava repleta de visitantes, e nela ecoavam risadas e gracejos, enquanto tia Jamesina sorria radiante para todos. O tal Jonas das cartas de

---

[1] Trocadilho com uma estrofe da canção de ninar *Where Are You Going, My Pretty Maid?*. A estrofe original é "Nobody asked you sir,' she said.", cuja tradução é "Ninguém lhe pediu, senhor', ela disse".

Phil as visitava com frequência, chegando de St. Columbia no primeiro trem e partindo no último. Era o favorito de todas na Casa da Patty, apesar de tia Jamesina balançar a cabeça, afirmando que os estudantes de Teologia não eram mais como antes.

— Ele é agradável *demais*, minha querida — disse a tia à Phil —, os pastores deveriam ser mais sérios e dignos.

— Um homem não pode rir e brincar, e ainda ser um cristão? — questionou Phil.

— Oh, os *homens*, sim. Mas eu estava falando de *pastores*, minha querida — explicou, com ar de censura. — E você não deveria flertar desse jeito com o sr. Blake... realmente não deveria.

— Não estou flertando com ele — protestou.

Ninguém acreditava nela, exceto Anne. As outras pensavam que Phil só estava se divertindo às custas do rapaz, como costumava fazer, e afirmavam categoricamente que ela estava agindo muito mal.

— O sr. Blake não é do tipo de Alec e Alonzo, Phil — disse Stella, com severidade. — Ele leva as coisas à sério. Você pode vir a magoá-lo muito.

— Você realmente acredita que eu poderia? Adoraria acreditar que sim.

— Philippa Gordon! Nunca pensei que você fosse tão insensível! A ideia de ouvi-la dizendo que adoraria partir o coração de um homem!

— Eu não disse isso, querida. Ouça-me com atenção. Eu disse que gostaria de acreditar que *poderia* partir. Adoraria saber que eu teria o *poder* de fazer isso.

— Não a compreendo, Phil. Você encoraja esse homem deliberadamente... mesmo sabendo não significar nada para você.

— Pretendo fazer com que ele me peça em casamento, se eu puder — admitiu, com calma.

— Desisto de tentar entendê-la — finalizou Stella, sem esperanças.

Gilbert as visitava ocasionalmente nas noites de sexta. Parecia sempre bem-humorado, tomava parte nos gracejos e tinha respostas espirituosas na conversa em geral. Não procurava nem evitava Anne. Quando as circunstâncias os reuniam, falava com ela de forma cortesmente agradável, como se tivessem sido recém-apresentados. A velha amizade havia desaparecido por completo. Anne lamentava muito o fato, mas dizia a si mesma que estava muito satisfeita e grata por Gilbert ter superado inteiramente seu desapontamento em relação a ela. Preocupara-se de que aquela tarde de abril no pomar tivesse deixado nele feridas terríveis, que demorariam a sarar. Agora, via que sua preocupação fora em vão. Muitos homens tinham morrido e sido devorados por vermes, mas não por amor. Gilbert, evidentemente, não estava em perigo de imediata desintegração. Desfrutava da vida, cheio de ambição e entusiasmo. Para ele, não valia a pena perder o juízo por causa de uma mulher que tinha sido honesta e fria. Enquanto ouvia as incessantes pilhérias de Gilbert e Phil, Anne se perguntava se tinha apenas imaginado aquela expressão em seu olhar, quando disse a ele que nunca poderia amá-lo.

Não faltavam rapazes que teriam ocupado com alegria o lugar que Gilbert deixara vago. Mas Anne os desprezava, sem medo nem arrependimento. Se o verdadeiro Príncipe Encantado nunca viesse, ela não se conformaria com um substituto. Reafirmou essa decisão a si própria com firmeza naquele dia cinzento no parque, enquanto soprava o vento. Repentinamente, a chuva anunciada por tia Jamesina começou a cair com extraordinária força. Anne abriu o guarda-chuva e correu colina abaixo. Ao virar na rua do porto, uma selvagem rajada de vento seguiu junto com ela.

Nesse intante, o guarda-chuva virou do avesso, e Anne agarrou-o com desespero. E então... ouviu uma voz ao seu lado.

— Perdoe-me... permita-me oferecer-lhe abrigo no meu guarda-chuva?

Anne ergueu o olhar. O estranho era alto, elegante, de porte distinto; seus olhos eram escuros, melancólicos e misteriosos; sua voz era enternecedora, musical e complacente — sim, o autêntico herói de seus sonhos estava parado bem diante dela, em carne e osso! Não poderia ser mais idêntico ao seu ideal, nem se fosse feito por encomenda.

— Obrigada — ela aceitou, confusa.

— É melhor corrermos até aquele pequeno gazebo ali adiante — sugeriu o desconhecido. — Podemos esperar por lá até esse aguaceiro terminar. Não é provável que continue chovendo forte por muito tempo.

As palavras eram bem triviais, mas oh, o tom! E o sorriso que as acompanhava! Anne sentiu seu coração bater erraticamente.

Juntos, dirigiram-se apressados até o gazebo e sentaram-se ofegantes sob o teto acolhedor. Anne empunhou seu guarda--chuva inutilizado enquanto sorria.

— Quando meu guarda-chuva virou do avesso, convenci-me de que há uma espécie de corrupção nas coisas inanimadas — disse, com humor.

As gotas de chuva cintilavam no brilhante cabelo de Anne, e os cachos soltos caíam sobre o rosto e o pescoço. As bochechas estavam coradas e seus grandes olhos resplandeciam. O companheiro a observou com admiração. Diante de seu olhar, Anne sentiu que ruborizava. Quem era ele? Ora, o distintivo branco e vermelho de Redmond estava preso em sua lapela. Pensava que conhecia, pelo menos de vista, todos os estudantes de Redmond, exceto os calouros. E este jovem cortês certamente não era um calouro.

— Vejo que somos colegas — disse ele, observando com um sorriso o distintivo de Anne. — Isso deve ser suficiente para uma apresentação. Meu nome é Royal Gardner. E você é a srta. Shirley, que leu o ensaio sobre Tennyson na Sociedade Filomática[2] na outra tarde, não é?

— Sim, mas não estou conseguindo situá-lo — ela admitiu, com franqueza. — Por favor, a qual turma *você* pertence?

— Sinto que ainda não pertenço a nenhuma. Cursei meu primeiro e segundo ano em Redmond, dois anos atrás. Mas estive passando uma temporada na Europa desde então. Agora, estou de volta para finalizar meu curso de artes.

— Esse é meu terceiro ano, também — disse Anne.

— Então somos colegas de aula, além de colegas de turma. Agora, estou conformado com a perda dos anos devorados pelos gafanhotos[3] — respondeu o acompanhante, expressando um mundo de significados com seu esplêndido olhar.

A chuva caiu sem parar por quase uma hora. Mas o tempo realmente pareceu passar voando. Quando as nuvens se abriram para dar brecha a um pálido raio de sol de novembro, que incidiu transversalmente sobre o porto e os pinheiros, Anne e seu companheiro partiram juntos para casa. Quando chegaram ao portão da Casa da Patty, Roy já havia pedido permissão para visitá-la, e tinha recebido. Anne entrou com as bochechas em chamas e o coração batendo na ponta dos dedos. Rusty, que subiu no seu colo e tentou beijá-la, encontrou uma recepção muito distraída. Com a alma cheia de emoções românticas, Anne não tinha condições de dar atenção naquele momento a um gato de orelhas rasgadas.

Naquela noite, um pacote fora deixado na Casa da Patty para a srta. Shirley. Era uma caixa contendo uma dúzia de magníficas rosas. Com impertinência, Phil agarrou o cartão que caiu da caixa e leu o nome e a citação poética escrita na parte de trás.

---

[2] Associação de pessoas que estudam e apreciam as ciências e o conhecimento. O termo "filomático" não é mais usado. As sociedades filomáticas foram muito influentes no século XIX.

[3] Referência ao Antigo Testamento (Joel, 2,25-6).

— Royal Gardner! — exclamou. — Ora, Anne, não sabia que você conhecia Roy Gardner!

— Eu o conheci no parque hoje à tarde, no meio do temporal — explicou, apressadamente. — Meu guarda-chuva virou com o vento, e ele veio ao meu resgate com o dele.

— Oh! — Phil encarou Anne com curiosidade. — E esse incidente totalmente trivial justifica o envio de uma dúzia de rosas de cabos longos, com versos tão românticos? E é razão para você enrubescer tal qual uma cândida donzela ao ler o cartão? Anne, vosso semblante a trai.

— Não fale bobagem, Phil. Você conhece o sr. Gardner?

— Conheço as duas irmãs dele e sei um pouco sobre ele, assim como qualquer pessoa que pertença à sociedade de Kingsport. Os Gardners estão entre os mais ricos e mais nobres entre os chamados *Narizazul*. Roy é adoravelmente belo e inteligente. Há dois anos, a saúde da mãe enfraqueceu e ele precisou trancar a matrícula e viajar para o exterior com ela..., o pai já é falecido. Deve ter ficado muito desapontado ao desistir de seus estudos, mas dizem que ele estava muito tranquilo. Com-quem-será-com-quem-será!, Anne! Sinto cheiro de romance. Eu quase a invejo, mas nem tanto assim. Afinal, Royal Gardner não é o Jonas.

— Sua boba! — disse Anne, com altivez. Mas, naquela noite, ela ficou acordada por muitas horas e nem teve vontade de dormir. Suas fantasias quando estava acordada eram mais fascinantes do que qualquer visão da terra dos sonhos. Será que havia chegado, enfim, o Príncipe Encantado? Relembrando aqueles gloriosos olhos escuros que fitaram os seus com profundidade, Anne sentia-se fortemente inclinada a acreditar que sim.

XXVI
Christine entra em cena

As moças da Casa da Patty estavam se arrumando para uma recepção que os alunos do penúltimo ano ofereciam aos do último, em fevereiro. Anne contemplou seu reflexo no espelho do quarto azul com uma satisfação feminina. Usava um vestido especialmente bonito que, antes, era um mero pedaço de seda creme com chiffon por cima. Mas Phil insistira em levá-lo para casa no feriado de Natal, a fim de bordar pequenos botões de rosa em todo o tecido. Os dedos de Phil eram habilidosos e o resultado foi um vestido de dar inveja a todas as jovens de Redmond. Até mesmo Allie Boone, cujas roupas vinham todas de Paris, olhava com olhos compridos para aquela confecção de botões de rosa, enquanto Anne subia a escadaria principal da faculdade.

Anne testava o efeito de uma orquídea branca em seu cabelo — Roy Gardner enviara orquídeas brancas para a recepção, e Anne sabia que nenhuma outra moça em Redmond as usaria naquela noite —, quando Phil entrou no quarto com o olhar admirado.

— Anne, esta é, com certeza, sua noite de brilhar. Em nove de cada dez noites eu consigo ofuscá-la com facilidade. Mas na décima você floresce de súbito, de tal forma que me eclipsa completamente! Como consegue?

— É o vestido, querida. Belas penas tornam belos pássaros.

— Não, não. Na última vez que flamejou em beleza, você usava o velho blusão de flanela que a sra. Lynde fez para você. Se Roy já não tivesse perdido a cabeça e o coração por você, certamente perderia esta noite. Mas não gosto do efeito das orquídeas, Anne. Não, não é inveja. Orquídeas não *combinam* com você. São exóticas demais, tropicais demais, insolentes demais. Seja como for, não as coloque no cabelo.

— Bem, não colocarei. Admito que eu mesma não gosto muito de orquídeas. Não acho que se pareçam comigo. Roy não as envia com frequência... ele sabe que gosto das flores que posso usar no dia a dia. Orquídeas são apenas para ocasiões especiais.

— Jonas me enviou alguns preciosos botões de rosa para esta noite..., mas ele mesmo não virá. Disse que tinha que liderar um grupo de oração num bairro da periferia! Acho que ele não queria vir. Anne, tenho muito medo de Jonas não gostar de mim de verdade! E estou tentando decidir se devo me consumir até morrer de desgosto ou se devo terminar meus estudos, como uma mulher competente e sensata.

— Não existe a possibilidade de você se tornar competente e sensata, Phil, então é melhor você se consumir e morrer — respondeu, impiedosa.

— Anne, sua desalmada!

— Phil, sua boba! Sabe muito bem que Jonas a ama.

— Mas... ele não me *diz* nada. E não consigo *forçá-lo* a dizer! Admito, *parece* que ele me ama. No entanto, isso de dizer-me-com-os-olhos não é uma razão muito confiável para começar a bordar guardanapos e fazer bainhas nas toalhas de mesa. Não quero começar esse trabalho até estar comprometida de verdade. Isso seria desafiar o destino.

— O sr. Blake tem medo de pedi-la em casamento, Phil. Ele é pobre e não pode lhe oferecer uma casa como a que você sempre teve. Sabe muito bem que essa é a única razão pela qual ele ainda não falou nada.

— Suponho que sim — assentiu Phil, melancólica. — Bem — acrescentou, em tom mais animado —, se *ele* não me pedir em casamento, *eu* pedirei a mão dele, e resolveremos a questão! E então tudo ficará bem. Não vou me preocupar. A propósito, Gilbert Blythe tem sido visto constantemente com Christine Stuart. Você sabia?

Anne estava tentando fechar uma delicada correntinha de ouro no pescoço. E, de repente, percebeu que o fecho era difícil de prender. *Qual era o problema* com o fecho... ou seria com seus dedos?

— Não — respondeu, parecendo não se importar. — Quem é Christine Stuart?

— A irmã de Ronald Stuart. Chegou em Kingsport nesse inverno e está estudando música. Ainda não a vi, mas dizem que ela é muito bonita e que Gilbert está bem interessado nela. Como fiquei brava quando o recusou, Anne! Mas Roy Gardner estava predestinado a você. Posso ver isso agora. Você estava certa, afinal de contas.

Anne não ruborizou como sempre ocorria quando as meninas presumiam como uma certeza seu eventual casamento com Roy Gardner. Sentiu-se imediatamente enfadada. A tagarelice de Phil parecia trivial e a recepção, um aborrecimento. Terminou por golpear as orelhas do pobre Rusty.

— Saia da almofada agora mesmo, seu gato! Por que não fica lá embaixo, no seu lugar?

Anne apanhou as orquídeas e desceu para a sala, onde tia Jamesina cuidava de uma fileira de casacos pendurados diante da lareira para aquecer. Roy Gardner esperava por Anne e provocava a Gata-Sarah. Ela não o recebia com agrado e sempre lhe dava as costas. Mas as outras habitantes da casa gostavam muito dele. Tia Jamesina, arrebatada por sua infalível e respeitosa cortesia e pelos tons suplicantes de sua agradável voz, declarava que ele era o melhor rapaz que ela já conhecera e que Anne era uma moça de muita sorte. Tais comentários a deixavam impaciente. A forma como Roy a cortejava era tão romântica quanto poderia desejar um coração feminino, mas... ela não queria que tia Jamesina e as meninas considerassem as coisas como definitivas. Quando Roy murmurou um elogio poético ao ajudá-la a vestir o casaco, Anne não enrubesceu nem estremeceu como de costume, e ele reparou que ela estava um tanto silenciosa durante a breve caminhada até Redmond. Notou que Anne parecia um pouco pálida quando saiu do guarda-volumes; entretanto, ao entrar no salão da recepção, as cores e o riso retornaram a ela de uma vez só. Virou-se para Roy com sua expressão mais alegre. O rapaz devolveu-lhe o sorriso, o qual Phil chamava de "seu profundo, sombrio e aveludado sorriso". Ainda assim, Anne simplesmente não o enxergava. Estava muito consciente de Gilbert parado debaixo das palmeiras, no outro lado do salão, conversando com uma moça que deveria ser Christine Stuart.

Ela era muito bonita. Tinha uma silhueta maravilhosa, destinada a tornar-se um pouco corpulenta quando chegasse à idade madura. Uma moça alta, com grandes olhos azuis escuros, traços suaves e um brilho escuro em seus sedosos cabelos.

"Ela tem a aparência que eu sempre quis ter", pensou Anne, sentindo-se a pessoa mais miserável do mundo. "Tez rosada como pétalas, olhos violetas como as estrelas, cabelos negros como as penas de um corvo... sim, ela possui tudo. É incrível que, nessa barganha, seu nome não seja Cordelia Fitzgerald! Mas não acho que sua figura seja tão bonita quanto a minha, e seu nariz certamente não é."

Anne sentiu um pouco de conforto ao chegar a essa conclusão.

XXVII
Confidências mútuas

Naquele inverno, o mês de março chegou como o mais submisso e gentil dos cordeirinhos, trazendo consigo dias que eram tão frescos, dourados e revigorantes que se dissipavam em um entardecer rosado e congelante, perdendo-se gradualmente num sonho encantado sob a luz do luar.

Sobre as moças da Casa da Patty recaíam as sombras das notas e avaliações de abril. Elas estudavam com afinco e até mesmo Phil se aquietou, imersa em textos e cadernos com uma tenacidade que não era normal para ela.

— Vou concorrer à bolsa Johnson em matemática — anunciou ela, com tranquilidade. — Poderia facilmente concorrer à de grego, mas optei pela de matemática para provar a Jonas que sou, de fato, muitíssimo inteligente.

— Jonas gosta mais dos seus grandes olhos castanhos e de seu sorriso assimétrico do que de toda a inteligência que você carrega debaixo desses cachos — disse Anne.

— Quando eu era jovenzinha, não era considerado de bom tom que as mulheres soubessem qualquer coisa de matemática — comentou tia Jamesina. — Mas os tempos mudaram, e não sei se a mudança foi para melhor. Você sabe cozinhar, Phil?

— Não, nunca cozinhei nada em toda a minha vida, exceto um pão de gengibre que foi um fracasso: ficou cru no centro e inflado nas bordas. Vocês bem sabem como é. Mas, titia, a senhora não acha que essa inteligência, que me permite ganhar uma bolsa de estudos em matemática, é a mesma que me ajudará a aprender a cozinhar, quando eu estiver realmente disposta a isso?

— Talvez — concordou tia Jamesina, com cautela. — Eu não desaprovo o ensino superior para mulheres. Minha filha se formou em artes, e ela também sabe cozinhar. Mas eu a ensinei a cozinhar *antes* de permitir um professor ensiná-la matemática.

Em meados de março, as jovens receberam uma carta da srta. Patty Spofford, comunicando que ela e a srta. Maria tinham decidido permanecer no exterior por mais um ano.

Desse modo, vocês podem continuar na Casa da Patty também no próximo inverno, escreveu. *Maria e eu vamos passear pelo Egito. Quero ver a Esfinge antes de morrer.*

— Imagine aquelas duas damas "passeando pelo Egito"! Pergunto-me se irão contemplar a Esfinge tricotando — riu Priscilla.

— Estou tão contente de podermos ficar na Casa da Patty por mais um ano! — exclamou Stella. — Estava com medo de elas pensarem em voltar para casa agora. Se isso acontecesse, esse nosso formoso ninho seria destruído; e nós, pobres avezinhas implumes, seríamos novamente jogadas no mundo cruel das pensões.

— Vou sair para dar uma volta pelo parque — anunciou Phil, deixando o livro de lado. — Creio que, quando chegar aos oitenta anos, ficarei contente em lembrar que saí para uma caminhada hoje à noite.

— O que quer dizer? — perguntou Anne.

— Venha comigo e eu lhe direi, querida.

Durante o passeio, puderam absorver todos os mistérios e as magias de um anoitecer de março. Era um crepúsculo muito quieto e suave, envolto em um alvo, puro e solene silêncio — que era, a despeito disso, matizado por diversos barulhinhos ressonantes, que podiam ser percebidos tanto com a alma quanto com os ouvidos. As duas andaram ao léu por uma longa passagem ladeada de pinheiros, que parecia conduzi-las diretamente ao coração de um pôr do sol avermelhado de inverno.

— Eu poderia ir para casa e escrever um poema neste abençoado minuto, se apenas soubesse como fazê-lo — declarou Phil, detendo-se numa clareira onde a luz rosada tingia as copas verdes dos pinheiros. — Tudo aqui é tão maravilhoso... essa quietude tão clara e profunda, e aquelas árvores escuras que parecem estar sempre meditando.

— "Os bosques foram os primeiros templos de Deus"[1] — citou Anne, com suavidade. — Não há como evitar o sentimento de reverência e adoração em lugares assim. Sempre me sinto mais perto de Deus quando caminho entre os pinheiros.

— Anne, sou a garota mais feliz do mundo — confessou Phil, de súbito.

— Quer dizer que o sr. Blake finalmente a pediu em casamento?

— Sim. E eu espirrei três vezes enquanto ele fazia o pedido. Não é horrível? Mas eu respondi "sim", quase sem deixá-lo terminar de perguntar; tive muito medo que ele mudasse de ideia e parasse de falar. Estou tão apaixonada e tão feliz! Não conseguia acreditar de verdade que Jonas pudesse gostar de uma criatura frívola como eu.

— Phil, você não é frívola de verdade — disse Anne, em tom muito sério. — Por trás dessa aparência leviana, você tem uma alminha querida, leal e feminina. Por que se esconde dessa maneira?

---

[1] Primeiro verso do poema "A Forest Hymm", de William Cullen Bryant (1794-1878), publicado em 1824. É considerado um dos melhores textos de Bryant e um dos melhores poemas sobre natureza da época.

— Não consigo evitar, Rainha Anne! Você está certa: não sou frívola de coração. Mas há uma espécie de capa de frivolidade sobre minha alma e não consigo me desfazer dela! Como diz a sra. Poyser, "eu teria que nascer de novo, e nascer diferente para poder mudar"[2] nesse aspecto. Mas Jonas conhece meu eu verdadeiro e me ama, com frivolidade e tudo. E eu o amo. Nunca fiquei tão surpresa em toda a minha vida como quando descobri que o amava. Nunca pensei que fosse possível se apaixonar por um homem feio. Imagine eu, com um único e solitário pretendente, e que se chama Jonas! Mas acho que vou chamá-lo de Jo. É um apelido tão fofo e viçoso! Não poderia encontrar nenhum apelido para Alonzo.

— E como estão Alec e Alonzo?

— Oh, contei a eles no Natal que nunca poderia me casar com nenhum deles. É tão engraçado, agora, recordar que eu tenha considerado isso possível, um dia. Eles ficaram tão mal que chorei mil lágrimas por ambos. Mas eu sabia que só existia um homem no mundo com quem poderia me casar. Já tinha me decidido, e dessa vez a decisão havia sido realmente fácil. É maravilhoso sentir-se segura de si mesma e saber que essa é a sua certeza, não a de outra pessoa.

— Você acha que não se arrependerá?

— De ter tomado minha decisão? Não sei, mas Jo me deu uma esplêndida regra para seguir nesses casos. Ele disse que, quando me sentir hesitante, devo fazer aquilo que me deixará contente de ter feito quando chegar aos oitenta anos. De qualquer modo, Jo é capaz de tomar decisões rápido o bastante, e seria incômodo morar sob o mesmo teto se nós dois fôssemos muito decididos.

---

[2] A sra. Poyser é um personagem do livro *Adam Bede*, primeiro romance de Mary Ann Evans sob o pseudônimo de George Eliot, publicado em 1859. A sra. Poyser é a esposa de um fazendeiro, que disfarça sua natureza gentil e generosa com uma franqueza crítica dita em voz alta.

— O que os seus pais dirão?

— Papai não dirá muita coisa. Ele acha que tudo que faço está certo. Mas mamãe *vai* falar! Oh, a língua dela vai se tornar tão Byrne quanto seu nariz! Mas, no final das contas, tudo ficará bem.

— Você terá que abandonar várias coisas com as quais está acostumada quando se casar com o sr. Blake, Phil.

— Mas eu terei *Jo*! Não sentirei falta das outras coisas. Nós nos casaremos em junho do próximo ano. Jo vai se formar em Sta. Columbia nessa primavera, você sabe. Então, ele irá assumir uma igrejinha missionária na rua Patterson, que fica num bairro pobre da periferia. Imagine eu ali! No entanto, para estar com ele, sou capaz de ir dali até as montanhas congeladas da Groelândia.

— E eis aqui a jovem que *jamais* se casaria com um homem pobre! — comentou Anne, em voz alta, como se estivesse falando com um jovem pinheiro.

— Oh, não me jogue na cara as bobagens da minha juventude! Serei tão contente na pobreza quanto tenho sido na riqueza. Você vai ver. Vou aprender a cozinhar e costurar. Aprendi a fazer compras desde que vim morar na Casa da Patty; e, certa vez, ensinei na Escola Dominical durante um verão inteiro. Tia Jamesina diz que vou arruinar a carreira de Jo, se me casar com ele. Mas isso não vai acontecer. Sei que não possuo muita sensatez ou temperança; porém, tenho algo que vale muito mais: a habilidade de fazer as pessoas gostarem de mim. Há um homem em Bolingbroke que tem ceceio. Ele não consegue falar o som de "c", e sempre dá seu testemunho nos grupos assim: *"Ze voze não pode brilhar como uma eztrela, brilhe como um caztizal."* Eu serei o pequeno castiçal de Jo.

— Phil, você é incorrigível! Bem, eu a amo tanto que nem conseguiria fazer um discursinho espirituoso para parabenizá-la. Mas alegro-me de todo o coração pela sua felicidade.

— Eu sei. Esses seus grandes olhos acinzentados transbordam a verdadeira amizade, Anne. Um dia, olharei para você da mesma forma. Você vai se casar com Roy, não vai, Anne?

— Minha querida Philippa, já ouviu falar da famosa Betty Baxter, que recusou um homem antes mesmo de ele ter olhado para ela? Não vou imitar essa famosa senhora, recusando ou aceitando alguém antes que ele olhe para mim.

— Toda Redmond sabe que Roy é louco por você — prosseguiu Phil, suavemente. — E você o *ama*, não ama, Anne?

— Eu... eu creio que sim — respondeu, com relutância. Tinha a sensação de que deveria enrubescer enquanto fizesse tal confissão. Mas não havia enrubescido. Por outro lado, sentia as bochechas queimando intensamente sempre que alguém mencionava o nome de Gilbert Blythe ou Christine Stuart em sua presença. Esse casal não significava nada para ela, absolutamente nada. Mas Anne desistira de tentar analisar a razão de seu rubor. No que se referia a Roy, é claro que estava apaixonada por ele... loucamente. Como poderia evitar? Não era ele seu homem ideal? Quem poderia resistir àqueles gloriosos olhos escuros, àquela voz suplicante? Ela não era furiosamente invejada por mais da metade das moças de Redmond? E o que dizer do adorável soneto que Roy lhe enviara em seu aniversário, junto com uma caixa de violetas? Anne sabia cada palavra de cor. Era um poema muito bom em seu gênero. Não era bem ao nível de Keats ou Shakespeare — nem mesmo Anne estava tão cegamente apaixonada a ponto de pensar isso. Mas eram versos muito lindos, ao estilo daqueles publicados nos periódicos. E eram dedicados a *ela* — não a Laura, ou Beatrice, ou a Dama de Atenas,[3] mas a ela, Anne Shirley. Para ser declarado em cadências rítmicas que seus

---

[3] Referência ao poema "Maid of Athens, ere we part", ("Donzela de Atenas, antes de nos separarmos") de Lord Byron, escrito em 1810 e dedicado a uma jovem de Atenas.

olhos eram estrelas da manhã; que suas faces possuíam as cores roubadas do amanhecer; que seus lábios eram mais vermelhos do que as rosas do Paraíso — tudo profundamente romântico. Gilbert nunca sonharia em escrever um soneto destacando suas sobrancelhas. Mas Gilbert tinha senso de humor. Certo dia, ela havia tentado contar uma história divertida a Roy e ele não conseguiu entender qual era a graça. Lembrou-se das amigáveis gargalhadas que partilhara com Gilbert quando lhe contou a mesma história e questionou-se, inquieta, se a vida junto a um homem que não tinha senso de humor não se tornaria enfadonha a longo prazo. Mas quem poderia esperar que um herói melancólico e inescrutável percebesse o aspecto humorístico das coisas? Seria absolutamente ilógico.

XXVIII
Uma tarde de junho

— Pergunto-me como seria viver num mundo onde fosse sempre junho — disse Anne, ao subir os degraus da porta da frente, vinda do perfumado e florescido pomar envolto no crepúsculo. Marilla e a sra. Lynde estavam sentadas ali, conversando sobre o funeral da sra. Samson Coates, ao qual tinham ido naquele dia. Dora, sentada entre elas, estudava diligentemente suas lições. Davy, no entanto, estava sentado de pernas cruzadas no gramado, aparentando estar triste e deprimido, como se sua única covinha o tivesse abandonado.

— Você ficaria cansada de um mundo assim — comentou Marilla, com um suspiro.

— Acho que sim. Mas, neste momento, sinto que levaria muito tempo para me cansar dele, se tudo fosse tão encantador quanto o dia de hoje. Tudo à nossa volta ama o mês de junho. Davy, querido, por que você está com essa carinha melancólica típica de novembro nessa estação das flores?

— Estou apenas enjoado e cansado de viver — respondeu o pequeno pessimista.

— Com dez anos? Puxa vida, que tristeza!

— Não estou brincando! — retrucou Davy, demonstrando seriedade — Estou des-des-desesperançado — prosseguiu, soltando a comprida palavra com grande esforço.

— Por que e para quê? — perguntou Anne, sentando-se ao lado do garoto.

— Porque a nova professora que chegou para substituir o sr. Holmes, que ficou doente, me deu dez contas de somar para fazer até segunda-feira. Amanhã vou levar o dia inteiro para fazer isso! Não é justo ter que fazer dever de casa aos sábados. Milty Boulter falou que não ia fazer nada, mas Marilla disse que eu sou obrigado a fazer. Não gosto nem um pouco da srta. Carson.

— Não fale assim de sua professora, Davy Keith! — ralhou a sra. Lynde, com severidade. — A srta. Carson é uma moça muito agradável. Não tem a cabeça cheia de tolices.

— Isso não parece muito animador — sorriu Anne. — Gosto que as pessoas tenham um pouco de tolices. Mas estou inclinada a ter uma opinião melhor da srta. Carson do que você. Eu a vi na reunião de oração ontem à noite, e ela tem um par de olhos que não são sempre tão sensatos. Agora, Davy, querido, tenha ânimo! O amanhã trará um novo dia e eu o ajudarei com o dever de matemática, tanto quanto for possível. Não desperdice essa adorável luz do crepúsculo preocupando-se com suas continhas.

— Bom, então tá! — exclamou Davy, animando-se. — Se você me ajudar com as contas, vou conseguir terminar tudo a tempo de ir pescar com Milty. Que pena que o funeral da velha tia Atossa tenha sido hoje, em vez de amanhã! Eu gostaria de ter ido porque Milty contou que a mãe dele garantiu que a tia Atossa ia se sentar no caixão e falar coisas sarcásticas sobre as pessoas presentes para vê-la ser enterrada. Mas Marilla falou que ela não fez nada disso.

— A pobre Atossa jazia em paz em seu ataúde — disse a sra. Lynde, de forma solene. — Nunca a vi com o semblante tão tranquilo, isso sim! Bem, não foram derramadas muitas lágrimas por sua partida, pobre alma! A família de Elisha Wright estava agradecida por se livrar dela, e não posso dizer que os culpo nem um pouquinho.

— Parece-me uma coisa terrível deixar esse mundo e não ter uma única pessoa lamentando sua partida — comentou Anne, estremecendo.

— Com exceção dos pais, ninguém amou a pobre Atossa, nem mesmo o marido! Isso é certo! — afirmou a sra. Lynde.

— Ela foi a quarta esposa dele. Era como se o homem tivesse o hábito de se casar. Viveu só uns poucos anos depois de se casar com ela. O médico disse que ele morreu de dispepsia, mas sempre pensarei que ele morreu envenenado pela língua de Atossa, isso sim! Pobre alma, sempre sabia detalhes da vida dos vizinhos, mas nunca conheceu muito bem a si mesma. Bem, de qualquer maneira, agora ela se foi, e eu presumo que o próximo grande acontecimento será o casamento de Diana.

— Parece engraçado e horrível pensar em Diana se casando — suspirou Anne, enquanto abraçava os joelhos e olhava na direção da clareira da Floresta Mal-Assombrada, para a luz cintilante na janela do quarto de Diana.

— Não entendo o que há de horrível nisso, não quando ela está se casando tão bem — criticou a sra. Lynde, com ênfase. — Fred Wright é dono de uma ótima fazenda e é um modelo de rapaz.

— Ele com certeza não é o rapaz selvagem, elegante e malvado com quem Diana um dia quis se casar — sorriu Anne. — Fred é extremamente bondoso.

— Ele é exatamente o que deveria ser. Você queria que Diana se casasse com um homem malvado? Ou você se casaria com um que fosse assim?

— Oh, não! Não gostaria de me casar com ninguém que fosse malvado, mas acho que gostaria que ele *pudesse* ser, mas *não fosse*. Ora, Fred é *irremediavelmente* bondoso.

— Espero que um dia você seja mais sensata — disse Marilla.

Marilla soou um pouco amarga em sua declaração. Sentia-se dolorosamente desapontada. Ela ficou sabendo que Anne recusara Gilbert Blythe. As fofoqueiras de Avonlea cochichavam a respeito, e ninguém sabia como o assunto chegara aos ouvidos de todos. Talvez Charlie Sloane tivesse presumido alguma coisa e espalhado suas suposições como fatos. Talvez Diana tivesse confiado o segredo a Fred, e ele tivesse sido indiscreto.

De qualquer forma, era fato conhecido. A sra. Blythe não mais perguntava a Anne, em público ou em privado, se ela recebera notícias de Gilbert ultimamente, e a saudava com frieza quando se cruzavam. Anne, que sempre tivera muito apreço pela alegre e jovial mãe de Gilbert, sofria em silêncio por essa atitude. Marilla não disse nada, mas a sra. Lynde lançou várias ironias exasperadas sobre o assunto, até novas fofocas chegarem aos ouvidos da valorosa senhora, por intermédio da mãe de Moody Spurgeon MacPherson, que diziam que Anne tinha *outro* pretendente na universidade, rico, bonito e admirável, tudo em um só rapaz. Depois disso, a sra. Lynde segurou a língua, ainda que no recôndito mais profundo de seu coração continuasse a desejar que Anne tivesse aceitado Gilbert. A riqueza é muito boa, mas nem mesmo a alma prática da sra. Lynde a considerava essencial. Se Anne gostasse *mais* do Charmoso Desconhecido do que de Gilbert, não restava nada a ser dito, mas a sra. Lynde temia que ela cometesse o terrível erro de se casar por dinheiro. Marilla conhecia Anne muito bem para compartilhar esse tipo de temor, mas sentia que algo terminara muito mal no esquema universal das coisas.

— O que tiver de ser, será — sentenciou a sra. Lynde, com tristeza — e o que não tem de ser acontece algumas vezes. E eu não consigo deixar de acreditar que é o que vai acontecer no caso de Anne, se a Providência não interferir, isso sim! — suspirou. Receava que a Providência não interferisse, e ela, de sua parte, não ousaria fazê-lo.

Anne tinha ido dar uma volta pela Brota da Dríade e estava enroscada entre as samambaias, sentada na raiz da grande bétula branca onde ela e Gilbert costumavam se sentar tantas vezes, em outros verões. Quando terminou o período das aulas, ele tornou a ir para o escritório do Daily News, e Avonlea parecia muito enfadonha sem ele. Gilbert nunca mais lhe escrevera, e Anne sentia falta das cartas que não chegavam. Roy, por outro lado, escrevia duas vezes por semana, e suas cartinhas eram refinadas composições dignas de serem publicadas num livro de memórias ou numa biografia. Quando lia suas palavras, Anne sentia-se ainda mais profundamente apaixonada por ele; mas seu coração jamais dera o estranho, rápido e doloroso pulo ao receber suas cartas como no dia em que a sra. Hiram Sloane lhe entregou um envelope, no qual reconheceu a caligrafia vertical de Gilbert. Ela correu para Green Gables, refugiou-se em seu quartinho e abriu ansiosamente o envelope — e encontrou a cópia datilografada de um folheto ilustrativo de alguma atividade da universidade. Só isso e nada mais. Anne atirou o inocente folheto no chão e sentou-se para escrever uma epístola especialmente carinhosa para Roy.

O casamento de Diana seria dentro de cinco dias. A casa cinza da Ladeira do Pomar estava um rebuliço de assados, preparações, fervuras e cozidos, pois haveria ali uma grande festa que entraria para a história. Anne, é claro, seria a dama de honra, como fora combinado quando tinham doze anos, e Gilbert viria de Kingsport para ser o padrinho. Anne desfrutava da animação dos muitos preparativos, mas carregava uma dorzinha no fundo do coração. De certo modo, ela estava perdendo sua querida e velha companheira. A nova casa de Diana ficava a cerca de três quilômetros de Green Gables, e o antigo e constante companheirismo que as unia nunca mais seria o mesmo. Anne olhou para a luz no quarto de Diana e pensou no que ela significara durante tantos anos. Mas, em breve, essa luz já não brilharia mais nos fins de tarde de verão. Duas grandes e dolorosas lágrimas rolaram de seus olhos acinzentados.

"Oh!", pensou. "Como é horrível que as pessoas tenham que crescer... se casar... e *mudar*!"

XXIX
O casamento de Diana

— Afinal, as únicas rosas verdadeiras são as cor-de-rosa — disse Anne, ao atar uma fita de cetim branco ao redor do buquê de Diana no quarto voltado para a esquerda, na Ladeira do Pomar. — Elas são as flores do amor e da confiança.

A nervosa Diana estava em pé no meio do quarto, toda arrumada dentro de seu vestido branco nupcial, os negros cachos cobertos pelo véu de noiva. A própria Anne tinha drapeado o véu, de acordo com o pacto sentimental firmado entre elas tantos anos atrás.

— Está tudo mais ou menos como imaginei no passado, quando chorava diante da ideia do seu inevitável casamento e de nossa consequente separação — riu Anne. — Você é a noiva dos meus sonhos, Diana, com seu "adorável e enevoado véu", e eu sou sua dama de honra. Mas, ai de mim! As mangas do meu vestido não são bufantes... embora essas mangas curtas de renda sejam ainda mais bonitas. Meu coração não está destroçado por inteiro nem odeio exatamente o Fred.

— Não estamos nos separando de verdade, Anne — protestou Diana. — Não estou indo para muito longe. E vamos continuar tendo o mesmo amor uma pela outra, como antes.

Sempre nos mantivemos fiéis àquele juramento de amizade que fizemos tanto tempo atrás, não é mesmo?

— Sim. Nós cumprimos fielmente nosso juramento. Vivenciamos uma linda amizade, Diana! Nunca a prejudicamos com brigas, indiferença ou palavras rudes, e espero que continuemos sempre assim. Mas as coisas não podem seguir sendo as mesmas depois de hoje. Você terá outros interesses, e eu ficarei de fora. Mas, assim é a vida, como diz a sra. Lynde. Ela lhe deu de presente uma de suas amadas colchas de tricô com listras cor de tabaco, e ela sempre diz que, quando eu me casar, irá me dar uma também.

— O ruim é que, quando você se casar, não poderei ser sua dama de honra — lamentou Diana.

— Serei a dama de Phil em junho do ano que vem, quando ela se casar com o sr. Blake, e então devo parar, pois você conhece o ditado: "três vezes dama, nunca noiva" — disse Anne, espiando pela janela o branco e rosa do pomar que florescia abaixo. — Aí vem o pastor, Diana.

— Oh, Anne — ela murmurou, empalidecendo repentinamente e começando a tremer. — Oh, Anne... estou tão nervosa... não consigo suportar... Anne, sei que vou desmaiar!

— Se você desmaiar, vou arrastá-la até o tonel de água da chuva e jogá-la lá dentro — prometeu a insensível Anne. — Anime-se, querida! O casamento não deve ser tão terrível, se considerarmos quantas pessoas sobrevivem à cerimônia. Veja quão tranquila e serena eu estou, e siga meu exemplo.

— Espere até chegar sua vez, srta. Anne! Oh, Anne, ouço os passos do meu pai subindo as escadas! Meu buquê? Onde está? O véu está no lugar? Estou muito pálida?

— Você está adorável. Di, querida, me dê um beijo de despedida pela última vez. Diana Barry nunca mais me beijará.

— Mas Diana Wright, sim. Mamãe está chamando. Vamos.

Seguindo um simples e antigo costume que estava na moda, Anne se dirigiu até a sala de braço dado com Gilbert. Encontraram-se no topo da escadaria pela primeira vez desde que haviam partido de Kingsport, pois Gilbert só chegou naquele mesmo dia. Saudaram-se com um aperto de mão muito cortês. Aparentava estar ótimo, apesar de, Anne notara no mesmo instante, um pouco magro. Não estava pálido; havia um rubor em seu rosto que se intensificou quando Anne se dirigiu a ele pelo corredor, exibindo um fascinante vestido branco e lírios-do-vale combinando com as brilhantes mechas de seu cabelo. A aparição dos dois juntos na sala repleta de convidados foi recebida com um breve murmúrio de admiração.

— Que lindo casal eles formam — sussurrou a impressionável sra. Lynde para Marilla.

Fred fez sua entrada sozinho, com o rosto muito corado, e então Diana entrou de braço dado com o pai. Ela não desmaiou e nada desagradável ocorreu para interromper a cerimônia. Em seguida, um banquete e uma linda festa sucederam a celebração. E então, ao anoitecer, Fred e Diana partiram para seu novo lar sob a luz da lua, e Gilbert acompanhou Anne até Green Gables.

Alguma coisa da antiga camaradagem deles havia retornado durante a alegria informal daquela tarde. Oh, como era bom voltar a percorrer o bem conhecido trajeto na companhia de Gilbert!

A noite estava tão silenciosa que era provável que desse para ouvir o sussurro das rosas desabrochando... a risada das margaridas... o burburinho da relva... as inúmeras vozes doces, todas interligadas. A beleza do luar nos campos conhecidos irradiava o mundo.

— Quer dar uma volta pela Alameda dos Namorados antes de entrar? — perguntou Gilbert, quando cruzavam a ponte sobre o Lago das Águas Cintilantes, onde o reflexo da lua mais parecia uma grande flor dourada e submersa.

Anne concordou imediatamente. A Alameda dos Namorados parecia um autêntico caminho para a terra das fadas naquela noite — um lugar cintilante, misterioso e cheio de magia, tecido sob o encantamento branco da luz do luar. Houve um tempo em que tal passeio com Gilbert por esse local teria sido perigoso demais. Mas Roy e Christine haviam tornado tudo seguro agora. Enquanto conversava amenidades com Gilbert, Anne surpreendeu-se diversas vezes pensando em Christine. Encontrara a moça com frequência antes de partir de Kingsport, e tinha sido muito delicada com ela. Christine também fora extremamente doce. De fato, as jovens foram bastante cordiais uma com a outra. Ainda assim, o conhecimento mútuo não se tornara uma amizade. Evidentemente, Christine não era uma alma gêmea.

— Vai ficar em Avonlea durante todo o verão? — perguntou Gilbert.

— Não. Na semana que vem estou indo para Valley Road, no leste. Esther Haythorne quer que eu a substitua para lecionar durante julho e agosto. Eles têm um período de aulas de verão na escola, e Esther não está bem de saúde. Então, vou substituí-la. De certa forma, não me importo. Estou começando a me sentir um pouco como uma estranha em Avonlea agora, sabe? Isso me deixa muito triste..., mas é verdade. É aterrador ver como em apenas dois anos as crianças se tornaram rapazes e moças, jovens homens e mulheres. Metade dos meus alunos já cresceu. Sinto-me demasiadamente velha quando os vejo tomarem os lugares que você, eu e nossos companheiros costumávamos ocupar.

Anne riu e suspirou. Sentia-se muito velha, madura e sábia, o que demonstrava quão jovem ela era de fato. Dizia a si mesma que ansiava muitíssimo em voltar àqueles estimados dias felizes, quando a vida era vista através da rosada neblina de esperança e ilusão, e possuía aquela coisa indefinida, que agora não existia mais. Onde estavam, agora, a glória e o sonho?

— "Assim o mundo anda para a frente"[1] — citou Gilbert, prático e um tanto distraído. Anne perguntou-se se ele estava pensando em Christine. Oh, Avonlea ficaria tão solitária agora... com a partida de Diana!

---

[1] Citação do poema "So Wags the World", de Ellen Mackay Hutchinson (1851-1933), publicado no livro *Songs and Lyrics*, em 1881. Hutchinson foi uma poeta e editora literária do *New-York Tribune*, responsável por coeditar uma coleção inestimável na época sobre literatura americana, intitulado "A Library of American Literature".

XXX
O romance da sra. Skinner

Anne desceu do trem na estação de Valley Road e olhou ao redor para ver se alguém tinha ido recebê-la. Iria hospedar-se com uma tal srta. Janet Sweet, mas não viu ninguém que correspondesse minimamente à ideia que tinha feito dela como descrita na carta de Esther. A única pessoa à vista era uma senhora de mais idade sentada numa charrete, rodeada por pilhas de maletas de correspondência espremidas à sua volta. Noventa quilos seria uma suposição generosa sobre seu peso. Seu rosto era redondo e avermelhado como a lua cheia e quase com a mesma ausência de traços. Usava um vestido apertado de casimira preta, feito conforme a moda de dez anos atrás, e um empoeirado chapeuzinho de palha preto, com laços de fita amarela e renda preta desbotada.

— Ei, moça! — gritou, enquanto agitava seu chicote na direção de Anne. — A senhorita é a nova professora de Valley Road?

— Sim.

— Bem, achei que era! Valley Road se destaca pelas professoras bonitas, assim como Millersville pelas feias. A Janet Sweet me perguntou hoje de manhã se eu podia buscar a senhorita. Eu disse: "Posso sim, se ela não se importar com as sacudidelas!". Esta minha carroça é pequena para as bolsas dos correios, e eu sou bem mais gorda que o Thomas! Espere um pouco, moça, até que eu arrume todas essas sacolas, daí vou enfiar a senhorita aqui em cima como puder. É só um pouco mais de três quilômetros até a casa da Janet. O empregado do vizinho dela vai vir buscar o seu baú hoje à noite. Meu nome é Skinner. Amelia Skinner.

Por fim, Anne foi *enfiada* na charrete do jeito que deu, sorrindo para si mesma e divertindo-se durante o processo.

— Vamos lá, Pantera! — comandou a sra. Skinner, segurando as rédeas da égua nas rechonchudas mãos. — Essa é a minha primeira jornada pela rota de entrega dos correios. O Thomas queria capinar os nabos hoje, então me pediu para vir no lugar dele. Então, eu só me sentei aqui, peguei uma merenda e saí em disparada! Até que gostei. Mas, claro, é meio aborrecido. Metade do tempo eu fico sentada pensando, e o resto do tempo só fico sentada. Vamos lá, pretinha! Eu quero chegar cedo em casa! O Thomas se sente terrivelmente sozinho quando estou fora. A gente não se casou há muito tempo, sabia?

— Oh — murmurou Anne, com educação.

— Faz só um mês, embora o Thomas tenha me cortejado por um longo tempo. Foi muito romântico! — e Anne tentou imaginar a sra. Skinner falando em termos de romance, mas não conseguiu.

— Oh? — murmurou novamente.

— Sim. Veja bem, tinha outro homem atrás de mim. Vamos lá, pretinha! Eu fiquei viúva por tanto tempo que as pessoas do povoado desistiram de esperar eu me casar de novo. Mas quando a minha filha... ela é professora que nem a senhorita... foi pro oeste para lecionar, eu me senti muito sozinha e não me assustou a ideia de me casar outra vez. Nesse meio tempo, o Thomas começou a me visitar, e o outro homem também... William Obadiah Seaman, esse era o nome dele. Passou muito tempo, e eu não conseguia me decidir qual dos dois escolher, e eles continuavam vindo e vindo, e eu comecei a ficar preocupada. Veja bem, W.O. era rico... ele tinha uma casa boa e vivia em grande estilo. Ele era, de longe, a melhor escolha. Vamos lá, pretinha!

— Por que a senhora não se casou com ele? — perguntou Anne.

— Ora, veja bem, ele não me amava — respondeu a sra. Skinner, de forma solene.

Anne encarou a sra. Skinner com olhos arregalados. Mas não tinha nem um pingo de humor no semblante daquela senhora. Evidentemente, a sra. Skinner não via nada de engraçado em suas peripécias.

— Estava viúvo há três anos, e era a irmã dele quem cuidava da casa para ele. Então, ela se casou e ele precisava de uma mulher para ficar no lugar dela. Até que valia a pena, isso eu posso garantir. Era uma bela casa. Vamos lá, pretinha! Com relação ao Thomas, ele era pobre, e tudo que se podia dizer da casa dele é que não gotejava em tempo seco, apesar de ser muito pitoresca. Mas eu amava o Thomas e não gostava nem um pouquinho do W.O., sabia? Então eu ponderei comigo mesma: "Amelia Crowe", eu disse, o sobrenome do meu primeiro marido era Crowe, "você até pode se casar com o rico, mas não vai ser feliz. As pessoas não conseguem se dar bem nesse mundo sem uma pitadinha de amor. É melhor você se amarrar com o Thomas, já que ele ama você e você o ama, e acabe logo com isso!" Vamos lá, pretinha! Então eu disse "sim" ao Thomas. Durante todo o tempo da preparação para o casório, eu nem me atrevia a passar perto da bela casa de W.O. porque eu tinha medo de a visão da casa me fazer mudar de ideia. Mas agora eu nunca penso nisso e estou feliz e confortável com o Thomas. Vamos lá, pretinha!

— E como William Obadiah recebeu a notícia? — indagou Anne.

— Oh, ele se alvoroçou um bocado! Mas agora está visitando uma solteirona magrela de Millersville, e eu acho que ela vai aceitar o pedido sem demora. Ela vai ser uma esposa melhor do que a primeira. O W.O. nunca quis se casar com ela. Só fez o pedido porque o pai dele mandou, achando que ela ia dizer *"não"*. Mas imagine a senhorita, ela disse *"sim"*! Pense no dilema. Vamos lá, pretinha! Ela era uma boa dona de casa, mas era muito mesquinha. Usou o mesmo chapéu por dezoito anos! Aí ela comprou um novo, e o W.O. a encontrou na estrada e não reconheceu a própria esposa! Vamos lá, pretinha! Eu sinto que escapei de entrar numa esparrela. Se eu tivesse me casado com esse homem, teria sido infeliz demais, que nem a minha pobre prima Jane Ann. Jane Ann se casou com um ricaço, mas ela não sentia amor por ele e agora vive uma vida de cão. Ela veio me visitar na semana passada e me disse: "Amelia Skinner, eu tenho inveja de você. Eu preferiria viver numa choupana à beira da estrada, com um homem de quem eu gostasse, do que na minha mansão com o marido que tenho". O marido da Jane Ann não é tão ruim, mas ele gosta tanto de ser do contra, que usa um casaco de pele quando o termômetro está marcando quarenta graus! E o único jeito de conseguir alguma coisa dele é adulando para ele fazer o oposto! Mas não existe amor entre eles, para suavizar as coisas, e essa é uma maneira muito triste de viver. Vamos lá, pretinha! Lá está a casa da Janet, ali no vale, Wayside, é como ela chama o lugar. Bem pitoresco, não é mesmo? Acho que a senhorita vai ficar contente de descer daqui, com todas essas bolsas amontoadas à sua volta.

— Sim, mas adorei o passeio com a senhora — respondeu Anne, com sinceridade.

— Ah, veja o que a senhorita me disse agora! — exclamou a sra. Skinner, sentindo-se muito lisonjeada. — Espere até eu contar ao Thomas! Ele sempre fica muito feliz quando eu recebo um elogio. Vamos lá, pretinha! Bem, aqui estamos. Espero que a senhorita se dê bem na escola. Atrás da casa da Janet tem um atalho para lá, pelo pântano. Se a senhorita for por aquele caminho, tome muitíssimo cuidado! Se pisar no barro preto, pode ficar presa, e ele vai sugar a senhorita para baixo e nunca mais ninguém vai vê-la ou encontrá-la até o Dia do Juízo Final, que nem aconteceu com a vaca do Adam Palmer. Vamos lá, pretinha!

XXXI
De Anne para Philippa

Anne Shirley para Philippa Gordon,
Saudações!

Bem, querida, estava mais do que na hora de escrever para você. Aqui estou, trabalhando mais uma vez como professora de uma escola rural, em Valley Road, hospedada em Wayside, o lar da srta. Janet Sweet. Janet é um encanto de pessoa e tem uma aparência muito agradável: alta, mas não muito; meio robusta, mas com um perfil que sugere uma alma moderada, que não será demasiadamente extravagante nem mesmo na questão do sobrepeso.

Tem um emaranhado de cabelos crespos e castanhos com uma mecha grisalha, um rosto alegre com bochechas rosadas e grandes olhos gentis, azuis como a flor não-me-esqueças. Ademais, é uma daquelas adoráveis cozinheiras à moda antiga, que não se importa nem um pouco em lhe causar indigestão, desde que possa empanturrá-la de comidas gordurosas.

Eu gosto dela, e ela de mim — principalmente, segundo me parece, porque ela teve uma irmã chamada Anne, que morreu ainda jovem.

— Fico muito feliz em vê-la — disse ela, abruptamente, quando desembarquei em seu quintal. — Meu Deus, a senhorita não se parece em nada com o que imaginei! Tinha certeza de que seria morena... como era minha irmã. E aqui está a senhorita, ruivinha!

Durante alguns minutos, pensei que não iria gostar de Janet tanto quanto esperava à primeira vista. Então, lembrei-me de que deveria ser bem mais sensata, ao invés de ter preconceitos contra qualquer pessoa, apenas por dizerem que meu cabelo é ruivo. Provavelmente as palavras "castanho avermelhado" nem fazem parte do vocabulário de Janet.

Wayside é um lugarzinho encantador. A casa é branca e minúscula, localizada num pequenino e admirável vale, afastado da estrada. Entre a estrada e a casa existe um pomar e um jardim florido, tudo misturado. A trilha até a porta da frente é limitada dos dois lados por conchas do mar arredondadas — "patas de vaca", como Janet as chama. Há uma trepadeira de folhagem avermelhada sobre o pórtico e musgo no telhado. Meu quarto é um cantinho asseado, contíguo à sala de visitas — onde cabem somente a cama e eu. Acima da cabeceira da minha cama há uma pintura de Robby Burns ao lado do túmulo de Highland Mary,[1] à sombra de um enorme salgueiro-chorão. O rosto de Robby é tão lúgubre que não me admira ter pesadelos. Ora, na primeira noite em que dormi aqui, sonhei que não conseguia rir!

A sala é pequenina e bem-arrumada. A única janela é bastante sombreada pelos frondosos ramos de um salgueiro a ponto de fazer com que o aposento tenha a penumbra verde-esmeralda de uma gruta. As cadeiras possuem maravilhosos estofados e há tapetes de cores alegres sobre o piso; numa mesa redonda, há livros e cartas cuidadosamente organizados. Sobre a cornija da lareira, há vasos com gramíneas secas — e, entre eles, uma alegre decoração de placas de caixões[2] preservadas... cinco ao todo,

---

[1] Referência a Mary Campbell (1763-86), musa de muitos poemas do escritor escocês Robert Burns (1759-96).
[2] Objetos decorativos fixos no ataúde, que contêm diversas inscrições, como o nome e a data do falecimento da pessoa ou simples palavras de ternura.

que correspondem respectivamente aos pais de Janet, um irmão, sua irmã Anne e um empregado que morreu por aqui. Se, um dia desses, eu enlouquecer repentinamente, "saibam todos, pelo presente instrumento particular" que a culpa é daquelas placas.

Entretanto, tudo é bastante agradável, eu disse isso a Janet. Ela se afeiçoou a mim por causa disso, do mesmo jeito que detestou a pobre Esther, que se atreveu a dizer que o excesso de sombra não é uma coisa higiênica e recusou-se a dormir em um colchão de penas. Ora, eu me sinto glorificada quando durmo em colchões de penas, e quanto mais anti-higiênicos e plumosos forem, mais eu os adoro! Janet disse gostar de me ver comer. Tinha um grande medo de que eu fosse igual à srta. Haythorne, que não comia nada além de frutas e água quente no café da manhã e tentava fazer com que Janet renunciasse às frituras. Esther é uma jovem verdadeiramente adorável, mas é cheia de manias. O problema é que ela não possui muita imaginação e tem tendência a sofrer de indigestão.

Janet me disse que eu poderia usar a sala para receber a visita de algum rapaz! Não creio que existam muitos por aqui para me visitar. Ainda não vi nenhum em Valley Road, exceto o empregado do vizinho — Sam Tolliver, um jovem loiro, muito alto e magro. Ele veio num fim de tarde esses dias, e ficou sentado durante uma hora na cerca do jardim, perto da varanda da frente, onde Janet e eu estávamos costurando. Os únicos comentários que ele fez voluntariamente foram: "Qué uma balinha de hortelã, sinhorinha? As balinha é bem boa pra catarro, por causa das hortelã" e "Que baita matagal tá aqui, hein? Arre!".

Mas há um romance acontecendo por aqui. Parece que a minha sina é estar relacionada, de forma mais ou menos ativa, a romances entre casais mais maduros. O sr. e a sra. Irving sempre afirmam ter sido eu quem arranjou o casamento deles. A sra. Stephen Clark, de Carmody, persiste em sua absoluta gratidão para comigo devido à uma sugestão que qualquer outra pessoa poderia ter dado em meu lugar. Todavia, eu realmente acredito que Ludovic Speed nunca teria avançado além de um plácido namorico se eu não tivesse ajudado a ele e Theodora Dix.

No romance atual, sou meramente uma espectadora passiva. Uma vez, tentei ajudar as coisas a andarem e só consegui armar a maior confusão! Então, não devo voltar a me intrometer. Contarei todos os detalhes quando nos encontrarmos.

XXXII
Chá com a sra. Douglas

Na noite da primeira quinta-feira após sua chegada a Valley Road, Janet convidou Anne para acompanhá-la à reunião do grupo de oração. Janet floresceu feito uma rosa para ir à tal reunião. Usava um vestido de musselina azul-pálido, salpicado de amores-perfeitos bordados e com mais babados do que jamais se poderia esperar da econômica Janet, e um chapéu branco de palha trançada, enfeitado com rosas e três penas de avestruz. Anne teve uma enorme surpresa ao vê-la. Mais tarde, descobriu o motivo de Janet arrumar-se daquela maneira... um motivo tão antigo quanto o Jardim do Éden.

As reuniões do grupo de oração de Valley Road pareciam ser essencialmente femininas. Estavam presentes trinta e duas mulheres, dois moços e um homem solitário, além do pastor. Quando se deu conta, Anne estava analisando esse homem. Ele não era bonito nem jovem ou gracioso. Tinha as pernas notavelmente longas — tão longas que era preciso mantê-las encolhidas embaixo da cadeira — e os ombros curvados. As mãos eram grandes, e tanto os cabelos quanto o bigode precisavam dos cuidados de um barbeiro. Mas Anne gostou do semblante dele, que expressava gentileza, honestidade e ternura; e também havia algo mais — algo que Anne achou difícil de definir. Ela, por fim, concluiu que aquele homem tinha sofrido e se mantido forte, e isso estava estampado em seu rosto. Em sua expressão havia um tipo de resignação paciente e divertida, indicando que poderia chegar às situações mais extremas se fosse necessário, mas que continuaria parecendo simpático até realmente começar a se aborrecer.

Ao término da reunião, esse cavalheiro aproximou-se de Janet e disse:

— Permite-me acompanhá-la até sua casa, Janet?

Ela tomou o braço dele, "tão afetada e tímida quanto uma mocinha de dezesseis anos sendo acompanhada pela primeira vez", como Anne relatou às meninas da Casa da Patty, algum tempo depois.

— Srta. Shirley, permita-me apresentá-la ao sr. Douglas — ela disse, com cerimônia.

O sr. Douglas assentiu e comentou:

— Estive olhando a senhorita durante a reunião e pensando que adorável jovenzinha a senhorita é.

Noventa e nove pessoas entre cem teriam incomodado Anne amargamente se tivessem dito essas palavras, mas o tom usado pelo sr. Douglas a fez sentir que havia recebido um elogio muito verdadeiro e sincero. Ela sorriu de forma agradecida para ele, e seguiu-os com amabilidade pela estrada iluminada pela luz do luar.

Então Janet tinha um pretendente! Anne estava encantada. Janet seria uma esposa exemplar — alegre, econômica, tolerante e a própria rainha das cozinheiras! Seria um vergonhoso desperdício da Natureza se ela ficasse solteira para sempre.

— John Douglas pediu-me que a levasse para conhecer a mãe dele — Janet anunciou, no dia seguinte. — Ela passa a maior parte do tempo na cama e nunca sai de casa. Mas gosta muitíssimo de ter companhia e sempre quer conhecer minhas pensionistas. Você pode ir esta tarde?

Anne concordou. Porém, mais tarde naquele mesmo dia, o sr. Douglas veio pessoalmente fazer o convite em nome da mãe, para ambas irem tomar o chá com ela no sábado à tarde.

— Oh, por que não usa aquele seu lindo vestido bordado? — perguntou Anne, quando saíram de casa. Era um dia quente, e a pobre Janet, entre a empolgação e o pesado vestido preto de casimira que usava, parecia estar sendo assada viva.

— Receio que a velha sra. Douglas pensaria que sou terrivelmente fútil e inadequada. Mas John gosta daquele vestido — completou, pensativa.

A antiga propriedade dos Douglas ficava a quase um quilômetro de Wayside, no topo de uma colina açoitada pelos ventos. A casa em si era ampla e confortável, antiquada o bastante para ser cheia de dignidade e cercada por um bosque de bordos e pomares. Nos fundos estavam os celeiros, espaçosos e bem cuidados, e todo o conjunto indicava prosperidade. Quaisquer que fossem as dificuldades que marcaram aquela paciente resignação no semblante do sr. Douglas, não eram relacionadas a dívidas e credores, Anne refletiu.

John Douglas as aguardava na porta e as conduziu até a sala de visitas, onde sua mãe estava majestosamente sentada numa poltrona.

Anne imaginara a velha sra. Douglas magra e alta, como seu filho. Ao invés disso, era um pequeno fragmento de mulher, com suaves bochechas rosadas, meigos olhos azuis e a boca igual a de um bebê. Usava um belo e elegante vestido de seda preta com um felpudo xale branco sobre os ombros, e os alvos cabelos estavam presos num delicado gorro de renda, mais parecendo uma vovozinha de porcelana.

— Como vai, minha estimada Janet? — perguntou, com doçura. — Estou tão feliz por vê-la de novo, querida! — e inclinou o belo rosto idoso para ser beijado. — E esta é nossa nova professora. Estou encantada em conhecê-la! Meu filho disse-me tantos elogios sobre a senhorita que até fiquei um pouco enciumada, e tenho certeza de que Janet também deve estar cheia de ciúme.

A pobre Janet ficou ruborizada, Anne falou algo amável e convencional, e então todos sentaram-se para conversar. Essa foi uma tarefa difícil até mesmo para Anne, pois ninguém parecia à vontade — exceto a sra. Douglas, que, com certeza, não tinha nenhuma dificuldade para falar. Fez Janet se sentar ao seu lado e lhe acariciava a mão de vez em quando. Janet sorria, parecendo estar terrivelmente desconfortável em seu horrível vestido, e John Douglas permanecia sentado sem sorrir.

À mesa do chá, a sra. Douglas pediu graciosamente para Janet servi-la. Ela ficou ainda mais vermelha, mas o fez. Anne descreveu essa refeição em uma carta para Stella:

Comemos carne fria e frango; compotas de morango, torta de limão, torta salgada, bolo de chocolate, biscoito de passas, bolo inglês e bolo de frutas — e algumas outras coisas, incluindo mais variedades de torta — de caramelo, acho. Depois de eu ter comido o dobro do que devia, a sra. Douglas suspirou e disse que lamentava não ter nada mais que pudesse aguçar meu apetite.

— Temo que a comida da minha querida Janet faça com que a senhorita considere qualquer outro prato pouco apetitoso — concluiu, amavelmente. — É claro que ninguém em Valley Road aspira rivalizar com *ela*. Não vai aceitar outra fatia de torta, srta. Shirley? A senhorita não comeu *nada*.

Stella, eu tinha comido uma porção de carne e uma de frango, três biscoitos, uma generosa quantidade de compota, uma fatia de torta doce, uma de torta salgada e um pedaço quadrado de bolo de chocolate!

Depois do chá, a sra. Douglas sorriu com benevolência e pediu para John acompanhar a "querida Janet" a colher rosas no jardim.

— A srta. Shirley me fará companhia enquanto isso, não é mesmo? — perguntou, em tom queixoso, e sentou-se na poltrona com um suspiro. — Sou uma velha muito frágil, srta.

Shirley. Faz mais de vinte anos que sofro muitíssimo. Estou morrendo, pouco a pouco, há vinte longos e exaustivos anos.

— Que lástima! — exclamou Anne, tentando ser simpática, mas conseguindo apenas sentir-se idiota.

— Em inúmeras noites, pensei que não chegaria a ver o nascer de um novo dia — prosseguiu, em tom solene. — Ninguém sabe o que tenho passado... ninguém pode entender, exceto eu mesma. Bem, isso já não pode durar muito agora. Minha triste peregrinação chegará ao fim em breve, srta. Shirley. Para mim, é um grande conforto saber que John terá uma boa esposa para cuidar dele quando sua mãe se for, um grande conforto, srta. Shirley.

— Janet é uma mulher adorável — disse Anne, de forma cordial.

— Adorável! Um caráter maravilhoso! — concordou a sra. Douglas. — Além de tudo, é uma perfeita dona de casa... algo que eu mesma nunca fui. Minha saúde nunca o permitiu, srta. Shirley. Estou francamente agradecida a John por ter feito uma escolha tão sábia. Espero que ele seja muito feliz e creio que será. Ele é meu único filho, srta. Shirley, e a felicidade dele é a minha.

— É claro — concordou Anne, estupidamente. Pela primeira vez em sua vida, sentia-se idiota. Mas não conseguia entender o porquê. Parecia não ter nenhuma palavra a dizer a essa senhorinha doce, sorridente e angelical, que lhe acariciava a mão com tamanha afabilidade.

— Volte logo para me ver, querida Janet — ela pediu, com ternura, no momento da partida. — Você não vem tanto quanto era esperado. Mas presumo que, um dia desses, John vai trazê-la para ficar para sempre.

Involuntariamente, Anne olhou de relance para John Douglas, enquanto a mãe falava, e teve um sobressalto diante do evidente desespero dele. Assemelhava-se a um homem torturado, quando os carrascos lhe infligem a última rodada de castigos. Tinha certeza de que ele desfaleceria e apressou-se em sair com a ruborizada Janet.

— A velha sra. Douglas não é uma doçura? — perguntou Janet, enquanto desciam a colina.

— Hã-hã — murmurou Anne, distraída. Perguntava-se a razão de John Douglas ter reagido daquela maneira.

— Ela sofre muitíssimo — continuou Janet, com sensibilidade. — Tem crises terríveis e John se preocupa o tempo todo. Ele tem medo de sair de casa porque a mãe pode ter um ataque nesse ínterim, e então não haveria ninguém além da empregada para ajudar.

XXXIII
"E ele continuou vindo e vindo"

Três dias depois, ao regressar da escola, Anne encontrou Janet chorando. "Lágrimas" e "Janet" pareciam ser coisas tão incompatíveis, que Anne ficou francamente alarmada.

— Oh, o que aconteceu? — perguntou, ansiosa.

— Estou... estou completando quarenta anos hoje — soluçou Janet.

— Bem, ontem você estava quase com essa idade, mas isso não parecia incomodá-la tanto — consolou Anne, tentando não sorrir.

— Mas..., mas — ela continuou, com um grande soluço — John Douglas não me pediu em casamento!

— Oh, mas vai pedir! — disse Anne, com pouca convicção. — Você precisa dar tempo a ele, Janet.

— Tempo? — exclamou, com indescritível desdém. — Ele já teve vinte anos! De quanto tempo mais ele ainda precisa?

— Quer dizer que John Douglas a visita há *vinte anos*?

— Sim! E nunca disse a palavra "matrimônio" na minha frente! E não creio que o fará agora. Nunca mencionei nada a respeito disso a ninguém, mas me parece que finalmente tenho que pôr para fora, ou então ficarei louca! John Douglas começou a me visitar vinte anos atrás, antes da morte da minha mãe. Bem, ele continuou vindo e vindo, e, depois de um tempo, comecei a preparar meu enxoval, mas ele nunca disse nada sobre nos casarmos, só continuava vindo e vindo! Não havia nada que eu pudesse fazer. Mamãe faleceu quando completamos oito anos de visitas. Pensei, então, que ele iria pedir minha mão, vendo que eu tinha ficado sozinha no mundo. Mostrou-se muito gentil e compassivo, e fez tudo que podia por mim, mas jamais falou em casamento. E é assim que seguimos desde então. As pessoas *me* culpam por isso. Dizem que não me caso com ele porque a sra. Douglas está muito doente e eu não quero cuidar dela. Ora, eu *adoraria* cuidar da mãe de John! Mas eu deixo pensarem assim. Prefiro que me critiquem a que se compadeçam de mim. É tão humilhante John não me pedir em casamento! E *por que* não pede? Tenho a impressão de que eu não sofreria tanto se soubesse a razão.

— Talvez a mãe não queira que ele se case com ninguém — sugeriu Anne.

— Oh, ela quer! Mais de uma vez me falou que adoraria ver John casado antes da sua hora chegar. Ela está sempre fazendo insinuações; você mesma ouviu, no outro dia. Queria que a terra tivesse me engolido!

— Isso está além da minha compreensão — disse Anne, incapaz de prosseguir. Pensou em Ludovic Speed. Mas os dois casos não podiam ser comparados. John Douglas não era o mesmo tipo de homem. — Você deveria ter tido mais personalidade, Janet — continuou, resoluta. — Por que não mandou ele ir cuidar da própria vida há tempos?

— Não consegui — admitiu a pobre Janet, pateticamente. — Veja, Anne, sempre gostei muito de John. Ele podia muito bem continuar a vir ou não, pois nunca gostei de outro rapaz... então, não importava.

— Mas poderia tê-lo feito agir como homem — insistiu Anne.

Janet balançou a cabeça.

— Não, creio que não. De qualquer modo, tive medo de tentar, por temer que ele fosse embora de vez se pensasse que eu não me importava. Suponho que eu seja uma criatura pobre de espírito, mas é como me sinto. E não consigo mudar.

— Oh, você *poderia* mudar, Janet! Ainda não é tarde demais! Tome uma atitude. Faça aquele homem saber que você não vai mais suportar esse comportamento indeciso. Eu *vou* apoiá-la.

— Não sei — respondeu, desesperançada. — Não sei se terei coragem suficiente. As coisas foram longe demais. Mas pensarei no assunto.

Anne sentiu-se desapontada com John Douglas. Tinha gostado tanto dele e não pensava que fosse do tipo de homem irresponsável, capaz de brincar com os sentimentos de uma mulher durante vinte anos. Ele certamente precisava de uma boa lição, e Anne pensou, vingativamente, que iria adorar observar todo o processo. Por isso, ficou muito contente quando Janet anunciou — enquanto se dirigiam para a reunião do grupo de oração na noite seguinte —, que aceitara seu conselho e mostraria *personalidade.*

— Vou mostrar a John Douglas que não permitirei que continue pisoteando em mim.

— Você está absolutamente certa — concordou Anne, com ênfase.

Ao final da reunião, John Douglas aproximou-se de Janet com seu pedido habitual. Ela pareceu assustada, mas resoluta.

— Não, obrigada — respondeu, friamente. — Conheço muito bem o caminho para ir sozinha até minha casa. Não poderia ser diferente, considerando que faço o mesmo trajeto há quarenta anos. Portanto, não precisa se preocupar, *sr.* Douglas.

Anne contemplou o rosto de John Douglas e, sob a brilhante luz da lua, viu que o homem tinha recebido o golpe de misericórdia de suas torturas. Sem dizer uma palavra, John deu meia-volta e pôs-se a caminhar pela estrada.

— Pare! Pare! — gritou Anne, freneticamente, sem dar a mínima para o olhar confuso dos espectadores. — Sr. Douglas, pare! Volte aqui!

John Douglas deteve-se, mas não voltou. Anne correu pela estrada, pegou-o pelo braço e o arrastou brandamente até onde Janet estava.

— O senhor tem que voltar — implorou. — Foi tudo um engano, sr. Douglas... tudo por minha culpa! Eu aconselhei Janet a fazer isso. Ela não queria..., mas está tudo bem agora, não é, Janet?

Sem dizer uma palavra, Janet deu o braço ao cavalheiro e os dois se afastaram. Anne os seguiu humildemente até a casa e entrou com discrição pela porta dos fundos.

— Bem, você é uma excelente amiga para dar apoio — comentou Janet, com sarcasmo.

— Não pude evitar, Janet! — disse Anne, arrependida. — Senti como se eu tivesse ficado de braços cruzados ao presenciar um assassinato. Eu *tive* que correr atrás dele!

— Oh, mas estou feliz por você ter feito isso! Quando vi John Douglas dando as costas e indo embora pela estrada, senti como se cada gotinha de felicidade e alegria que ainda restavam em minha vida estivessem indo embora junto com ele. Foi uma sensação horrível!

— Ele perguntou por que você agiu daquele jeito?

— Não, não disse uma palavra sobre o assunto — ela respondeu, lentamente.

XXXIV
John Douglas fala, enfim

Anne mantinha uma fraca esperança de que algo ainda iria acontecer, apesar de tudo. Mas nada aconteceu. John Douglas tornou a vir, levou Janet para passear e a acompanhou até em casa depois da reunião do grupo de oração, tal como fizera nos últimos vinte anos — e parecia inclinado a continuar fazendo-o por mais vinte.

O verão chegou ao fim. Anne dava aulas, escrevia cartas e estudava um pouco. Suas caminhadas para ir e vir da escola eram deliciosas. Sempre percorria o atalho do pântano. Era um lugar adorável: um terreno encharcado e enverdecido pelos outeiros musgosos, com um ruidoso riacho que corria sinuoso, rodeado por eretos pinheiros vermelhos, cujos galhos formavam uma trilha de pequenos musgos cinza-esverdeados e cujas raízes eram cobertas por todo tipo de beleza florestal.

Apesar disso, Anne considerava a vida em Valley Road um pouco monótona. Para falar a verdade, houve um incidente divertido.

Ela não tornara a ver o magro e loiro Samuel Tolliver — o rapaz das balas de hortelã — desde a tarde de sua visita, com exceção de um ou outro encontro fortuito na estrada. Porém, numa noite quente de agosto, o rapaz apareceu e sentou-se solenemente no banco rústico da varanda. Usava suas roupas de trabalho, que consistiam numa calça cheia de remendos, uma camisa de jeans azul com buracos nos cotovelos e um chapéu de palha esfarrapado. Mascava uma palha, e assim continuou enquanto olhava para Anne com ar solene. Com um suspiro, ela deixou o livro de lado e tomou o guardanapo que estava bordando. Uma conversa com Sam estava realmente fora de questão.

Após um longo silêncio, ele falou, de repente.

— *Tô* saindo dali — disse, abrupto, apontando a palha na direção da casa vizinha.

— Oh, é mesmo? — perguntou Anne, com educação.

— Hã-hã.

— E para onde você vai?

— *Óia*, eu *tava* pensando em procurar um lugar pra *mim* morar. Tem uma casa que podia servir pra mim, lá *pros lado* de Millersville. Mas se eu alugar, *vô* querer uma *mulhé*.

— Suponho que sim — concordou Anne, vagamente.

— Pois é.

Houve outro longo silêncio. Por fim, Sam voltou a tirar a palha da boca e perguntou:

— *'Cê* ficaria comigo?

— O-o-o quê?! — ela gaguejou.

— *'Cê* ficaria comigo?

— Você quer dizer... me *casar* com você? — questionou a pobre Anne, debilmente.

— É.

— Ora, eu mal o conheço! — gritou, indignada.

— Ué, daí a gente vai se conhecer *dispois* de casar.

Anne reuniu toda a sua pobre dignidade.

— Eu certamente não me casarei com você — respondeu, com arrogância.

— Arre! A *sinhorinha* podia *tá pió* — protestou Sam. — Eu sou *trabaiadô* e tenho *uns dinheiro guardado* no banco.

— Nunca mais fale sobre isso comigo! Quem pôs essa ideia na sua cabeça? — perguntou Anne, cujo senso de humor estava começando a sobrepujar sua ira, de tão absurda a situação.

— A *sinhorinha* é uma moça muito linda e tem um jeitinho muito esperto de ser — elogiou Sam. — Eu num quero *mulhê* preguiçosa. *Pó* pensar no assunto. Num *vô* mudar de ideia. Bom, tenho que ir indo. *Tá* na hora de ordenhar *as vaca*.

As ilusões de Anne com relação a pedidos de casamento tinham sofrido de tal maneira nos anos anteriores, que quase não restava mais nenhuma. Assim, ela pôde rir com gosto dessa última, sem sentir uma única ferroada secreta. Naquela noite, imitou o pobre Sam para Janet e as duas riram sem parar da iniciativa sentimental dele. Uma tarde, quando se aproximava o fim da estadia de Anne em Valley Road, Alec Ward chegou de charrete em Wayside e chamou Janet com muita urgência.

— Estão precisando da senhorita na casa dos Douglas agora mesmo! — ele disse. — Creio que a velha sra. Douglas finalmente vai morrer, de verdade, depois de fingir que estava morrendo nos últimos vinte anos.

Janet correu para pegar o chapéu. Anne perguntou a ele se a sra. Douglas estava pior do que de costume.

— Não está tão mal — respondeu Alec —, e é por isso que eu acho que é sério. Das outras vezes, ela costumava ficar gritando e se atirando de um lado para o outro. Mas, dessa vez, está deitada e muda. Quando a sra. Douglas fica muda, é porque está bem doente, pode apostar!

— Você não gosta da velha sra. Douglas? — perguntou Anne, com curiosidade.

— Gosto de gatos que *são* gatos. Não gosto de gatos em forma de mulheres — foi a resposta enigmática de Alec.

Janet voltou para casa ao anoitecer.

— A sra. Douglas morreu — anunciou, exausta. — Morreu logo depois de eu ter chegado lá. Falou comigo só uma vez: "Creio que vai se casar com John agora?". As palavras dela me cortaram o coração, Anne! Pensar que a própria mãe de John achava que eu não me casava com ele por causa dela! Eu também não pude dizer nada, porque outras mulheres estavam lá. Fiquei agradecida por John ter saído do quarto.

Janet começou a chorar desconsoladamente, e Anne preparou um chá quente de gengibre para confortá-la. Mas, algum tempo depois, Anne descobriu que usara pimenta branca em vez de gengibre, embora Janet nunca tenha percebido a diferença.

No fim de tarde que se seguiu ao funeral, Janet e Anne estavam sentadas nos degraus da varanda da frente ao pôr do sol. O vento havia adormecido nos bosques de pinheiros e sinistros relâmpagos faiscavam ao cruzar o céu setentrional. Janet usava seu horrendo vestido preto e seu aspecto estava pior do que nunca, com os olhos e o nariz vermelhos de tanto chorar. Elas conversaram pouco, pois Janet parecia não estar gostando dos esforços de Anne para animá-la. Ela evidentemente preferia sentir-se infeliz.

De repente, ouviram um ruído no trinco do portão e John Douglas entrou no jardim. Caminhou em direção a elas em linha reta, por cima do canteiro de gerânios. Janet se levantou e Anne também. Anne era alta e usava um vestido branco, mas John Douglas não a enxergou.

— Janet — ele disse —, você quer se casar comigo?

Suas palavras irromperam como se estivessem ansiando serem ditas há vinte anos e *precisassem* ser ditas naquele instante, antes de qualquer outra coisa. O rosto de Janet não poderia ficar mais vermelho depois de tantas lágrimas, e então transformou-se num desfavorável tom de roxo.

— Por que você não me pediu antes? — ela perguntou, lentamente.

— Não pude! Ela me fez prometer... minha mãe me obrigou a prometer que não pediria. Dezenove anos atrás, ela teve uma crise terrível. Pensamos que não sobreviveria. Então, implorou-me para prometer que não a pediria em casamento enquanto ela estivesse viva. Eu não queria fazer a promessa, mas todos pensávamos que ela não iria viver por muito mais tempo... o médico lhe dera apenas seis meses. Mas minha mãe suplicou de joelhos, enferma e sofredora. Tive que cumprir a promessa.

— E o que a sua mãe tinha contra mim? — protestou Janet.

— Nada... não tinha nada. Ela só não queria outra mulher, *nenhuma* mulher, em sua casa enquanto vivesse. Disse-me que, se eu não prometesse, ela morreria ali mesmo e eu seria o responsável! Por isso prometi. E ela me obrigou a manter a promessa desde então, apesar de eu ter me ajoelhado diante dela, implorando para me liberar do juramento.

— Por que você não me contou nada disso? — perguntou Janet, sufocada. — Se eu ao menos *soubesse*! Por que não me contou?

— Ela me fez prometer que não contaria a ninguém — ele explicou, com voz rouca. — Tive que jurar com a mão sobre a Bíblia! Janet, eu jamais prometeria uma coisa dessas se imaginasse que seria por tanto tempo! Janet, você nunca saberá o que venho sofrendo nesses dezenove anos. Sei que a fiz sofrer também, mas você vai se casar comigo, apesar de tudo, não vai, Janet? Oh, Janet, você não vai? Vim assim que pude, para pedir a sua mão.

Nesse momento, a espantada Anne recobrou os sentidos e percebeu que estava sobrando naquela cena. Saiu dali de fininho, e não tornou a ver Janet até a manhã seguinte, quando ela lhe contou o restante da história.

— Aquela velha traiçoeira, cruel e impiedosa! — exclamou Anne.

— Acalme-se... ela está morta — disse Janet, com ar solene. — Se ela não estivesse..., mas está. Então, não devemos falar mal dela. Mas, finalmente, estou feliz, Anne! E não teria me importado de esperar tanto, se soubesse o motivo.

— Quando será o casamento?

— No mês que vem. Claro, será uma cerimônia bem íntima. Presumo que será o maior falatório. As pessoas dirão que me apressei em amarrar John assim que sua pobre mãe estava fora do caminho. John queria contar a verdade a todos, mas eu disse: "Não, John, apesar de tudo, ela era sua mãe, e temos que manter o segredo entre nós para não lançarmos nenhuma sombra sobre a memória dela. Não me importa o que o povo vai falar, agora que eu sei a verdade. Não me importo nem um pouquinho. Deixe que tudo isso seja enterrado com os mortos". Foi assim que o convenci a concordar comigo.

— Você é muito mais generosa do que eu jamais poderei ser — comentou Anne, um pouco zangada.

— Você vai pensar diferente quando tiver a minha idade — redarguiu a complacente Janet. — Essa é uma das coisas que aprendemos conforme vamos envelhecendo... a como perdoar. E é muito mais fácil de conseguir aos quarenta anos do que aos vinte.

XXXV
O último ano
em Redmond

— Aqui estamos nós, de novo, queimadas de sol pela vida ao ar livre e com o vigor de um homem forte pronto para disparar numa corrida! — exclamou Phil, sentando-se sobre uma maleta com um suspiro de satisfação. — Não é maravilhoso voltar a ver nossa velha e amada Casa da Patty... e a titia... e os gatos? Rusty perdeu outro pedaço da orelha, não é mesmo?

— Mesmo que não tivesse nenhuma orelha, Rusty seria o melhor gato do mundo — declarou a leal Anne, sentada sobre a tampa de seu baú, enquanto Rusty se acomodava em seu colo num frenesi de boas-vindas.

— A senhora não está feliz de nos ter de volta, titia? — perguntou Phil.

— Sim, mas gostaria que vocês organizassem as coisas — resmungou tia Jamesina, enquanto olhava para a infinidade de baús e maletas que circundava as quatro moças risonhas e tagarelas. — Vocês podem continuar conversando mais tarde. Primeiro a obrigação, depois a diversão; este era o meu lema na juventude.

— Oh, titia, nossa geração mudou esse lema! *Nosso* lema é: divirta-se bastante e depois enfie a cabeça no trabalho.

Podemos cuidar muito melhor das nossas tarefas depois de uns bons momentos de divertimento.

— Se você vai se casar com um pastor, terá que deixar de usar expressões como "enfiar a cabeça" — comentou tia Jamesina, pegando Joseph e seu tricô, e resignando-se diante do inevitável, com a graça e o encanto que a tornavam rainha das governantas.

— Por quê? Oh, por que esperam que a esposa do pastor só use um vocabulário intencionalmente formal e puritano? Eu farei diferente. Todos na rua Patterson usam gírias, quero dizer, linguagem metafórica, e se eu não fizer a mesma coisa, eles irão me considerar insuportavelmente orgulhosa e pedante.

— Já comunicou as novidades à sua família? — perguntou Priscilla, que estava alimentando a Gata-Sarah com o que restava em sua cesta.

Phil assentiu.

— Como receberam a notícia?

— Oh, mamãe armou o maior alvoroço! Mas eu fiquei firme feito uma rocha. Justo eu, Philippa Gordon, que nunca antes tinha sido capaz de me decidir por nada! Papai ficou mais calmo. O pai dele era pastor, e por isso ele guarda um lugar no coração para os clérigos. Depois de minha mãe se acalmar, levei Jo para Mount Holly e os dois se encantaram com ele. Porém, mamãe fez diversas insinuações terríveis em todas as conversas, no tocante aos planos que ela tinha para a minha vida. Oh, minhas férias não foram exatamente um mar de rosas, queridas. Mas eu triunfei e conquistei Jo! Nada mais importa.

— Para você — retrucou tia Jamesina, sombriamente.

— Nem para o Jo — retorquiu Phil. — A senhora continua se compadecendo dele. Ora, por quê? Acho que ele tem é que ser invejado. *Em mim*, ele conseguiu uma mulher inteligente, linda e com o coração de ouro!

— O bom é que, ao menos, *nós* sabemos como entender seus discursos — disse tia Jamesina, com paciência. — Espero que não fale desse jeito na frente de estranhos. O que pensariam de você?

— Oh, nem quero saber o que pensariam! Não quero me ver como os outros veem. Estou certa de que seria terrivelmente desconfortável na maioria das vezes. Tampouco acredito que Burns tenha sido sincero naquela oração.[1]

— Oh, ouso dizer que todos nós pedimos por coisas que não desejamos de verdade, se tivéssemos coragem o suficiente para olhar o íntimo de nossos corações — reconheceu tia Jamesina, francamente. — Imagino que esse tipo de oração não passe nem do teto. Eu costumava pedir a Deus para ser capaz de perdoar certa pessoa, mas agora compreendo que eu não queria perdoá-la de verdade. Quando finalmente *quis*, eu a perdoei sem precisar rezar para isso.

— Não consigo imaginá-la guardando rancor de alguém por muito tempo — disse Stella.

— Oh, eu costumava guardar! Mas, conforme os anos foram passando, percebi que não vale a pena.

— Isso me faz lembrar de algo que eu queria contar a vocês — disse Anne, e começou, então, a relatar a história de amor entre John e Janet.

— E agora nos conte sobre a cena romântica que você mencionou tão misteriosamente em uma de suas cartas — pediu Phil.

Anne encenou o pedido de casamento de Samuel de forma bem exagerada. As meninas riram com vontade, e tia Jamesina apenas sorriu.

---

[1] Referência ao poema "Holy Willie Prayer", um poema de Robert Burns. Foi escrito em 1785 e impresso pela primeira vez, anonimamente, em 1789. Fala sobre um velho pregador da paróquia de Mauchline chamado Willie Fisher, hipócrita e pecador, que espiava as pessoas para reportá-las ao pastor, se achasse que elas estivessem fazendo algo de errado. É considerado o maior de todos os poemas satíricos de Burns e um ataque fulminante à hipocrisia religiosa.

— Não é de bom tom debochar dos seus pretendentes — censurou, com severidade —, mas devo confessar que sempre fiz isso — acrescentou, com tranquilidade.

— Conte-nos sobre seus pretendentes, titia! — rogou Phil.

— A senhora deve ter tido vários.

— Eles não estão no tempo passado — corrigiu tia Jamesina.

— Ainda os tenho. Têm três viúvos na minha cidade que, há muito tempo, me encaram com olhares lânguidos como os de um carneiro. Vocês, crianças, não pensem que todo o romance do mundo lhes pertence.

— Viúvos e olhares de carneiro não parecem palavras muito românticas, titia.

— Bem, não são mesmo. Mas os jovens também não são sempre tão românticos. Alguns dos meus pretendentes com certeza não eram. Eu costumava rir deles de forma escandalosa, pobres rapazes. Havia um certo Jim Elwood, que vivia sonhando acordado e nunca parecia entender o que estava acontecendo. Não compreendeu que eu dissera "não" até um ano depois do fato ter ocorrido. Depois de se casar, a esposa caiu do trenó numa noite, quando voltavam da igreja, e ele nem percebeu! Tinha também o Dan Winston. Aquele era um sabe-tudo. Conhecia tudo sobre tudo nesse mundo e no mundo que ainda estava por vir. Podia responder a qualquer questionamento, mesmo se lhe perguntassem quando seria o Dia do Juízo Final. Milton Edwards era muito bom e eu gostava dele, mas não nos casamos. Por duas razões: primeiro, porque ele demorou uma semana para entender uma piada; e segundo, porque nunca pediu minha mão. Horatio Reeve foi o pretendente mais interessante que tive. Mas, quando contava uma história, ele a enfeitava tanto, que eu nunca consegui distinguir se ele estava mentindo ou se só deixava a imaginação correr solta.

— E os outros, titia?

— Vamos lá, tratem de desfazer as malas — cortou tia Jamesina, jogando o pobre Joseph nas meninas quando pretendia atirar uma agulha. — Os outros eram bons demais para rirmos deles. Respeitarei suas memórias. Há uma caixa de flores em seu quarto, Anne. Foram entregues há aproximadamente uma hora.

Após a primeira semana, as mocinhas da Casa da Patty estabeleceram um ritmo constante de estudos, pois era o último ano em Redmond e deviam batalhar com persistência pelas honras da graduação. Anne se dedicou ao inglês, Priscilla, aos clássicos e Philippa atacou a matemática. Às vezes, o cansaço lhes atingia; às vezes, o desalento; e, noutras vezes, parecia que nada valia tamanho sacrifício. Foi nesse estado de humor que Stella entrou no quarto azul, numa chuvosa noite de novembro. Anne estava sentada no chão, dentro de um pequeno círculo de luz projetada por uma lamparina ao seu lado, rodeada por uma pilha de manuscritos amassados.

— O quê, em nome de Deus, você está fazendo?

— Apenas relendo umas narrativas duvidosas do antigo Clube de Histórias. Queria algo para me animar *e* inebriar. Estudei tanto, mas tanto, que o mundo me pareceu azul-escuro. Então, vim aqui e tirei esses contos do baú. Estão tão encharcados de lágrimas e tragédias que soam extremamente engraçados.

— Eu também me sinto triste e desencorajada — comentou Stella, deixando-se cair no sofá. — Parece que nada vale a pena. Minhas próprias ideias são velhas. Já pensei em todas elas antes. Afinal, Anne, de que vale viver?

— Querida, é a fadiga que nos faz sentir assim, e o clima também. Uma noite de chuva torrencial como essa, depois de um dia estafante, iria oprimir qualquer um, exceto um tipo como Mark Tapley.[2] Você sabe que *vale* a pena viver.

---

[2] Personagem da obra *The Life and Adventures of Martin Chuzzlewit*, de Charles Dickens. O livro foi lançado numa série de publicações mensais entre 1843 e 1844. Na história, Mark Tapley é um rapaz que está sempre contente, mesmo em situações adversas.

— Oh, creio que sim. Mas não consigo convencer-me disso neste momento.

— Basta pensar em todas as almas nobres e grandiosas que viveram e trabalharam nesse mundo — disse a sonhadora Anne. — Não vale a pena vir depois de todas elas e herdar suas conquistas e seus ensinamentos? Não vale a pena pensar que podemos partilhar de suas inspirações? E, então, todas as almas grandiosas que virão no futuro... não vale a pena trabalhar um pouquinho, preparar o caminho e facilitar as coisas para elas, nem que seja apenas um passo, em suas trajetórias?

— Oh, minha mente concorda com você, Anne, mas minha alma continua sombria e sem inspiração. Sempre fico lastimosa e desanimada em noites de chuva.

— Em algumas noites, eu gosto da chuva... gosto de ficar deitada ouvindo as gotas tamborilando no telhado e escorrendo pelos pinheiros.

— Eu também gosto da chuva, quando fica no telhado. Mas nem sempre cai só lá. No último verão, passei uma noite insuportável num velho casarão de fazenda. O telhado tinha goteiras, e a chuva começou a cair justamente sobre a minha cama! Não havia nada de *poético* naquilo. Precisei me levantar nas trevas da meia-noite e me apressar a arrastar a cama, afastando-a da goteira, e era uma daquelas camas antigas e sólidas que pesam mais ou menos uma tonelada! E, então, tive que aguentar o pinga-pinga incessante, que continuou até meus nervos estarem em frangalhos! Você não faz ideia do ruído esquisitíssimo de uma grande gota de chuva caindo no meio da noite, com aquela batida empapada no piso sem tapetes. Parecem pegadas de fantasmas, ou coisas do tipo. Do que está rindo, Anne?

— Dessas histórias. Como diria Phil, elas são de matar, e em mais de um sentido, pois todo mundo morre! Que heroínas mais deslumbrantemente adoráveis nós criávamos, e como as vestíamos! Sedas, cetins, veludos, joias, rendas... elas nunca usavam outras coisas. Aqui está uma das histórias de Jane Andrews, que descreve uma donzela dormindo vestida com uma belíssima camisola de cetim branco, bordado com pérolas.

— Continue. Estou começando a sentir que a vida vale a pena ser vivida, desde que possamos dar uma boa risada.

— Aqui está uma que eu escrevi. Minha heroína está se divertindo num baile, "coberta de brilhantes dos pés à cabeça, com enormes diamantes da 'melhor qualidade'". Mas de que valiam a beleza e as riquezas? "Os caminhos da glória a conduziam para o túmulo." Elas deviam ser assassinadas ou morrer de coração partido. Não havia escapatória.

— Deixe-me ler um de seus contos.

— Bem, aqui está minha obra-prima. Veja que título mais animador: *Meus sepulcros*. Derramei lágrimas em abundância enquanto a escrevia, e as meninas choraram rios enquanto eu lia para elas. A mãe de Jane Andrews ralhou horrores com ela por haver tantos lenços para lavar naquela semana. É a angustiante história das andanças da esposa de um pastor metodista. Fiz ela ser metodista pois era necessário que viajasse. A pobre enterrou um filho em cada lugar onde viveu. Eram nove crianças e as sepulturas estavam muito longe umas das outras, desde Terra Nova e Labrador até Vancouver. Fiz uma descrição minuciosa de cada criança e cada leito de morte, detalhei lápides e epitáfios. Tinha a intenção de enterrar todos os nove, mas quando acabei com o oitavo, esgotou-se minha reserva de crueldades e permiti que o nono continuasse vivendo como um deficiente sem esperanças.

Enquanto Stella lia *Meus sepulcros*, acompanhando com risadas os trágicos parágrafos, e Rusty dormia o sono dos gatos justos que tinham passado a noite inteira fora, aninhado sobre um conto de Jane Andrews a respeito de uma linda donzela de quinze anos, que parte como enfermeira para uma colônia de leprosos — onde, é claro, contrai a repugnante doença e morre presa ali —, Anne olhou para todos os outros manuscritos e recordou os velhos tempos na escola de Avonlea, quando as integrantes do Clube escreviam suas histórias sentadas sob os abetos ou entre as samambaias ao lado do riacho. Como se divertiam! Enquanto lia aquelas frases, voltavam a ela os raios de sol e a alegria dos verões passados. Nem toda a glória da Grécia ou a grandeza de Roma poderiam criar tamanha magia quanto aquelas histórias divertidas e inundadas de lágrimas do Clube de Histórias. Entre os manuscritos, Anne encontrou um escrito em uma embalagem. Um sorriso iluminou seus olhos acinzentados ao recordar o momento e o lugar em que havia elaborado a obra em questão. Era o esboço que tinha escrito no dia em que atravessara o telhado da casa dos patos no quintal das irmãs Copp, na Estrada dos Tory.

Anne passou os olhos, e então começou a lê-lo atentamente. Era um curto diálogo entre ásteres e ervilhas, canarinhos nos arbustos de lilases e o espírito guardião do jardim. Sentou-se, depois de ter lido, fitando o espaço. Quando Stella se foi, alisou o manuscrito amassado.

— Creio que farei isso — disse, com firmeza.

XXXVI
A visita das Gardners

— Tem uma carta com um selo indiano para a senhora, tia Jimsie — anunciou Phil. — Aqui estão três para Stella, duas para Pris e uma gloriosamente volumosa para mim, do Jo! Não há nada para você, Anne, exceto um boletim informativo.

Ninguém percebeu o rubor de Anne quando pegou o envelope fininho que Phil lhe estendeu de forma tão descuidada. Mas, alguns instantes depois, Phil ergueu os olhos e viu uma transfigurada Anne.

— Querida, o que aconteceu de bom?

— A revista *Amiga da Juventude* aceitou um pequeno esboço que eu enviei, quinze dias atrás — disse Anne, tentando com todas as suas forças falar com a naturalidade de quem estava acostumada a ter seus rascunhos aceitos sempre que os enviava, mas falhando na tentativa.

— Anne Shirley! Que notícia esplêndida! Como foi? Quando será publicado? Eles lhe pagaram algum valor?

— Sim, enviaram um cheque de dez dólares e o editor escreveu informando que deseja conhecer melhor o meu trabalho. E esse prezado homem com certeza o conhecerá! Era um velho rascunho que encontrei na minha caixa. Eu o reescrevi e o enviei, mas nunca pensei que poderia ser aceito, pois não tinha enredo — explicou, recordando a amarga experiência de *A reparação de Averil*.

— O que vai fazer com os dez dólares, Anne? O que acha de todas nós irmos à cidade e nos embebedarmos? — sugeriu Phil.

— Eu *vou* esbanjar esse dinheiro em alguma coisa maluca e rebelde — declarou Anne, alegremente. — Afinal, não é um dinheiro sujo como o cheque que recebi por aquela terrível história do fermento Rollings Reliable. Gastei *cada centavo* comprando roupas úteis e odiei todas, cada vez que as usei.

— E pensar que temos uma verdadeira escritora na Casa da Patty — disse Priscilla.

— É uma enorme responsabilidade — comentou tia Jamesina, com solenidade.

— De fato, é — concordou Priscilla, com ar igualmente solene. — Escritores são tão caprichosos! Você nunca sabe quando ou como irão se tornar famosos. Anne pode estar escrevendo a nosso respeito.

— Quis dizer que a aptidão de escrever para revistas é uma enorme responsabilidade — replicou tia Jamesina, severa — e espero que Anne entenda isso. Minha filha costumava escrever contos antes de partir para o exterior, mas agora dedica sua atenção a propósitos mais elevados. Dizia frequentemente que seu lema era: "Nunca escreva uma linha que você teria vergonha de ler no seu próprio funeral". É melhor você usar este princípio, Anne, se vai mesmo embarcar na literatura. Embora, para ser sincera — acrescentou, perplexa —, Elizabeth sempre gargalhava quando dizia isso. Ela ria tanto, que não sei como decidiu ser missionária. Estou grata por ela ter escolhido esse caminho. Eu rezava para que assim fosse..., mas... queria que ela não tivesse ido.

Então tia Jamesina ficou se perguntando o que aquele lema tinha de tão engraçado para provocar gargalhadas naquelas mocinhas levianas.

Os olhos de Anne brilharam durante todo o dia; em seu cérebro, brotavam e floresciam ambições literárias. Tal empolgação a acompanhou até a festa ao ar livre de Jennie Cooper, e nem mesmo a visão de Gilbert e Christine caminhando à frente dela e de Roy conseguiu conter a centelha de suas radiantes esperanças. Contudo, Anne não estava tão distanciada assim das coisas terrenas para ser incapaz de perceber que o andar de Christine era decididamente desajeitado.

"Mas suponho que Gilbert só olhe para o rosto dela. Tão típico dos homens", pensou Anne, com desdém.

— Você estará em casa no sábado à tarde? — perguntou Roy.

— Sim.

— Minha mãe e minhas irmãs estão planejando visitá-la — disse, em voz baixa.

Alguma coisa, que poderia ser descrita como uma vibração, passou pelo corpo de Anne, mas, decididamente, não era agradável. Ela ainda não conhecia ninguém da família de Roy. Compreendia o significado desse acontecimento, que lhe dava, de certa forma, uma sensação de inevitabilidade, provocando-lhe calafrios.

— Ficarei feliz em conhecê-las — respondeu, categoricamente, e por um instante perguntou a si mesma se estaria feliz de verdade. Deveria estar, é claro. Mas, acaso isso não seria um tipo de provação? Havia chegado aos ouvidos de Anne fofocas sobre como as Gardners viam a "inclinação" de seu filho e irmão. Roy deve tê-las pressionado para que a visita ocorresse. Anne sabia que seria posta numa balança. O fato de aceitarem visitá-la significava que, de bom ou mau grado, elas a consideravam como um possível membro de seu clã. "Serei eu mesma. Não *tentarei* causar uma boa impressão", pensou, com altivez. Mas começou, então, a ponderar qual vestido seria o mais adequado para usar no sábado à tarde, e se o novo penteado lhe cairia melhor do que o antigo; e, assim, a festa perdeu todo o encantamento. À noite, já tinha decidido que usaria o vestido marrom de chiffon, mas o cabelo ficaria preso num coque baixo.

Na sexta-feira à tarde, nenhuma das jovens teve aula em Redmond. Stella aproveitou a oportunidade para escrever um ensaio para a Sociedade Filomática, e estava sentada à mesa no canto da sala de estar, com uma verdadeira bagunça de notas e manuscritos ao seu redor no chão. Ela sempre afirmava que não conseguia escrever uma linha, a menos que jogasse cada folha pronta no chão. Anne, vestindo seu blusão de flanela e saia de sarja, com o cabelo alvoroçado pelo vento após um passeio, estava sentada no chão, no centro da sala, provocando a Gata-Sarah com um osso dos desejos. Joseph e Rusty também estavam enroscados em seu colo. Um aroma morno e delicioso permeava toda a casa, pois Priscilla assava algo na cozinha. Coberta por um enorme avental e com o nariz cheio de farinha, ela entrou na sala de repente, para mostrar a tia Jamesina o bolo de chocolate que ela tinha acabado de pôr a cobertura.

Neste auspicioso momento, soou uma batida na porta. Ninguém prestou atenção, exceto Phil, que correu para abri-la, pois esperava o rapaz vir entregar o chapéu que comprara naquela manhã. No umbral, estavam a sra. Gardner e as filhas.

Anne levantou-se como pôde, espantando dois gatos indignados, e trocando mecanicamente o osso da mão direita para a esquerda. Priscilla, que teria que cruzar a sala para alcançar a porta da cozinha, perdeu a cabeça e enfiou o bolo de chocolate debaixo de uma almofada no sofá diante da lareira, e correu escada acima. Stella começou a juntar suas folhas com fervor. Apenas tia Jamesina e Phil permaneceram normais. Graças a elas, todas sentaram-se bem acomodadas em poucos instantes, até mesmo Anne. Priscilla desceu sem o avental e com o rosto limpo, Stella organizou decentemente o canto da sala e Phil salvou a situação jogando conversa fora.

A sra. Gardner era alta, magra, elegante e se vestia com requinte. Tinha uma cordialidade tão excessiva que parecia forçada. Aline Gardner era uma versão mais jovem da mãe, mas sem a cordialidade. Tentava ser agradável, mas só conseguia parecer arrogante e presunçosa. Dorothy Gardner era esguia, divertida e um tanto travessa. Anne sabia que era a irmã favorita de Roy e tratou-a com afeto especial. Seria mais parecida com Roy se tivesse os olhos escuros e sonhadores, ao invés de castanhos e marotos. Graças a ela e Phil, a visita transcorreu muito bem, exceto por uma leve tensão no ar e dois desfavoráveis incidentes. Rusty e Joseph, deixados por conta própria, começaram uma brincadeira de caça e saltaram enlouquecidos no colo de seda da sra. Gardner em uma das perseguições. A dama ergueu seu *lorgnette*[1] e contemplou as formas voadoras como se fosse a primeira vez que via um gato, e Anne, tentando reprimir uma risada nervosa, desculpou-se o melhor que pôde.

— A senhorita gosta de gatos? — perguntou a sra. Gardner, com uma leve entonação de tolerante estranheza.

Apesar de seu afeto por Rusty, Anne não era especialmente apaixonada por gatos, mas o tom usado pela sra. Gardner a incomodou. Sem perceber, lembrou-se de que a sra. Blythe, mãe de Gilbert, era muito afeiçoada a gatos e criava tantos quanto seu marido permitia.

— Eles *são* animais adoráveis, não são? — disse, maliciosa.

— Eu nunca gostei de gatos — respondeu a sra. Gardner, sem emoção.

— Eu amo gatos! — exclamou Dorothy. — São tão lindos e independentes! Cães são bonzinhos e generosos *demais*, e me fazem sentir desconfortável. Mas os gatos são gloriosamente humanos.

— Vocês têm dois antigos e encantadores cães de porcelana aqui! Posso vê-los de perto? — pediu Aline, cruzando o

---

[1] *Lorgnette* são óculos com uma alça só, segurado com a mão, usado como uma peça de joalheria e considerado mais refinado que os modelos tradicionais.

aposento em direção à lareira e, assim, sendo a causa inconsciente de outro acidente. Tomando Magog nas mãos, sentou-se na almofada sob a qual Priscilla havia escondido o bolo de chocolate. Priscilla e Anne trocaram olhares agonizantes, mas não puderam fazer nada. A majestosa Aline permaneceu sentada na almofada, discutindo a respeito dos cães de porcelana, até o momento da partida. Dorothy ficou para trás por um instante, para apertar a mão de Anne, e sussurrar impulsivamente:

— Eu *sei* que você e eu seremos grandes amigas. Oh, Roy me contou tudo sobre você! Sou a única da família a quem ele confia as coisas, pobre garoto, ninguém *conseguiria* fazer confidências a mamãe ou a Aline, você sabe. Como você e as outras meninas devem se divertir por aqui! Você permitiria que eu as visitasse de vez em quando, para partilhar da diversão?

— É claro, venha quando quiser! — Anne respondeu de coração aberto, agradecida por uma das irmãs de Roy ser amável. Ela nunca teria gostado de Aline, isso era certo. E Aline nunca teria gostado dela, embora a sra. Gardner pudesse ser conquistada. Em suma, Anne suspirou de alívio quando o sacrifício terminou.

— "De todas as palavras tristes, faladas ou escritas, as mais tristes são: o que poderia ser sido?"[2] — citou Priscilla, erguendo tragicamente a almofada. — Este bolo é, agora, o que poderíamos chamar de "um desastre achatado". E a almofada está arruinada também! Nunca me diga que sexta-feira não é um dia azarado.

— As pessoas que avisam que virão no sábado não deveriam aparecer na sexta — disse tia Jamesina.

— Suspeito que tenha sido um engano de Roy — sugeriu Phil. — Aquele rapaz nunca está em plena consciência quando fala com Anne. *Onde* está Anne?

---

[2] Citação do poema "Maud Muller", escrito em 1856, de John Greenleaf Whittier (1807-92).

Ela havia subido para o quarto. Sentia uma estranha vontade de chorar. Porém, ao invés disso, começou a rir. Rusty e Joseph tinham se comportado *tão* mal! E Dorothy *era* adorável!

XXXVII
Bacharéis plenas

— Queria estar morta, ou que já fosse amanhã à noite — gemeu Phil.

— Se você viver o bastante, esses dois desejos serão cumpridos — comentou Anne, calmamente.

— Para você é fácil estar tão serena. Você tem facilidade em filosofia. Eu não... e estremeço quando penso na terrível prova de amanhã. O que Jo vai dizer se eu não passar em filosofia?

— Você vai passar. Como se saiu no grego hoje?

— Não sei. Talvez tenha feito um bom exame ou talvez tenha feito ruim o bastante para fazer Homero[1] se revirar no túmulo. Estudei e refleti tanto em cima dos cadernos até sentir-me incapaz de formar uma opinião sobre qualquer coisa. Quão agradecida a pequena Phil vai ficar quando toda essa "examinação" tiver acabado.

— "Examinação"? Nunca ouvi tal palavra.

— Bem, não tenho o direito de inventar palavras, como qualquer outra pessoa?

— Palavras não são inventadas. Elas germinam, brotam. — disse Anne.

---

[1] Poeta da Grécia Antiga, a quem se atribui a autoria dos poemas épicos *Ilíada* e *Odisseia*.

— Não importa. Começo a perceber, ainda que vagamente, que tudo ficará claro feito água cristalina quando não houver mais o vulto ameaçador das provas finais. Meninas, vocês se deram conta de que a nossa vida em Redmond está quase acabando?

— Eu não — respondeu Anne, em tom de queixa. — Parece que foi ontem que Pris e eu estávamos sozinhas naquela multidão de calouros em Redmond. E agora somos veteranas, fazendo nossos exames finais.

— "Poderosas, sábias e veneráveis veteranas"[2] — aludiu Phil. — Vocês acham que estamos realmente mais sábias do que quando chegamos em Redmond?

— Por vezes vocês não agem como se estivessem — disse tia Jamesina, em tom sério.

— Oh, tia Jimsie, nós não temos sido boas meninas, em geral, nesses três invernos em que a senhora cuidou de todas nós? — pleiteou Phil.

— Vocês foram as quatro moças mais queridas, doces e bondosas que já passaram juntas pela universidade — asseverou tia Jamesina, que nunca desperdiçava um elogio por inapropriada economia. — No entanto, desconfio que ainda não tenham muita sensatez. Não era esperado que tivessem, é claro. A experiência ensina a sensatez. Não se pode aprender isso em um curso universitário. Vocês estudaram na universidade durante quatro anos, e eu, não; mas sei muito mais da vida do que vocês, jovenzinhas.

— Há muitas coisas que nunca seguem uma regra. Há um enorme volume de conhecimento que não conseguimos adquirir da universidade. Há uma porção de coisas que jamais aprendemos na escola. — disse Stella.

— Vocês conseguiram aprender em Redmond algo além de línguas mortas, geometria e bobagens desses tipos?

---

[2] Referência à peça *Otelo*, de William Shakespeare.

— Oh, sim! Acho que aprendemos, sim, titia — protestou Anne.

— Aprendemos a verdade sobre o que o professor Woodleigh nos disse na última reunião da Sociedade Filomática — respondeu Phil. — Ele disse: "O humor é o mais picante condimento no banquete da existência. Ria de seus erros, mas aprenda com eles; caçoe de suas aflições, mas fortaleça-se com elas; faça graça de suas dificuldades, mas supere-as". Isso não vale a pena aprender, tia Jimsie?

— Claro que sim, querida. Quando aprender a rir das coisas que são para rir, e parar de rir das que não são, você terá ganhado sabedoria e discernimento.

— O que você aprendeu em Redmond, Anne? — murmurou Priscilla.

— Acho que realmente aprendi a considerar cada pequena dificuldade como uma brincadeira e cada grande dificuldade como o presságio de uma vitória. Em resumo, creio que foi isso que Redmond me deu — disse Anne, devagar.

— Vou precisar recorrer a outra citação do professor Woodleigh para expressar o que aprendi — disse Priscilla. — Lembram-se do que ele falou no discurso? "Há muito no mundo para todos nós, se apenas tivermos olhos para ver, coração para amar e mãos para agarrar; tanto nos homens quanto nas mulheres, tanto na arte quanto na literatura, há tanto em tantos lugares para deleitarmo-nos e pelo o que agradecer." Acredito que, em certa medida, foi isso que Redmond me ensinou, Anne.

— A essência, a julgar por tudo o que disseram, resumindo, é que, em quatro anos na universidade, você pode aprender, se tiver vontade para tanto, o que levaria mais ou menos vinte anos de experiência de vida para lhe ensinar. Bem, isso justifica a educação superior, na minha opinião. Era algo que sempre me causava dúvidas antes — observou tia Jamesina.

— Mas o que acontece se a pessoa não tiver iniciativa, tia Jimsie?

— As pessoas que não têm presença de espírito nunca aprendem nem na universidade, nem na vida. Ainda que vivam até os cem anos, elas sabem tanto quanto sabiam ao nascer. Não é culpa delas, e sim um infortúnio, pobres almas! Mas aquelas que têm, ao menos, um pouco de garra devem agradecer devidamente a Deus por isso.

— A senhora pode, por favor, definir o que significa garra, tia Jimsie? — perguntou Phil.

— Não, não posso, jovenzinha. Qualquer um que tenha garra sabe o que é; e quem não tem, nunca vai saber. Então não há necessidade de definir o que significa.

Os dias atarefados voaram, e as avaliações chegaram ao fim. Anne recebeu a Honra ao Mérito em inglês, Priscilla recebeu Menção Honrosa em clássicos e Phil, em matemática. Stella obteve boas qualificações em geral. E, então, chegou o dia da formatura.

— Isso é o que, um dia, eu teria chamado de "uma época em minha vida" — disse Anne, enquanto tirava da caixa as violetas enviadas por Roy, e as contemplava, pensativa. Tinha pensado em usá-las, é claro, mas seus olhos vagavam agora para outra caixa, em cima da mesa. Estava cheia de lírios-do-vale, tão frescos e perfumados quanto aqueles que desabrochavam em Green Gables, quando chegava o mês de junho em Avonlea. Junto às flores, estava o cartão de Gilbert Blythe.

Anne se perguntava qual motivo teria impelido Gilbert a lhe enviar flores para a ocasião. Ela o vira muito pouco durante o último inverno. Havia visitado a Casa da Patty numa única noite de sexta-feira desde o Natal, e raramente se encontravam em outro lugar. Anne sabia que ele estava estudando bastante, concentrado na Honra ao Mérito e no Prêmio Cooper, e quase não participava dos eventos sociais de Redmond. O inverno de Anne havia sido muito animado, do ponto de vista social. Tinha passado um bom tempo na companhia das Gardners, e ela e Dorothy eram amigas íntimas agora. Os círculos estudantis esperavam o anúncio de seu noivado com Roy a qualquer momento. A própria Anne esperava por isso. Ainda assim, antes de partir da Casa da Patty para a cerimônia de formatura, deixou de lado as violetas de Roy e colocou os lírios-do-vale de Gilbert no lugar. Não conseguia entender o porquê. Por alguma razão, os velhos tempos em Avonlea, os sonhos e as amizades de outrora lhe pareciam muito próximos naquele momento em que conquistava suas mais queridas e antigas ambições. Gilbert e ela tinham imaginado alegremente o dia em que usariam uma beca para a graduação em artes. O dia maravilhoso tinha chegado e não havia nele nenhum lugar para as violetas de Roy. Somente as flores de seu velho amigo cabiam no momento da realização daquelas velhas aspirações, que um dia partilharam.

Durante anos, Anne tinha sonhado e imaginado esse dia, mas quando finalmente chegou, a única recordação aguda e permanente que lhe restou não foi do emocionante momento em que o Magnífico Reitor de Redmond lhe entregou o diploma e anunciou seu título de Bacharel. Não foi, também, o lampejo de surpresa nos olhos de Gilbert quando a viu usando seus lírios, nem o olhar perplexo e dolorido de Roy quando ela passou pelo palco. Não foram as felicitações condescendentes de Aline Gardner, nem as passionais e sinceras de Dorothy. Foi um golpe estranho e inexplicável que estragou esse dia tão sonhado e deixou um leve — mas duradouro — sabor de amargura.

À noite, os formandos participaram do baile da graduação. Quando Anne vestiu-se para a ocasião, deixou de lado o colar de pérolas que costumava usar e tirou do baú uma caixinha que tinha sido entregue em Green Gables no Natal. Nela, havia uma correntinha de ouro com um pequeno pingente no formato de um coraçãozinho rosado. No cartão que acompanhava o presente, estava escrito: "Com os melhores desejos de seu velho amigo, Gilbert". Anne escrevera um bilhete em agradecimento, rindo da recordação que o pingente lhe trazia sobre o fatídico dia em que Gilbert a chamara de *cenoura*, e em vão tentara fazer as pazes dando-lhe uma bala cor-de-rosa em formato de coração. Mas ela nunca tinha usado a correntinha. Nessa noite, colocou-a em seu branco pescoço com um sorriso sonhador.

Ela e Phil caminharam juntas até Redmond. Anne andava em silêncio, enquanto Phil falava sem parar sobre inúmeros assuntos. De repente, ela disse:

— Fiquei sabendo hoje que o noivado de Gilbert Blythe e Christine Stuart está para ser anunciado assim que terminar a formatura. Soube de alguma coisa a respeito?

— Não — respondeu Anne.

— Acho que é verdade — disse Phil, levianamente.

Anne não falou. Na escuridão, sentiu seu rosto queimando. Deslizou a mão por dentro do decote do vestido e segurou a corrente de ouro. Com um súbito puxão, a corrente se partiu, e Anne pôs no bolso a joia rompida. Suas mãos tremiam e os olhos ardiam.

Mas ela foi, no entanto, a mais alegre de todos os que festejavam naquela noite, e quando Gilbert veio tirá-la para dançar, respondeu, sem arrependimento, que seu cartão de dança estava completo. Mais tarde, sentada com as amigas diante das brasas moribundas da lareira da Casa da Patty, removendo o ar fresco de primavera das peles e dos cetins que vestiam, nenhuma delas falou mais alegremente sobre os acontecimentos do dia do que Anne.

— Moody Spurgeon MacPherson esteve aqui depois que vocês saíram — disse tia Jamesina, ao se levantar para atiçar o fogo. — Ele não sabia sobre o baile de formatura. Aquele menino deveria dormir com uma faixa de borracha na cabeça para acostumar as orelhas a não ficarem tão abertas. Tive um pretendente que fez isso e melhorou muitíssimo. Fui eu quem lhe dei a sugestão e ele tomou meu conselho, mas nunca me perdoou por isso.

— Moody Spurgeon é um rapaz muito sério — bocejou Priscilla. — Está preocupado com coisas muito mais importantes do que suas orelhas. Ele vai ser pastor, vocês sabem.

— Bem, suponho que o Senhor não se preocupe com as orelhas de um homem — comentou tia Jamesina, com gravidade, deixando de lado qualquer crítica adicional sobre Moody Spurgeon. Ela tinha um profundo respeito pelos clérigos, mesmo um aspirante.

XXXVIII
Um falso alvorecer

— Imagine só: daqui a uma semana estarei em Avonlea! Que pensamento delicioso! — exclamou Anne, curvando-se sobre a caixa na qual guardava as colchas da sra. Rachel Lynde. — Mas imagine só: daqui a uma semana, deixarei a Casa da Patty para sempre. Que pensamento horrível!

— Pergunto-me se os fantasmas de todas as nossas risadas irão ecoar nos sonhos virginais da srta. Patty e da srta. Maria — especulou Phil.

A srta. Patty e a srta. Maria estavam voltando para casa, depois de terem perambulado pela maior parte habitada do planeta.

Estaremos de volta na segunda semana de maio, escreveu a srta. Patty. *Creio que a Casa da Patty vai parecer pequena depois do Salão dos Reis, em Karnak.*[1] *Mas eu nunca gostei de morar em lugares muito grandes e ficarei bastante satisfeita de estar em casa outra vez. Quando se começa a viajar em idade avançada, você tende a se exceder, pois sabe que não lhe resta muito tempo e essa vontade é algo que cresce em você. Receio que Maria nunca mais fique satisfeita.*

---

[1] Templo de Karnak, no Egito.

— Deixarei aqui minhas fantasias e meus sonhos para alegrar as próximas ocupantes — disse Anne, olhando saudosamente em volta do quarto azul, seu lindo quartinho azul, onde passara três anos felizes. Ali, tinha se ajoelhado diante da janela para rezar e debruçara-se no parapeito para contemplar o sol poente por trás dos pinheiros. Tinha ouvido as gotas de chuva do outono que golpeavam os vidros e havia saudado os passarinhos no peitoril quando chegava a primavera. Perguntava-se se os sonhos antigos podiam assombrar os aposentos, quando alguém deixa para sempre o quarto onde se alegrou, sofreu, riu e chorou. Se algo dessa pessoa, intangível e invisível, mas ainda assim real, não ficava para trás como uma parte de sua própria alma.

— Penso que o quarto onde alguém sonha, sofre, se alegra e vive se torna inseparavelmente ligado àqueles processos e adquire uma personalidade própria — disse Phil. — Estou certa de que se eu entrasse neste quarto daqui a cinquenta anos, ouviria uma voz a me dizer: "Anne, Anne"! Como nos divertimos aqui nesta casa, querida! Quantas conversas, brincadeiras e ótimas reuniões entre amigos! Oh, Deus! Vou me casar com Jo em junho e sei que serei arrebatadoramente feliz. Mas, agora, sinto como se quisesse que essa adorável vida em Redmond não terminasse jamais.

— Sou insensata o bastante para desejar a mesma coisa neste exato momento — admitiu Anne. — Não importa as profundas alegrias que nos esperam no futuro, nunca mais voltaremos a ter esta existência irresponsável e deliciosa que tivemos aqui. Acabou para sempre, Phil.

— O que vai fazer com o Rusty? — indagou Phil, ao ver o privilegiado gatinho entrar no quarto.

— Vou levá-lo comigo, junto com Joseph e a Gata-Sarah — anunciou tia Jamesina, que entrava no quarto seguindo o bichano. — Seria uma pena separar esses gatos, agora que aprenderam a conviver uns com os outros. Essa é uma lição muito difícil para gatos e humanos aprenderem.

— Lamento por me separar do Rusty — murmurou Anne, com pesar —, mas seria inútil levá-lo para Green Gables. Marilla detesta gatos e Davy logo acabaria com a raça dele. Além disso, não creio que vá ficar em casa por muito tempo. Ofereceram-me o cargo de diretora da escola de ensino médio em Summerside.

— Você vai aceitar? — perguntou Phil.

— Eu... eu ainda não me decidi — respondeu, com um rubor confuso. Phil assentiu, compreensiva. Naturalmente, os planos de Anne não poderiam ser definidos até Roy pedir sua mão. Logo ele o faria — não restavam dúvidas. E não havia dúvidas de que Anne diria "sim", no momento em que ele terminasse de perguntar "Você aceita?". A própria Anne contemplava o estado das coisas com uma complacência que era raro inquietá-la. Ela estava profundamente apaixonada por Roy. Na verdade, o amor não era como ela imaginava que seria. Mas Anne se perguntava, de modo exaustivo, se haveria algo na vida que alcançasse a perfeição do que fora imaginado. Repetia-se ali a velha desilusão de sua infância: o mesmo desapontamento que sentira quando viu pela primeira vez o brilho gélido do diamante, ao invés do esplendor cor de violeta que imaginara. "Essa não é a ideia que eu tinha de um diamante", ela havia dito. Mas Roy era um rapaz encantador, e eles seriam muito felizes juntos, ainda que esse entusiasmo indefinível tivesse desaparecido da vida.

Quando Roy apareceu naquela tarde e convidou Anne para acompanhá-lo a um passeio no parque, todas na Casa da Patty sabiam o que ele iria dizer, e todas sabiam, ou pensavam saber, qual seria a resposta de Anne.

— Anne é uma garota de muita sorte — disse tia Jamesina.

— Suponho que sim — comentou Stella, encolhendo os ombros. — Roy é um bom rapaz, e tudo mais. Mas não há realmente nada em seu íntimo.

— Esse parece um comentário muito invejoso, Stella Maynard — reprovou-a tia Jamesina.

— Parece, mas não sou invejosa — respondeu Stella, com tranquilidade. — Tenho muita afeição por Anne e gosto do Roy. Todos dizem que ela está fazendo uma bela escolha, e até mesmo a sra. Gardner a considera encantadora agora. Tudo parece ter sido escrito nas estrelas, mas tenho minhas dúvidas. Guarde minhas palavras, tia Jamesina.

Roy pediu Anne em casamento no pequeno gazebo do porto, onde conversaram pela primeira vez naquele dia chuvoso. Anne achou muito romântica a escolha daquele lugar. E seu pedido foi perfeitamente expressado, como se o tivesse copiado do livro *A Conduta durante o noivado e o casamento*, tal como fizera um dos pretendentes de Ruby Gillis. Todo o resultado foi impecável, e o rapaz também era sincero. Não havia dúvidas de que Roy sentia aquilo que falava; não havia nenhuma nota destoante para estragar a sinfonia. Anne sentiu que deveria estar estremecida da cabeça aos pés. Mas, não estava. Pelo contrário, sentia uma frieza aterradora. Quando Roy fez uma pausa, esperando sua resposta, ela abriu os lábios para dizer o "sim" fatal. E, então, percebeu que tremia, como se estivesse cambaleando de costas para um precipício. Para ela, chegou um daqueles momentos em que entendemos, numa clareza súbita, mais do que todos os anos anteriores haviam ensinado. Tirou sua mão das de Roy.

— Oh, não posso me casar com você... não posso... não posso! — Anne exclamou, desatinada.

Roy empalideceu — e também pareceu bastante tolo. Sentia-se muito seguro de si.

— O que quer dizer? — gaguejou ele.

— Que não posso me casar com você — repetiu Anne, desesperada. — Pensei que pudesse..., mas não posso.

— Por que não pode? — perguntou, com mais calma.

— Porque... não o amo o suficiente.

As veias do rosto de Roy dilataram-se e tornaram-se vermelhas sob a pele.

— Então você esteve se divertindo às minhas custas nos últimos dois anos? — ele concluiu, lentamente.

— Não, não, de jeito nenhum! — arfou a pobre Anne. Oh, como ela poderia explicar? Ela *não poderia*! Certas coisas não possuem explicação. — Eu pensei de fato que o amasse... sinceramente, eu pensei, mas, agora... sei que não.

— Você arruinou a minha vida — disse Roy, com amargura.

— Perdoe-me — ela implorou, miseravelmente, com as bochechas quentes e os olhos ardendo.

Roy deu as costas e ficou olhando na direção do mar por alguns minutos. Quando se voltou para Anne, estava muito pálido de novo.

— Não pode me dar nenhuma esperança?

Anne negou com a cabeça, em silêncio.

— Então... adeus. Não consigo entender... não posso acreditar que você não é a mulher que pensei que fosse! Mas palavras de reprovação são inúteis entre nós. Você é a única mulher que poderei amar. Agradeço por ter me dado sua amizade, ao menos. Adeus, Anne.

— A-a-adeus — gaguejou Anne.

Após a partida de Roy, Anne permaneceu sentada no gazebo por um longo tempo, observando a neblina branca que envolvia o porto com sutileza e dirigia-se à terra, lenta e implacavelmente. Era a sua hora de sentir as ondas de humilhação, vergonha e desprezo por si mesma. E ainda assim, no fundo, havia a estranha sensação de ter recobrado a liberdade.

Ao entardecer, esgueirou-se para dentro da Casa da Patty e correu para seu quarto. Mas Phil estava lá, no assento sob a janela.

— Espere! — exclamou Anne, corando ao antecipar a cena.

— Espere até ouvir o que tenho a dizer. Phil, Roy me pediu em casamento e eu o recusei.

— Você... você o *recusou*? — perguntou Phil, confusa.

— Sim.

— Anne Shirley, você está em seu juízo perfeito?

— Acho que sim — foi a fraca resposta. — Oh, Phil, não me censure! Você não entende.

— Eu não entendo mesmo! Você encorajou Roy Gardner de todas as maneiras possíveis durante dois anos, e agora me diz que o recusou. Se é assim, então você estava só flertando escandalosamente com ele! Anne, eu não consigo imaginar isso *de você*!

— Eu *não estava* flertando! Eu honestamente pensei que gostasse dele até o último minuto, e então... bem, eu apenas compreendi que *nunca* poderia me casar com Roy.

— Suponho que você pretendia se casar com ele por causa do dinheiro; mas, então, seu *verdadeiro eu* despertou e a impediu — sugeriu Phil, com crueldade.

— *Não*! Eu nunca pensei no dinheiro dele! Oh, não consigo explicar a você mais do que consegui explicar ao Roy!

— Bem, eu certamente penso que você o tratou de forma vergonhosa — disse Phil, exasperada. — Ele é bonito, inteligente, rico e bondoso. O que mais você quer?

— Quero alguém que *pertença* à minha vida! Ele não pertence. A princípio, eu estava fora de mim por sua boa aparência e sua habilidade em fazer elogios cheios de romantismo... e, depois, pensei que eu *deveria* estar apaixonada, pois ele representava meu homem ideal de olhos escuros...

— Eu sou terrível por não saber aquilo que quero, mas você é pior.

— Eu *sei* o quero — protestou Anne. — O problema é que minhas inclinações mudam, e então eu tenho que começar a compreender tudo outra vez.

— Bem, creio que é inútil falar qualquer coisa para você.

— Não há necessidade, Phil. Estou acabada. Isso estragou o passado inteiro. Nunca mais vou lembrar dos meus anos em Redmond sem pensar na humilhação desta tarde. Roy me despreza, você me despreza e eu desprezo a mim mesma.

— Oh, pobre querida! — disse Phil, cedendo. — Venha cá e me deixe confortá-la. Não tenho direito de censurá-la. Eu teria me casado com Alec ou Alonzo se não tivesse conhecido o Jo. Oh, Anne, as coisas são confusas na vida real! Não são claras e precisas como nos romances.

— Espero que *ninguém* mais me peça em casamento enquanto eu viver, nunca mais! — soluçou a pobre Anne, acreditando devotamente que era isso o que queria.

XXXIX
Lidando com casamentos

Anne sentiu que a vida tinha um sabor de anticlímax durante as primeiras semanas após seu retorno a Green Gables. Sentia falta da alegre camaradagem da Casa da Patty. Durante o último inverno, havia idealizado sonhos brilhantes, sonhos esses que agora tinham virado pó à sua volta. No seu atual estado de desgosto consigo mesma, não conseguiu recomeçar a sonhar imediatamente. E, então, descobriu que, enquanto a solidão com sonhos é gloriosa, a solidão sem eles tem muito pouco encantamento.

A jovem não tinha voltado a ver Roy após a dolorosa despedida no gazebo do parque, mas Dorothy foi vê-la antes de ir embora de Kingsport.

— Lamento tanto por você não se casar com Roy! Queria muito tê-la como irmã. Mas você está certa. Ele iria entediá-la terrivelmente. Eu o amo, é um garoto doce e adorável, mas não é nem um pouco interessante. Ele parece que deveria ser, mas não é.

— Isso não vai estragar a *nossa* amizade, vai, Dorothy? — Anne perguntou, melancólica.

— Não, de jeito nenhum! Você é uma pessoa boa demais para perder contato. Se não posso tê-la como irmã, quero tê-la como amiga. E não se aflija por Roy. Ele está imensamente triste agora, tenho que ouvir suas queixas o dia inteiro, mas ele vai superar. Ele sempre supera.

— Oh... *sempre*? — perguntou Anne, com uma ligeira mudança no tom de voz. — Então ele já *superou* antes?

— Oh, céus, sim! — admitiu Dorothy, com franqueza. — Duas vezes. E ele se queixava do mesmo modo naquelas ocasiões. Não que as outras moças tivessem, de fato, recusado seu pedido de casamento; elas simplesmente anunciaram o noivado com outros rapazes. Mas é claro que, quando ele conheceu você, jurou para mim que nunca antes tinha amado de verdade. Disse que os sentimentos anteriores tinham sido meras fantasias de adolescente. Mas não creio que você precise se preocupar.

Anne decidiu seguir o conselho. Sentia uma mescla de alívio e ressentimento. Roy havia afirmado, com grande convicção, de que ela fora a única a quem tinha amado. E, sem dúvida, ele acreditava nisso. Mas era um consolo saber que, muito provavelmente, ela não havia destruído a vida dele. Existiam outras deusas, e Roy, de acordo com Dorothy, decerto tinha a necessidade de venerar em algum santuário. No entanto, a vida fora despojada de muitas outras ilusões, e Anne começava a pensar, entristecida, que a existência parecia muito vazia.

Na tarde de sua chegada, ela desceu do quarto com o semblante pesaroso.

— O que aconteceu com a velha Rainha de Neve, Marilla?

— Oh, eu sabia que você ficaria triste por isso — disse Marilla. — Eu mesma fiquei. Aquela árvore estava ali desde que eu era menina. A grande tempestade que tivemos em março a derrubou. O tronco inteiro estava apodrecido.

— Vou sentir tanta falta! — lamentou Anne. — Meu quarto não parece o mesmo sem ela. Nunca mais conseguirei olhar pela janela sem a sensação de perda. E, oh, nunca antes cheguei em Green Gables sem Diana estar aqui para me dar as boas-vindas.

— Diana tem mais o que fazer agora — disse a sra. Lynde, de forma significativa.

— Bem, conte-me todas as novidades de Avonlea — pediu Anne, sentando-se nos degraus da varanda, onde o sol da tarde caía sobre seus cabelos numa fina chuva de ouro.

— Não há muitas novidades além daquelas que já lhe contamos por carta — prosseguiu a sra. Lynde. — Talvez você não saiba que Simon Fletcher quebrou a perna, na semana passada. É uma grande coisa para a família dele. Estão fazendo uma centena de coisas que sempre quiseram fazer antes, mas não conseguiam com ele por perto, aquele velho enjoado.

— Ele veio de uma família desagradável — comentou Marilla.

— Desagradável? Bem, de fato! A mãe dele costumava levantar-se nas reuniões do grupo de oração e proclamar os defeitos dos filhos, pedindo orações por eles. É óbvio que isso os deixava loucos e piores do que nunca.

— Você não contou a Anne as novidades sobre Jane — sugeriu Marilla.

— Oh, Jane — grunhiu a sra. Lynde. — Bem — cedeu, de má vontade —, Jane Andrews está em casa, de volta do oeste. Chegou na semana passada, e vai se casar com um milionário de Winnipeg. Pode ter certeza de que a sra. Harmon Andrews não perdeu tempo em espalhar a notícia aos quatro ventos.

— Querida Jane! Estou tão contente! — exclamou Anne, de coração. — Ela merece todas as boas coisas da vida.

— Oh, não estava falando nada contra Jane! Ela é uma moça muito boazinha. Mas não é da categoria dos milionários, e você vai ver que não haverá muita coisa que torne aquele homem atraente além de seu dinheiro, isso sim! A sra. Harmon contou que ele é inglês e fez fortuna nas minas, mas acredito que ele se revelará um ianque. Ele certamente deve ter dinheiro, pois cobriu Jane de joias. O anel de noivado possui um agrupamento de diamantes tão grande que mais parece um amontoado de gesso no dedo gorducho dela.

A sra. Lynde não conseguia esconder certa amargura na voz. Ali estava Jane Andrews, uma simples trabalhadora, comprometida com um milionário — enquanto Anne, ao que parecia, não tinha sido pedida em casamento por ninguém, rico ou pobre. E a sra. Harmon Andrews se vangloriava de forma insuportável.

— O que Gilbert Blythe andou fazendo na faculdade? — perguntou Marilla. — Eu o vi quando voltou para casa, na semana passada, e estava tão pálido e magro que mal o reconheci.

— Ele estudou demais no último inverno — explicou Anne. — Recebeu Honra ao Mérito em clássicos e também o Prêmio Cooper. Fazia cinco anos que nenhum aluno o conquistava! Então, creio que ele esteja um pouco fatigado. Todos nós estamos, na verdade.

— De qualquer maneira, você é bacharel e Jane Andrews não é, nem nunca será! — afirmou a sra. Lynde, com melancólica satisfação.

Alguns dias depois, Anne foi visitar Jane, porém ela estava em Charlottetown tirando medidas para o vestido, como a sra. Harmon Andrews orgulhosamente informou. É claro que as modistas de Avonlea não serviriam para Jane, diante das circunstâncias.

— Tenho ouvido ótimas notícias sobre Jane — disse Anne.

— Sim, Jane está se saindo muito bem, mesmo sem ser graduada — respondeu a sra. Andrews, com um leve meneio da cabeça. — O sr. Inglis é milionário, e eles irão para a Europa na lua-de-mel. Quando voltarem, irão viver numa perfeita mansão de mármore em Winnipeg. Jane tem um único problema: ela sabe cozinhar muito bem, mas o marido não vai deixá-la fazer isso. Ele é tão rico que contratou uma cozinheira, duas outras empregadas, um cocheiro e um mordomo. Mas vamos falar de *você*, Anne? Não fiquei sabendo se você vai se casar, depois de todo esse seu estudo.

— Oh, vou ser uma solteirona — riu Anne. — Eu realmente não consegui encontrar ninguém que me agradasse.

Isso foi um tanto perverso de sua parte. Anne quis, deliberadamente, lembrar a sra. Andrews de que se ela ficasse solteira, não seria por ter tido ao menos uma oportunidade de se casar. Mas a sra. Andrews desferiu uma rápida vingança.

— Bem, percebi que as moças muito independentes em geral ficam solteiras. E que história é essa que ouvi sobre Gilbert Blythe estar noivo de uma tal srta. Stuart? Charlie Sloane me contou que ela é muito bonita. É verdade?

— Não sei se é verdade que ele está comprometido com a srta. Stuart — respondeu Anne, com uma compostura espartana —, mas com certeza é verdade que ela é muito adorável.

— Antigamente, eu pensava que você e Gilbert formariam um belo casal. Se não tomar cuidado, Anne, todos os seus pretendentes irão escorrer por seus dedos.

Anne decidiu não persistir nesse duelo com a sra. Andrews. Não se pode lutar com um adversário que enfrenta um florete com um golpe de machado.

— Bem, já que Jane não está — disse ela, erguendo-se altiva — acho que não posso esperar mais nesta manhã. Voltarei para vê-la quando estiver em casa.

— Venha — concordou a sra. Andrews, efusivamente. — Jane não é nem um pouco orgulhosa. Pretende continuar a se relacionar com suas amigas antigas como antes. Ela vai ficar muito feliz em vê-la.

O milionário de Jane chegou no final de maio e a carregou consigo num arroubo de esplendor. A sra. Lynde ficou malignamente grata ao descobrir que o sr. Inglis já tinha mais de quarenta anos, e que era de estatura baixa, magro e grisalho. Os leitores podem ter certeza de que a boa senhora não o poupou ao enumerar seus defeitos.

— Será necessário todo o seu ouro para embelezar um tipo insípido como ele, isso sim! — disse a sra. Lynde, em tom solene.

Ele parece ser gentil e de bom coraçao — redarguiu a sempre leal Anne —, e estou certa de que gosta muitíssimo de Jane.

— Hã-hã! — foi a resposta da sra. Lynde.

Phil Gordon se casou na semana seguinte, e Anne foi até Bolingbroke para ser sua dama de honra. Phil parecia uma graciosa fada como noiva, e o reverendo Jo estava tão radiante de felicidade que ninguém pensaria que ele era um homem feio.

— Vamos fazer um passeio de amantes pela terra de Evangeline[1] — disse Phil —, e então nos estabeleceremos na rua Patterson. Mamãe acha terrível; ela pensa que Jo deveria ao menos assumir uma igreja num lugar decente. Mas o deserto de cortiços da rua Patterson irá florescer como uma rosa para mim, se Jo estiver lá! Oh, Anne, estou tão feliz que meu coração até dói!

Anne sempre ficava contente com a felicidade de suas amigas, embora, às vezes, fosse um pouco solitário estar constantemente rodeada por uma felicidade que não era sua. E aconteceu o mesmo quando ela regressou a Avonlea. Dessa vez era Diana, banhada pela maravilhosa glória emanada por uma mulher que tem junto a si seu primogênito. Anne contemplou a jovem e ingênua mãe com uma reverência que jamais registrara em seus sentimentos por Diana. Poderia essa pálida mulher, com os olhos em êxtase, ser a mesma pequena Diana de bochechas rosadas e cachos negros com quem brincava nos idos dias de escola? De certo modo, aquilo lhe dava a estranha e desolada sensação de que ela própria pertencia apenas ao passado, e de que não possuía, de fato, nenhuma relação com o presente.

---

[1] Referência ao poema "Evangeline, a Tale of Acadie", publicado em 1847, de Henry Wadsworth Longfellow (1807-82). O poema conta a história de Evangeline, da região de Acádia — antigo nome da região do norte do Canadá, que compreendia as províncias de Novo Brunswick, Ilha do Príncipe Edward, Nova Escócia e Terra Nova e Labrador. O poema conta a história de Evangeline em busca de seu noivo, Gabriel, após a separação forçada do casal.

— Ele não é perfeitamente lindo? — perguntou a orgulhosa Diana.

O roliço garotinho era muito parecido com Fred — tão gordo quanto, e não menos corado. Anne não podia dizer com honestidade que o achava bonito, mas jurou, sincera, que ele era doce, adorável e deveras encantador.

— Antes da chegada dele, eu queria que fosse uma menina para poder chamá-la de Anne — disse Diana. — Mas, agora que o pequeno Fred está aqui, eu não o trocaria por um milhão de meninas. Ele *não poderia* ser nada além dele mesmo.

— "Cada bebezinho é o mais doce e o melhor"[2] — citou a sra. Allan, com alegria. — Se tivesse nascido a pequena Anne, você sentiria o mesmo por ela.

A sra. Allan visitava Avonlea pela primeira vez desde que partira. Estava alegre, amável e simpática, como sempre. Suas velhas amigas lhe haviam recebido com entusiasmo. A esposa do atual pastor era uma senhora estimável, mas não exatamente uma alma gêmea.

— Mal posso esperar até ele ter idade o suficiente para falar — suspirou Diana. — Anseio por ouvi-lo dizer "mamãe". E, oh, estou determinada a fazer de tudo para que sua primeira lembrança minha seja bem agradável! A primeira lembrança que tenho de minha mãe é dela me dando um tapa por algo que fiz de errado. Tenho certeza de que mereci; ela sempre foi uma boa mãe e eu a amo profundamente. Mas eu queria de verdade que a primeira memória que eu tivesse dela fosse mais agradável.

— Só tenho uma lembrança de minha mãe, e é a mais doce de todas as minhas memórias — disse a sra. Allan. — Eu tinha cinco anos, e certo dia me permitiram ir para a escola com minhas duas irmãs mais velhas. Na hora da saída,

---

[2] *The sweetest and the best*, em inglês. Citação do segundo verso do poema "Meddlesome Matty", de Ann Taylor (1782-1866).

minhas irmãs foram para casa em grupos diferentes, e cada uma delas pensou que eu estivesse com a outra. Ao invés disso, saí correndo com uma garotinha com quem tinha brincado no recreio. Fomos para a casa dela, que ficava perto da escola, e começamos a brincar de fazer tortinhas de lama. Estávamos no melhor da diversão, quando minha irmã mais velha chegou, ofegante e furiosa. "Sua menina levada!", gritou ela, agarrando minha mão relutante e arrastando-me consigo. "Venha para casa imediatamente! Oh, você vai ver só! Mamãe está muito furiosa. Vai lhe dar uma boa surra!" Eu nunca havia apanhado. Meu pobre coraçãozinho se encheu de terror e medo. Nunca, em toda minha vida, tinha me sentido tão infeliz quanto naquela caminhada para casa. Não fora minha intenção ser desobediente. Phemy Cameron me convidara para ir à sua casa e eu não sabia que isso era errado. E agora iria apanhar! Quando chegamos, minha irmã me arrastou para dentro da cozinha, onde mamãe estava sentada diante do fogo ao entardecer. Minhas pobres perninhas tremiam tanto que eu mal conseguia permanecer em pé. E mamãe apenas me tomou nos braços, sem uma palavra de repreensão ou aspereza, beijou-me e segurou-me bem junto ao seu coração. "Tive tanto medo de que estivesse perdida, querida", disse, com ternura. Pude ver o amor cintilando em seus olhos quando olhou para mim. Ela nunca me repreendeu ou censurou pelo que eu tinha feito, só me disse para nunca mais me afastar de novo sem pedir permissão. Ela morreu pouco tempo depois. Essa é a única lembrança que tenho dela. Não é linda?

    Anne sentiu-se mais solitária do que nunca ao voltar para casa, caminhando pela Trilha das Bétulas e pela Laguna dos Salgueiros. Fazia muito tempo que não percorria esses caminhos. Era uma noite sombria, em tons de púrpura, e com o ar pesado devido à fragrância de botões de flores — talvez pesado demais. Seus sentidos nauseados cambalearam como um copo transbordante. As bétulas da trilha tinham deixado de ser encantadoras plantas miúdas para se tornarem grandes árvores. Tudo havia mudado. Anne sentiu que ficaria contente quando o verão terminasse e ela tivesse partido novamente para trabalhar. Talvez, então, a vida não parecesse tão vazia.

— "Provei o mundo e ele já não veste as cores do romance que costumava usar"[3] — suspirou Anne, sentindo-se imediatamente consolada pela poesia contida na ideia de o mundo ser despojado de romance.

---

[3] Verso da quarta estrofe do poema "The Rivulet", de William Cullen Bryant.

XL
O Livro da Revelação[1]

---

[1] Referência ao Apocalipse. A palavra apocalipse em grego significa "revelação". O apocalipse é, então, a revelação a um escolhido de Deus de algo que permanecia secreto.

Os Irvings retornaram à Mansarda do Eco para passar o verão, e Anne desfrutou de três alegres semanas de julho na companhia deles. A srta. Lavendar não havia mudado nada; Charlotta IV era agora uma moça crescida, mas ainda adorava Anne com toda a sinceridade.

— Para dizer a pura verdade, srta. Shirley, madame, não conheci ninguém igual à senhorita em Boston — ela disse, com franqueza.

Paul era quase um rapaz também. Estava com dezesseis anos, seus cachos castanhos tinham dado lugar a madeixas bem cortadas e era mais interessado em futebol do que em fadas. Mas o vínculo existente entre ele e sua antiga professora mantinha-se firme. Verdadeiras almas gêmeas não mudam com o passar dos anos.

Era um fim de tarde úmido, com um vento forte e cruel, quando Anne retornou a Green Gables. Uma das ferozes tempestades de verão, que às vezes cruzavam o golfo, rugia assustadoramente sobre o mar. Quando Anne entrou em casa, as primeiras gotas de chuva começaram a golpear os vidros.

— Foi Paul quem a trouxe? — perguntou Marilla. — Por que não o convidou para dormir aqui? Vai ser uma noite turbulenta.

— Creio que ele vai chegar em casa antes da chuva cair com mais força. De qualquer maneira, ele queria voltar hoje mesmo. Bem, foi uma esplêndida visita, mas estou contente por vê-los de novo, meus queridos! O lar é o melhor lugar para se estar! Davy, você andou crescendo ultimamente?

— Cresci três centímetros desde que você se foi pra lá! — ele respondeu, orgulhoso. — Estou tão alto quanto Milty Boulter agora! Estou contente. Ele vai ter que parar de me provocar por ser maior. Diga, Anne, você sabia que Gilbert Blythe está morrendo?

Anne ficou muda e imóvel, olhando para Davy. Seu rosto ficou tão pálido que Marilla pensou que ela fosse desmaiar.

— Davy, segura essa língua! — exclamou a sra. Lynde, furiosa. — Anne, não fique assim. *Não* fique assim! Não queríamos lhe contar tão de repente.

— É... é verdade? — perguntou Anne, com uma voz que não era a sua.

— Gilbert está muito mal — confirmou a sra. Lynde, em tom muito sério. — Foi acometido de febre tifoide logo que você partiu para a Mansarda do Eco. Você não soube de nada?

— Não — ela respondeu, com aquela voz desconhecida.

— Foi um caso muito sério desde o princípio. O médico disse que ele estava extremamente enfraquecido. Contrataram uma enfermeira especializada e fizeram tudo que se poderia fazer. *Não fique assim*, Anne. Enquanto há vida, há esperança!

— O sr. Harrison veio aqui essa tarde e falou que não há esperança para ele — reiterou Davy.

Marilla, com o semblante cansado e envelhecido, levantou-se e tirou Davy da cozinha.

— Oh, *não fique assim*, querida! — disse Rachel Lynde, abraçando a pálida Anne carinhosamente. — Eu não perdi as esperanças, não mesmo. Ele tem a constituição dos Blythe a seu favor, isso sim!

Com gentileza, Anne afastou de si os braços da sra. Lynde e caminhou cegamente da cozinha para o corredor, e subiu as escadas rumo ao seu antigo quartinho. Ajoelhou-se diante da janela, olhando para fora sem enxergar nada. Estava muito escuro. A chuva desabava sobre os campos tremulantes. Da Floresta Mal-Assombrada, vinham os gemidos das poderosas árvores retorcendo-se na tempestade, e o ar vibrava com o estrondoso impacto das ondas na costa distante. E Gilbert estava morrendo!

Há um Livro da Revelação na vida de cada um, assim como na Bíblia. Nas longas e agonizantes horas de vigília, em meio à tormenta, na escuridão daquela noite amarga, Anne leu o dela. Ela amava Gilbert — sempre o amara! Agora sabia disso. Sabia que não podia mais removê-lo de sua vida sem agonizar, assim como não podia remover sua mão direita. E a revelação chegara tarde demais, até mesmo para ter o doloroso consolo de poder acompanhá-lo até o fim. Se não tivesse sido tão cega e tão tola, teria o direito de ir vê-lo agora. Mas Gilbert nunca saberia que ela o amava. Iria embora dessa vida pensando que ela não se importava. Oh, os sombrios anos de solidão que se apresentavam diante de seus olhos! Não conseguiria suportá-los — não conseguiria! Curvou-se sob a janela e, pela primeira vez em sua existência alegre e juvenil, desejou morrer também. Se Gilbert partisse sem uma palavra, um sinal ou uma mensagem, ela não conseguiria viver. Nada tinha valor sem ele. Eles pertenciam um ao outro e, nessa hora de suprema agonia, Anne não tinha mais dúvidas disso. Gilbert não amava Christine Stuart — nunca havia sentido nada por ela. Oh, que tola tinha sido ao não perceber qual era o laço que a unia a Gilbert! Que tola tinha sido ao confundir com amor a lisonjeira ilusão que sentiu por Roy Gardner! E, agora, deveria pagar por sua tolice como a um crime.

Quando subiram para dormir, a sra. Lynde e Marilla detiveram-se junto à porta de Anne. Sem ouvir qualquer ruído, menearam a cabeça duvidosamente e se afastaram. A tempestade rugiu durante toda a madrugada, mas amainou ao amanhecer.

Anne viu uma encantada franja de luz nas saias da escuridão. Logo, os topos das colinas do leste eram coroados por um incandescente aro cor de carmim. As nuvens se enrolaram numa grande massa branca no horizonte, e o céu cintilava em tonalidades de azul e prata. Uma profunda calmaria desceu sobre o mundo. Anne ergueu-se do chão e rastejou pelas escadas. Enquanto se dirigia ao quintal, o frescor do vento pós-chuva animou seu rosto pálido e esfriou seus olhos secos e ardidos. Um alegre assobio galhofeiro soou na alameda. Um instante depois, apareceu Pacifique Buote.

Anne sentiu-se fraquejar de repente. Se não tivesse se agarrado ao ramo de um dos salgueiros, teria caído. Pacifique era o empregado de George Fletcher, vizinho da família Blythe. A sra. Fletcher era tia de Gilbert. Pacifique saberia se... se...

Pacifique saberia aquilo que deveria ser sabido. O rapaz cruzava a alameda de terra vermelha a passos largos, assobiando. Não viu Anne, que o chamou sem sucesso três vezes. Ele estava quase fora de seu alcance quando ela conseguiu articular com os lábios trêmulos:

— Pacifique!

Ele deu meia-volta com um sorriso aberto e um animado cumprimento.

— Pacifique, você está vindo da casa de George Fletcher? — perguntou Anne, com voz fraca.

— *Tô* sim — ele respondeu, de forma amigável. — Ontem de noitinha *mim* falaram que o meu pai *tá* acamado. *Num* pude sair ontem por causa da chuvarada, e *tô* indo *pra* lá agora de manhã. *Vô* cortando caminho *pelos campo*.

— Você sabe como estava Gilbert Blythe esta manhã? — o desespero de Anne a impulsionou a perguntar. Saber o pior era mais suportável do que esse horrendo suspense.

— Ele *tá mió* — informou Pacifique. — Deu uma *miorada* noite passada. O *dotô* falou que ele logo vai ficar bom. Mas escapou por um triz! Coitado do rapaz, *quais'qui* se mata na escola. Bom, preciso correr. Meu *véio* deve de tá com pressa de *mim* ver.

Pacifique retomou a caminhada e o assobio. Enquanto se afastava, Anne o observou com o olhar no qual a alegria havia superado a angústia e a exaustão da véspera. Era um rapaz muito magro, esfarrapado e rústico; mas, para Anne, ele parecia tão belo quanto os mensageiros que levam as boas novas pelas montanhas. Nunca, enquanto vivesse, Anne veria o rosto escuro, redondo e de olhos negros de Pacifique sem a cálida lembrança do momento em que suas palavras lhe trouxeram o óleo da alegria para o pranto.[2]

Muito tempo depois do alegre assobio de Pacifique ter desvanecido e se tornado um espectro de música, e até que o silêncio reinasse entre os bordos da Alameda dos Namorados, Anne permaneceu sob os salgueiros a degustar a pungente doçura da vida, de quando nos livramos de um grande temor. A manhã era uma taça cheia de névoa e esplendor. Perto dela, na extremidade do jardim, havia uma rica surpresa de rosas recém-nascidas, cobertas de orvalho cristalino. O trinado dos pássaros na grande árvore acima dela parecia estar em perfeita harmonia com seu estado de ânimo. A sentença de um antigo, maravilhoso e verdadeiro Livro veio aos seus lábios:

"O choro pode durar uma noite, mas a alegria virá pela manhã".[3]

---

[2] Referência ao Antigo Testamento (Isaías, 61,3).
[3] Referência ao Antigo Testamento (Salmos, 30,5).

XLI
O amor triunfa sobre o tempo

— Vim convidá-la para um de nossos passeios pelos bosques de setembro, e "pelas colinas, onde crescem as especiarias",[1] como nos velhos tempos — disse Gilbert, surgindo repentinamente pelo canto da varanda. — O que acha de visitarmos o jardim de Hester Gray?

Anne, sentada no degrau de pedra com um fino tecido verde-pálido sobre o colo, olhou para cima inexpressivamente.

— Oh, quem me dera poder — respondeu, devagar —, mas realmente não posso, Gilbert. Vou ao casamento de Alice Penhallow essa noite. Preciso dar um jeito neste vestido, e, quando terminar, já será a hora de me arrumar. Sinto muito. Adoraria ir.

— Bem, você poderia ir amanhã à tarde, então? — ele perguntou, sem parecer muito desapontado.

— Sim, acho que sim.

— Nesse caso, vou correr para casa de uma vez e fazer alguma coisa que seria deixada para amanhã. Então Alice

---

[1] Citação do "Hino 78", de Isaac Watts (1674-1748), publicado postumamente. Watts foi um poeta, pregador, teólogo, lógico e pedagogo inglês. É considerado o "pai do Hino Inglês". Muitos de seus hinos foram traduzidos e são usados até hoje.

Penhallow se casa essa noite! Três casamentos para você nesse verão, Anne, de Phil, de Alice e de Jane. Nunca perdoarei Jane por não ter me convidado para o casamento dela.

— Você certamente não pode culpá-la quando pensa na enorme quantidade de parentes dos Andrews que precisavam ser convidados. Todos juntos mal cabiam na casa! Só me convidaram porque eu era uma das amigas mais antigas... ao menos da parte de Jane. Creio que o motivo para a sra. Harmon Andrews ter me convidado foi para eu ver o insuperável esplendor de sua filha.

— É verdade que Jane usou tantos diamantes que não foi possível saber onde terminavam as joias e onde começava a noiva?

Anne riu.

— Ela usou muitos, com certeza. A aprumada Jane quase se perdia em meio a tantos diamantes, cetim branco, tules, rendas, flores cor-de-rosa e laranja. Mas ela estava *muito* feliz, assim como o sr. Inglis... e também a sra. Andrews.

— É esse o vestido que você vai usar hoje à noite? — perguntou Gilbert, olhando para os babados e drapeados.

— Sim. Não é bonito? E usarei flores de borragem[2] no cabelo. A Floresta Mal-Assombrada está cheia delas nesse verão.

Gilbert teve uma súbita visão de Anne no vestido verde, com as curvas virginais de seus braços e pescoço emergindo da roupa e as estrelas brancas brilhando em contraste com os cachos de seu cabelo avermelhado. A visão o fez prender a respiração; mas ele deu meia-volta ligeiramente.

— Bem, voltarei amanhã. Espero que se divirta hoje à noite.

Anne ficou olhando enquanto ele se afastava e suspirou. Gilbert se mostrava amistoso... muito amistoso... demasiado

---

[2] Em inglês, *starflower*. Da espécie *Trientalis borealis*, é comum na América do Norte, principalmente na região da Nova Escócia. É uma flor branca, delicada, que floresce, em geral, na primavera, entre os meses de maio e junho.

amistoso. Vinha frequentemente a Green Gables depois de sua recuperação e algo da antiga camaradagem deles estava sendo recuperada. Mas Anne já não a achava satisfatória — não mais. Em comparação, a rosa plena do amor fazia o botão da amizade parecer pálido e sem perfume. E Anne, agora, estava de novo duvidando de que Gilbert sentisse por ela algo mais além de amizade. Na luz comum de um dia comum, a radiante convicção daquela manhã arrebatadora havia se dissipado. Sentia-se constantemente atormentada pelo terrível temor de que seu erro nunca pudesse ser corrigido. Era bem provável que Gilbert amasse Christine, afinal, e quem sabe até estivesse mesmo comprometido com ela. Anne tentou arrancar as inquietantes esperanças do coração e reconciliar-se com um futuro onde o trabalho e a ambição deveriam tomar o lugar do amor. Poderia fazer um bom trabalho, ou até mesmo um nobre trabalho como professora, e o êxito que seus breves contos estavam começando a alcançar no gabinete do editor de certa revista eram bons presságios para seus crescentes sonhos literários. Mas..., mas... Anne pegou o vestido verde e suspirou outra vez.

 Quando Gilbert chegou, na tarde do dia seguinte, encontrou Anne esperando por ele, fresca como o amanhecer e límpida como uma estrela, depois de toda a diversão da noite anterior. Usava um vestido verde — não o mesmo da véspera, e sim um antigo que usara numa recepção em Redmond, elogiado por Gilbert na ocasião. Era o exato matiz de verde que ressaltava as ricas tonalidades de seus cabelos, o cintilante cinza de seus olhos e a delicadeza de sua pele macia como pétalas de íris. Gilbert, olhando para ela de canto de olho enquanto caminhavam por uma vereda sombreada, pensou que nunca a tinha visto tão adorável. Anne, olhando de relance para ele, pensou que Gilbert aparentava estar bem mais velho depois da doença. Era como se ele tivesse deixado a adolescência para trás para sempre.

O dia estava tão lindo quanto o caminho. Anne quase lamentou quando chegaram ao jardim de Hester Gray e sentaram-se no velho banco. Mas estava lindíssimo ali também — tão lindo quanto no longínquo dia da excursão dourada, quando Diana, Jane, Priscilla e ela o haviam descoberto. Naquele dia, o jardim era embelezado com narcisos e violetas; agora, hastes douradas haviam acendido suas tochas encantadas nas extremidades do muro, e os ásteres salpicavam tudo de azul. O murmúrio do riacho podia ser ouvido por entre os bosques vindo do Bosque das Bétulas com toda a sua velha fascinação; o ar adocicado estava cheio de bramidos do mar; mais além, estendiam-se os campos delimitados por cercas cinza-prateadas, desbotadas pelos sóis de tantos verões; e as grandes colinas estavam cobertas pelas sombras das nuvens outonais. Com o sopro do vento oeste, regressaram antigos sonhos.

— Acho que a "terra onde os sonhos se tornam realidade"[3] fica lá adiante, na bruma azul acima daquele pequeno vale — disse Anne, suavemente.

— Você tem algum sonho não realizado, Anne?

Algo em seu tom de voz — algo que Anne não havia escutado desde aquela fatídica noite no pomar da Casa da Patty — fez o seu coração bater enlouquecidamente. Mas ela conseguiu responder com placidez.

— É claro. Todos nós temos. Não seria bom termos todos os sonhos realizados. Melhor seria estarmos mortos, do que não ter mais nada para sonhar. Que delicioso aroma o sol está extraindo dos ásteres e das samambaias! Queria poder enxergar os perfumes, assim como consigo senti-los. Tenho certeza de que seria muito bonito.

Gilbert não se deixaria distrair dessa maneira.

---

[3] Possível referência ao hino da escritora Jessie Brown Pound (1861-1921), intitulado *The land where dreams come true*.

— Eu tenho um sonho — ele disse, devagar. — Eu insisto em sonhá-lo, apesar de muitas vezes parecer que nunca poderia realizá-lo. Sonho com um lar que tenha uma lareira acesa, um gato e um cachorro, o som dos passos de amigos... e *você*!

Anne quis falar, mas não foi capaz de encontrar palavras. A felicidade a invadia como uma onda que quase a assustou.

— Há mais de dois anos eu lhe fiz uma pergunta, Anne. Se eu fizer a mesma pergunta hoje, você me dará uma resposta diferente?

Ainda assim, Anne não conseguia falar. Mas ela ergueu os olhos, iluminada por todo o arrebatamento amoroso de incontáveis gerações, e olhou para os de Gilbert por um instante. Ele não buscou mais respostas.

Permaneceram no velho jardim até o sol se pôr, doce como deve ter sido o anoitecer no Jardim do Éden. Havia muito o que falar e recordar — coisas ditas, feitas, ouvidas, pensadas, sentidas e mal compreendidas.

— Pensei que você amava Christine Stuart — comentou Anne, com reprovação, como se não tivesse dado todos os indícios para ele pensar que ela amava Roy Gardner.

Gilbert riu como um menino.

— Christine estava comprometida com um rapaz da cidade dela. Eu sabia, e ela sabia que eu sabia. Quando o irmão dela se formou, contou-me que ela iria para Kingsport no inverno seguinte, a fim de estudar música, e pediu-me para tomar conta dela, pois Christine não conhecia ninguém e se sentiria solitária. Então, foi o que eu fiz. E, então, passei a gostar de Christine por ela mesma. É uma das moças mais legais que já conheci. Eu sabia que os fofoqueiros da universidade davam como fato consumado estarmos apaixonados um pelo outro. Eu não me importava. Nada me importava muito, depois de você dizer que nunca poderia me amar, Anne. Não havia outra; nunca pôde haver outra para mim, além de você. Eu a amei desde o dia em que você quebrou a lousa na minha cabeça na escola.

— Não entendo como você pôde continuar me amando, quando fui tão tola...

— Bem, tentei deixar de amá-la — replicou, com franqueza —, não por considerá-la tola, como você mesma diz, mas porque estava convicto de que não tinha nenhuma chance depois de Roy Gardner entrar em cena. Porém, não consegui... e também não consigo expressar o que significou para mim, nesses dois anos, acreditar que você iria se casar com ele, além de ouvir, todas as semanas, da boca de algum intrometido, que o seu noivado estava prestes a ser anunciado. Acreditei nisso até o abençoado dia em que estava convalescente, depois da febre. Recebi uma carta de Phil Gordon, Phil Blake, na verdade, na qual ela me contava não haver realmente nada entre você e Roy, e me aconselhando a "tentar de novo". Bem, o médico ficou impressionado com minha rápida recuperação depois disso.

Anne começou a rir — e, então, a tremer.

— Nunca vou me esquecer da noite em que pensei que você estava morrendo, Gilbert. Oh, eu soube, *soube* naquela noite, e então achei que fosse tarde demais.

— Mas não era, minha querida. Oh, Anne, isso compensa tudo, não compensa? Façamos uma resolução de tornar esse dia sagrado, pela perfeita beleza em nossas vidas, pelo presente que nos foi dado.

— É o nascimento da nossa felicidade — ela concordou, em voz baixa. — Sempre amei o velho jardim de Hester Gray e agora este lugar será mais querido do que nunca.

— Mas tenho que pedir para você esperar por um longo tempo, Anne — ele prosseguiu, com tristeza. — Ainda faltam três anos até eu terminar meu curso de medicina. E, mesmo assim, não haverá diamantes nem salões de mármore.

Anne riu.

— Eu não quero diamantes ou salões de mármore. Eu só quero *você*! Veja bem, sou igual a Phil nesse quesito. Diamantes e salões de mármore podem ser muito bonitos, mas sem isso há mais escopo para a *imaginação*. E, com relação à espera, não importa. Seremos igualmente felizes, esperando e trabalhando um pelo outro... e sonhando. Oh, quão doces serão os sonhos agora!

    Gilbert puxou-a para perto de si e a beijou. Então, voltaram para casa juntos, sob o crepúsculo, coroados rei e rainha no reino nupcial do amor, caminhando por veredas sinuosas e margeadas pelas flores mais doces que já desabrocharam, e sobre os encantados campos onde sopravam ventos de esperança e de recordação.

© *Copyright* desta tradução: Editora Martin Claret Ltda., 2020.

Direção
MARTIN CLARET

Produção editorial
CAROLINA MARANI LIMA / MAYARA ZUCHELI

Direção de arte
JOSÉ DUARTE T. DE CASTRO

Diagramação
GIOVANA QUADROTTI

Ilustrações de capa e guarda
LILA CRUZ

Tradução
ANNA MARIA DALLE LUCHE

Preparação
FERNANDA BELLO

Revisão
CAROLINA MARANI LIMA

Impressão e acabamento
PAULUS GRÁFICA

A ortografia deste livro segue o novo Acordo Ortográfico da Língua Portuguesa.

Dados Internacionais de Catalogação na Publicação (CIP)
(Câmara Brasileira do Livro, SP, Brasil)

Montgomery, L. M., 1874-1942
Anne da Ilha / L. M. Montgomery; tradução Anna Maria Dalle Luche. – São Paulo: Martin Claret, 2020.

Título original: Anne of the Island.
ISBN 978-65-5910-002-6

1. Ficção canadense I. Título

20-34476   CDD-C813

Índices para catálogo sistemático:

1. Ficção: Literatura canadense: C813
Cibele Maria Dias – Bibliotecária – CRB-8/9427

EDITORA MARTIN CLARET LTDA.
Rua Alegrete, 62 — Bairro Sumaré — CEP: 01254-010 — São Paulo — SP
Tel.: (11) 3672-8144 — www.martinclaret.com.br
Impresso — 2020

CONTINUE COM A GENTE!

Editora Martin Claret
editoramartinclaret
@EdMartinClaret
www.martinclaret.com.br

IMPRESSO
EM PAPEL
Pólen®
mais prazer em ler

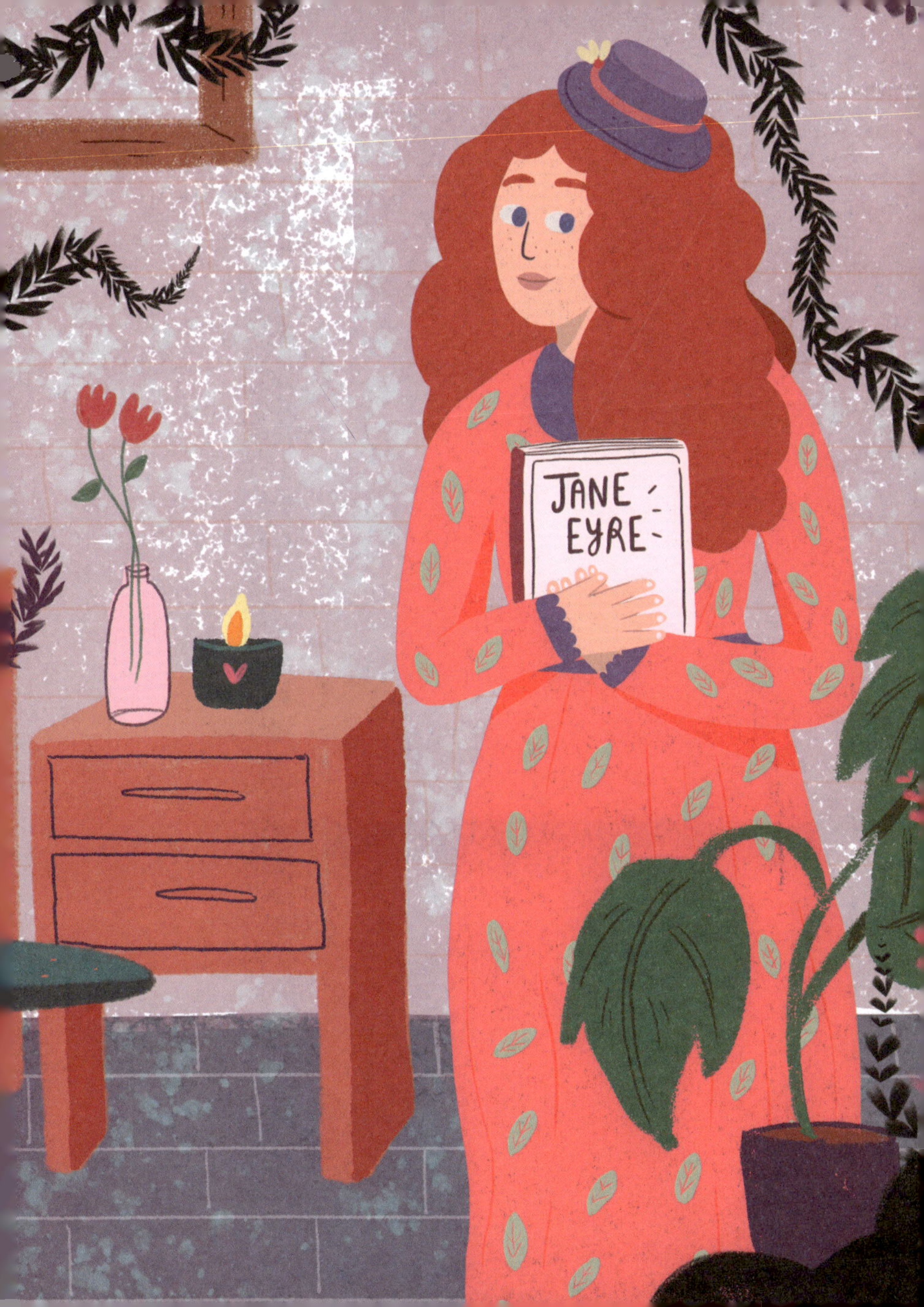
JANE
EYRE